Continent of death curses

死呪の大陸

エヴィル＝バグショット

Evil Bugshot

六英雄・バランドの血を引く、
根っからの戦闘狂。
あらゆる人間、あらゆる死獣を打ち負かす
「最強の旗士」になることを目標とし、
大陸を転々としていたところ、《偉大なる東十字》に
捕縛されヴェクタに処刑されかける。
勝気で破天荒。

Continent of death curses
CHARACTERS

シキ＝カガリヤ

Shiki Kagariya

宗教国家アイリオの《偉大なる東十字》に
所属する毒薬暗殺者。
大聖堂に仇為すものを対外的には
神罰と称して、暗殺していた。
神の罠に嵌り、祖国《リグレイ帝国》を
滅亡させてしまった過去を持つ。
冷静沈着で慎重派。

ヴェクタ
Vekta

《偉大なる東十字》に所属する、
ガリラド大聖堂の刺客。
《ノル》の強烈的な信奉者で、
聖堂の意思を通すためなら
手段を問わない。

サタ
Sata

アイリオ国からの亡命者
気が弱く、ロティカの助けを借りて、
立体城塞都市レジナリオで
生活している。

CHARACTERS
Continent of death curses

ダクティル＝ダルク＝ダマスカス

Dactyl Darc Damascus

ガラ共和国の中枢機関《国立研究機関》に
所属する若き天才研究者。
錬成者・ジョウの末裔で、極めて適性範囲の狭い
第一種祝素体・錬金フラスコの起動を、
およそ400年ぶりに成功させている。

ロティカ＝マレ

Roteka Male

立体城塞都市レジナリオの
職業斡旋所カメリア・クローネ所属。
魔法適性はないが
プラチナ等級を得ている。

「……まあ……この国の人間どもを、
助ける義理はないんだけどよ。
見捨てる理由も、無いんだよなッ！」

急降下。
叫ぶことすら忘れ、シキはエヴィルに
しがみ付いて目を閉じた。

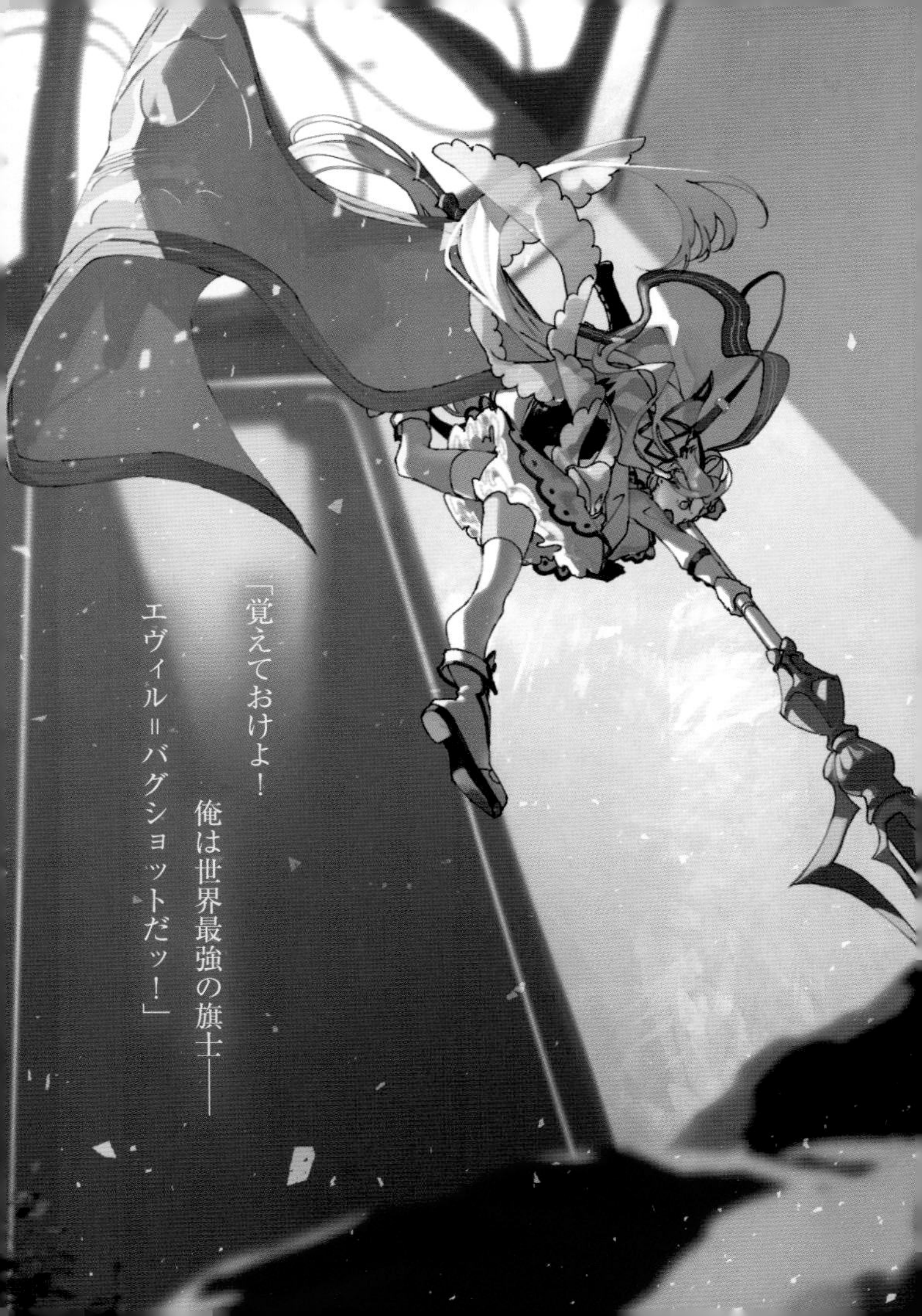
「覚えておけよ！
俺は世界最強の旗士――
エヴィル＝バグショットだッ！」

Continent of death curses

CONTENTS

序章

011 —— ずっと続くと思ってたから

第一章

042 —— 砂漠に咲いた氷花みたいで

第二章

089 —— はじめての自由は、蜂蜜と檸檬の味がした

第三章

159 —— 欺き欺かれても、信じ続けたいんだ

第四章

221 —— 死んでもいいから君を呼ばせて

死呪の大陸

斜守モル

MF文庫J

口絵・本文イラスト●NaO

【序章　ずっと続くと思ってたから】

潮風の匂いに包まれて、村は今日も変わらぬ日々を終えてゆく。

浜辺の砂がさらさらと、裸足(はだし)に絡んで心地よい。夜に向かってじわじわ冷めゆく砂を踏みしめながら、シキ＝カガリヤは黄昏(たそがれ)の海岸をゆったりと走る。

全速力では走らない。この夕暮れの追いかけっこに、勝っては意味がないからだ。

「……シィちゃん、つかまえたーっ！」

何かがぴょんと、シキの背中に飛び乗った。

……よし、待ってました！

大げさに「ぐあー負けた」と声を上げ、シキは砂浜にごろんと倒れ込む。すると背中の少年は、きゃっきゃと嬉(うれ)しそうな声を上げた。

「やったあ！　ぼくの勝ちっ。シィちゃんは、弱いなあ」

「ああ、本当。ソウちゃんは凄(すご)いや！　もう、この村で一番速いんじゃない？」

こうして全力で褒(ほ)めてやれば、少年はえへんと勝ち誇って胸を張る。ぴかぴかの笑顔、きらきらの目……よし、計画通り！

今日も上手に、負けてやることが出来ました。

「……シキ、ソラ！　二人とも大丈夫？　もうすぐ日が暮れるわよ～」

「あ、お母さん！」

ソラが嬉(うれ)しそうに顔を上げた。優しい声が、こちらにゆっくりと近付いてくる。

「もうすぐお夕飯にするわよ。お魚、何匹とれたかな？」

「あ……えと」

ここに来てシキは、ようやく自分たちが食材調達を頼まれていたことを思い出す。

慌てて飛び起き、誤魔化(ごまか)すために釣竿(つりざお)を握った。母はとても優しいけれど、怒るとすごく怖いのだ。

「……全然だめだよ、お母さん。ずっと頑張ってたのに、今日は一匹も釣れなくて」

「あら、そうだったの。仕方がないわ、そんな日も――」

穏やかな母の言葉は、しかしシキの姿を見てぴたりと停止。

じとーっと湿った目付きになって、砂だらけの着物と、濡(ぬ)れていない釣竿を交互に見つめる。

やばい、と思った。この目には、いつも全てを見抜かれてしまう。

「バレバレですよ。シキは嘘(うそ)が下手なんだから、馬鹿なこと言うのはやめなさい」

「う……嘘じゃないよ……」

ここで素直に認めれば良いのに、つい誤魔化しを重ねてしまう。

「砂がついてるのは転んだだけ！　釣竿は……なんだか気付いたら乾いてたの。ふ、不思議だなぁ……ねえ、ソゥちゃん？」

そう言ってソラに目配せするが、まだ五つの弟には、意味を推し量るのは難しかったらしい。

「うん！　ほんとなんだよ、お母さん！　シィちゃんと追いかけっこして、ソゥちゃん、いっぱい楽しかった〜！」

「そ、ソゥちゃん……違うよ、そうじゃないんだよ……」

「……二人とも、本当に嘘が下手なのねえ」

呆れたように呟いて、母は小さく肩をすくめた。

「お父さんに似たのね。昔からあの人……素直さだけは一流だから」

懐かしむように言ったあと、母は少しだけ、厳しい視線を二人に向けた。

「でもね、素直なだけじゃ生きていけないの。生きるためには、ちゃんと食べなきゃいけないからね。今日はもう少し、日が暮れるまで頑張りなさい。何も釣れなかったら……これから一週間、夕飯のおかず抜きですからね！」

「えー、そんなあ！　一週間は長すぎだよ！」

抗議の言葉も空しく、母はすたすたと海岸を去ってゆく。

仕方なく、海岸線に腰掛けて釣糸を垂らした。ソラがもぞもぞと潜り込んできたので、そのまま膝に乗せてやる。温かい。重みがずしりと、心地よい。

「……大きくなったね、ソゥちゃんは。この間まで赤ん坊だったのに」

「えー？　何言ってるの、シィちゃん？　ソゥちゃん赤ちゃんじゃないよ！」

不満げに振り向いたソラの頭を、シキは優しく撫でてやる。

「うん……そうだよね。もっと大きくなるんだから、はらぺこのままじゃダメだよね」

生活は楽じゃない。

漁師だった父が怪我をして働けなくなったのが四年前。その日のうちに内職を始めた母は、必死に二人を育ててくれた。

貧しくて、食べるだけで精一杯な毎日だけど……きっと悪くはない日常だ。

「……そろそろシィちゃんも、頑張らないとね」

独り言のように呟いて、シキは釣竿を強く握る。

母の言う通りだ。もう十歳になるのだから、遊んでばかりもいられない。これからは自分が、大好きな家族のことを支えるのだ。

ぎゅうと弟を抱きしめながら、自分に言い聞かせるようにシキは言う。

「……だってさ、それが正しい道なんだもん」

「この村は海の幸が豊富だからさ、無茶しなければ……ギリギリだけど、どうにか生きていけるもんね。みんな優しいし、のんびりしてて平和だし、ソゥちゃんは可愛いし！」

大丈夫、大丈夫、大丈夫。

自分は正しい道を歩んでいる。賢い選択が出来ている。

一度でも道を踏み外したら、人生を立て直すのは大変だ。危険なこと、意味のないことはしない方が良い。

だから安全な道を選ぶ——見通しが良くて、すっかり整備された道だけを。

「……シィちゃん、見て！　おひさま、溶けちゃうよ！」

ふいに遠い太陽を指差して、ソラがそんなことを言い出した。

穏やかな現実に引き戻され、シキは優しく弟に問いかける。

「溶けちゃう？　何の話？」

「だって、ほらあ。海に……とろんって……」

「……ああ、そういうこと」

舌足らずなソラの説明に、シキはなるほどと納得する。

遥か遠く、水平線に沈む太陽は、まるでゆらめく真夏の陽炎。広大な大海原に、自らの色を溶かし消えゆくその様は、どこか儚く物悲しい。

「大丈夫だよ。明日になれば、また元気に昇ってくる」

もしかしたら我が弟は、詩人の素質があるかもしれないな……そうやって感心していると、ソラは再び「シィちゃん」と呼ぶ。少年は、今度は海を指差していた。

「ねえねえ、シィちゃん。海の……もっと、もっと向こうには何があるのかな？」

「なんにも無いよ。ずっと海があるだけ」

釣竿を握ったまま、さらりとシキは口にする。

家は貧しく、学校に行ったことはない。だけれどシキは親切な隣人の厚意によって、帝国発行の基礎教書一式を貰い受けていた。何年もかけてそれらを隅から隅まで読み尽くしたシキは、それが当たり前の、大人の世界の常識だと知っていた。

ここ《リグレイ帝国》は、広大な海の、ちょうど中心に浮かぶ島。

この世界に存在する、たったひとつの国なのだ。

「海には危険な生物が棲んでるし、あの向こう……水平線の辺りには、ひどい嵐が吹き荒れてるんだって。危ないから、遠海に出るのは帝国法で禁止されてるんだよ。お父さんは漁師だったけど、それでも、あの岩から奥には絶対に――」

「……なんで？」

しかしソラは、どうにも納得する様子がない。

「なんで、何もないの？　なんで見たことないのに、シィちゃんは知ってるの？」

「なんで、って……」

予想外の質問攻めに、答えに窮してシキは黙る。

「…………」

衝撃だった。幼いソラの質問に、答えられなかったからではない。問題なのは今まで自分が一度たりとも、そんな当たり前の疑問すら抱けなかったという事実。

そのことが堪らなくショックだった。

急激に自分がちっぽけに思えて、恥ずかしくて、そんな現状にイライラした。

「……ソゥちゃんはすごいや。なんだかシィちゃん、馬鹿みたいだね」

自嘲気味に呟いて、シキは遠い水平線を眺め見る。

生まれてからずっと、あの向こうには何もないと信じていた。それなのに……確信がぐらぐらと揺らいでゆく。何も言えない、分からない。

井(い)の中(なか)の蛙(かわず)。井戸で育った蛙(かえる)は、大きな海を知ることはない。

「……本当だね。本当に……何があるんだろう」

それから五分ほどの時間が過ぎた。

微動だにしなかった竿先(さおさき)が、僅かに動いたのはその時だ。

弾(はじ)かれるように立ち上がり、力強く竿を握る。がんばれ、がんばれ！　背中に弟のエールを受けながら、シキは全力で竿を引くが。

「……なんだあ、ゴミじゃんか」

釣竿に引っかかっていたのは、魚ではなく薄汚れた瓶だった。

期待外れ。へなへなと座り込み、シキは瓶を手に取った。大きさは掌(てのひら)に収まるほどで、振ればカラコロと音がする。

「なんだろう……これ」

表面の汚れを拭ってみれば、それが繊細な硝子(ガラス)細工になっていることに気が付いた。

刻まれていたのは、見たこともない奇妙な模様だ。

「……すごく不思議な瓶だよね。なんだか、まるで——」

——まるで、別の文明世界から届いたみたい。

「…………ッ!!」

閃(ひらめ)きと同時、どきんと胸が高鳴った。

（別の、文明……？）

ありえない、あるはずがない。だから変な期待をするんじゃない！

理性がそう警告するが、高まる感情は止まらない。

はやる気持ちを抑えきれず、シキは栓に手を掛ける。そのまま少しだけ力を込めれば、瓶はきゅぽっと音を立てて、拍子抜けするほど簡単に開いた。

まず初めに感じたのは、嗅いだことのない奇妙な匂いだ。ほのかに甘く、それでいて金属のように硬質な香り。逆さにして振ってみれば、掌（てのひら）に二つの〝何か〟が落ちた。

一つ目は指輪のようだった。美しい紅色の石が嵌（はま）っている。全体は白く滑らかで、金属にも鉱物にも感じられた。はじめて目にする宝石に、ソラは瞳をきらきら輝かせ。

「わあー、すごい！　宝物だあーっ！」

指輪を自分の指に嵌（は）めて、嬉（うれ）しそうにスキップしている。

……一方、シキが興味を抱いたのは二つ目の中身の方だった。

くるくると丸められた、古びた紙。それはどうやら手紙のようで――。

「……うそ……」

書面を目にしたシキは、ごくりと唾を飲み込んだ。

「なに、これ……」

鮮血のように赤いインクで、びっしりと何かが記されている。

並びを見る限り、どうやら文字であるらしい。それなのにシキは、内容を一切理解することが出来ないでいる。

――シキの知らない言語だった。

心臓が、早鐘のように鳴っている。電撃が脳を貫き、全身の皮膚が粟立った。当たってしまった。夢想じみた予想が、急速に確信へと変わってゆく。当たってしまった。当たってしまった。馬鹿げた予感が当たってしまった。

（……この海の向こうには、未知の世界が存在する！）

加速する興味は止まらない。もはや平静を保つことなど困難だった。

退屈な世界が色を変え、まばゆい光を放ちはじめる。

海の向こうには何がある？　どんな世界が広がっている？

……果てなき想像を巡らせるたび、世界はさらに輝いて。

「……ねえ、それ、なあに？」

不思議そうにシキを見上げ、ソラが小さく首を傾げた。

「……分からない」

口から飛び出た呟きは、予想外に熱っぽく、ほんの微かに震えていた。

「……？　シィちゃんにも、わかんないことがあるの？」

「あのね、ソゥちゃんには秘密にしてたけど……実はシィちゃんにも、知らないこと……まだまだ、いっぱいあるんだよ」

「えーっ⁉」

見せて見せてと言いながら、ソラはぴょんぴょんと飛び跳ねる。

あんまり必死に跳ねるから、シキは弟にそれを手渡した。わあ、ぜんぜん読めないよ！

……そんな無邪気な反応が、即座に返って来ることを期待して。それなのに。

「……どこかの……あなたへ……」

「ソゥちゃん……？」

「とおい、あなたへ……この、てがみを、ささげます」

じっと手紙を見つめながら、ぽつぽつとソラが呟いた。状況が理解出来ず、シキはただ呆然と、少年の姿を見下ろすことしか出来なかった。

はじめ、彼が何を言っているのか分からなかった。

それでも少しずつ、少しずつシキは気付いてゆく。

信じられないような現象が、目の前で起こっているのだと。

「……読めるの……？」

掠れた声でシキは問う。するとソラは、得意げに「うん！」と答えるのだ。

「そんなこと……」

仰天し、シキはまじまじと弟を見つめる。

だってこの子は、つい最近、やっと絵本を読めるようになったばかりなのに。慣れ親しんだ帝国文字を覚えるだけで、何ヶ月も勉強が必要だったのに。

意味が分からず、シキはただ困惑していた。

そんなシキの目に飛び込んできた、ソラの指。不気味なほど深く、紅い輝き——奇妙な予感に突き動かされ、シキは指輪を自分の指に嵌めてみる。

「…………ッ!!」

効果は一目瞭然だった。

意味不明だった文字列が、はっきりと意味を持って、頭の中に飛び込んでくる。一言一句が、まるで自分の母国語のように理解出来る。

さらに驚くべきは、その手紙の内容だった。

手紙には、こう書かれていた。

——どこかの貴方へ。

遠い貴方へ、この手紙を捧げます。

突然ですが、貴方には「願い」がありますか？

これから貴方に教えるのは、果てなき願いを叶えるための方法です。

空を見上げ、この世界を司る神の名を——「ノル」の名を呼び、祈るのです。

切なる願いは神へと届き、貴方のことを導くでしょう。

もし貴方に相応の覚悟があるならば——どうぞ、この方法を試しなさい。

「ノル……？」

聞いたことのない名だった。

「神？　願いを……叶えてくれるだって？」

心臓が早鐘のように鳴っている。期待に胸を躍らせる自分と、科学的にあり得ないと冷静な自分が、心の中で対峙している。

帝国法では「海辺における拾得物は帝国政府に引き渡すべし」という内容が定められている。今すぐ馬鹿げた想像を止め、この瓶を引き渡す……べきだと分かっているけれど。

「……その前に、ちょっと試すぐらいは……良いよね？」

言い訳めいた呟きとともに、シキは浜辺の砂に座り込む。はしゃぐソラを膝に乗せ、遠い海を見つめながら、ゆっくりと自らの「願い」について想いを馳せた。

……自分自身で封じ込めてきた、心の奥深くに刻まれた想いを。

ずっと、この村で謙虚な生活を送ってきた。不満だなんて、持てるはずもない。貧しい生まれの自分にとって、それは身の丈にあった幸せであると信じてきたから。

日々の楽しみと言えば、ソラの成長を眺めること。それから帝国発行基礎教書を読むことぐらい。分厚い教書は、いつもシキに知らないことを教えてくれる宝物だった。

しかし先月――シキはついに教書一式を読み尽くしてしまったのだ。

（……シキ＝カガリヤの世界は……もう、これ以上広がることはない。これからずっと、狭くなってゆく一方なんだ）

そう思うと、心の隙間に影が差した。

シキ＝カガリヤの歩む道は、見通しが良くて安全だ。だけど見通しが良すぎるものだから、五年後、十年後、二十年後――遥か遠くの未来でさえ、とても容易く想像できる。

井の中の蛙。イノナカノカワズ。世界は無限に広いのに……それなのに自分は、この狭苦しい田舎町に閉じ込められて、年老いるのを待つしかない。

そうして内面的な豊かさは変わらないまま、外面だけは立派な大人の姿になって……その果てに自分は、どんなに密度の低い人間になると言うのだろう。スカスカのまま年老いて死んで、遺灰を風に吹き飛ばされれば、そこには何も残らない。

（……つまんないよ、そんなの）

シキ＝カガリヤは賢い道を選んでいる。そのことに疑いの余地はない。

けれど、どこか物足りない。危険で不安定な獣道、あるいは先など見えない荒野の中を――道なき道を、進みたいと思うことは罪なのか？

ずっと、怖いと思っていた。道を逸れてしまうことを、どうしようもなく恐れていた。

だけれど今……急に気付いた。このまま終わってしまうこと。狭い世界しか知らずに死ぬこと。そっちの方が、もっとずっと――すごく怖い。

「……嫌だ……」

新しいことが知りたかった。知らない世界が見たかった。

……本当はずっと求めていたのだ。この刺激なき毎日からの脱却を。

シキはゆっくりと顔を上げ、遠い空を眺め見た。沈みかけていた太陽は、いま完全に海へと溶け込んで、村はとっぷりと闇に包まれていた。

「……ノル」

初めて口にした〝神〟の名は、不思議と心をざわめかせ。

「……このままじゃ、終われない」

きゅっと弟の手を握りしめ、切なる想いを噛みしめる。

ようやく気付いた、真の願い。

「シキ＝カガリヤは――この海の向こうに、行きたいんだ!!」

口にした瞬間――強烈な熱が、心臓に宿った。

積み重ねた想いが、血を沸騰させている。燃え滾るような血の奔流が、激しく全身を駆け巡る。内側から焼き尽くされるような感覚に、シキは耐えきれず砂に倒れた。

「ああッ……！」

劇的な変化が生じたのは、左腕だった。

鮮烈な灼熱感とともに身体に文字が、刻まれてゆく。

「シィちゃ……シィちゃん、どうしたのっ……!?」

ソラがあわあわと慌てながら、悶えるシキの肩を揺さぶった。

一過性の灼熱感は、その頃には嘘みたいに消え去っていた。

荒い呼吸を続けながら、月明かりに腕を掲げる。

腕全体を覆うように、びっしりと文字が刻まれていた。手紙に記されていたものと同じ形の、奇妙な象形文字だった。

——我が名はノル。

勇敢な君に、類（たぐい）まれなる好機を与えよう。

我の定めし道標（シルベ）に従い、三つの物を【捨てる】のだ。

一、この退屈な【故郷】を捨て、帝都に出よ。記憶した基礎教書の内容を諳（そら）んじれば、君は帝国学院への特別入学を許可される。学院では薬学を専攻し、勉学に励め。

二、くだらない【自尊心】を捨て、学院を辞めてユリヤ邸の使用人となれ。屋敷にて、君は博識な青年・アオイ＝ユリヤと出会うだろう。彼は病床に伏しているが、心配はいらない。知恵を合わせて行動すれば、彼は必ず救われる。

三、帝国への【忠誠心】を捨て、青年とともに〝禁じられた海岸〟を目指せ。行動を起こすのは、君にとって十三回目の誕生日だ。混乱の中、君たちは厳重な警備を突破する。海岸沿いに進んでゆけば《ササノウカビ》を見つけるだろう。

ササノウカビに乗り込めば、君が望みし新世界への道が拓（ひら）かれる。

その扱いは、アオイ＝ユリヤに任せれば良い。

——さあ恐れずに、今すぐ我の言葉に従うのだ。

必要なのは、ただ一つの覚悟のみ。

全てを失い、ゼロへと至る覚悟さえあれば、君は奇跡を手に入れる。

禍々(まがまが)しく、畏怖すら覚える傷跡は、そんな言葉で締めくくられていた。

「……これに従えば、願いが叶(かな)う……？」

にわかには信じがたいことだった。

「たった……これだけで……？」

それでも、期待せずにはいられない。

（……証明したい）

このメッセージは本物なのか。ノルとは、本当に運命を統べるほどの存在なのか。

「……ねえ、ソゥちゃん」

ゆっくりと身体(からだ)を起こし、傍らの弟へ呼びかける。

「ソゥちゃんは、この村が好き？　ずっと、この村にいたいと思う？」

まっすぐに目を見据え、真剣に問いかけた。

やはり気に掛かるのは弟のことだ。帝都に行くとするならば、ここにソラを置いて行くか……あるいは一緒に帝都へ出ることになる。

いずれにせよ、ソラの人生を大きく変えてしまう選択だ。

「うん。ぼくは、ここがすき！」

するとソラは両手を広げ、にこりと笑った。

「だって、村にはシィちゃんがいるんだもん！　ぼくは、シィちゃんがいる場所がいちばんすき！　シィちゃんと一緒に、いろんなとこに行ってみたい！」

「……そっか」

小さな弟をぎゅっと抱きしめると、やわらかく優しい匂いがした。

「シィちゃんだって、ソゥちゃんがいる場所が一番好きだよ」

覚悟は決まった。

この子を連れて、生まれ育った村を出る。道標（シルベ）に従って願いを叶え、ソラとともに新しい人生を歩んでゆく。この広い世界の隅々まで、ソラに見せてあげるのだ。

＊＊＊

「これが……」

求め続けた《ササノウカビ》の姿を見上げ、十三歳になったシキ＝カガリヤは思わず感動の声を上げた。軽やかな帆、流線形の、美しい船体――。

ササノウカビ。それは帝国が秘密裏に造り上げていた、最新鋭の船だった。

「最高にカッコいいだろ、シキ。船ってやつは！」

興奮を抑えきれない様子で、傍らの青年が肩を叩（たた）く。肩まで伸びた黒髪を、背中で束ねた線の細い青年だ。彼の言葉に、シキは素直に頷（うなず）いた。

「……はじめて見たけど、すごくカッコいい！　でも、まだ地面の上なんだね」

「はじめから海上で造るのは、すごく大変だから。こうやって地上で造って、あとから周りに水を入れて浮かせるんだ……たぶんね」

そう言って軽く笑うと青年は、船と海とを隔てている巨大な門を指差した。なるほど、あの門を開放することで、海水が流れ込んで船が浮かぶ仕組みなのだろう。

つくづく感心してしまう。なにせ《ササノウカビ》の設計図は、もともと彼――アオイ＝ユリヤが、趣味で作ったものなのだ。

「アオイさんは、ほんとにすごい。こんなもの、たった一人で……」

物心付いた頃から、青年は船旅を夢見ていた。帝国法で禁止されていると知りながら、独学で造船を学び、自分だけの船を夢想し、設計図まで書き上げたのはそのためだ。

そんな密（ひそ）やかな楽しみは、しかし唐突に終わりを迎えることになる。

設計図の存在が、どこからか帝国政府に漏れたのだ。青年は設計図を奪われ、数年におよぶ獄中生活を余儀なくされた。彼がまだ、十代半ばの日のことである。

「設計図を奪われたときは凹（へこ）んだけど……まさか、勝手に造られてたなんてなあ……ずいぶん立派になったもんだよ、本当に」

感慨深げに目を細め、青年はゆっくりと船に近づいてゆく。かと思えば突然こちらを振り返り、両手を広げて笑うのだ。

「さあ出港だ！　シキ、ソラ！　二人とも、準備はいいかい？」

アオイ＝ユリヤ。子供のような無邪気さと、尊敬すべき博識さを併せ持ったこの青年と出会ったのは、今からちょうど一年前のことになる。

初めて出会った頃、彼は不治の病に伏していた。顔は青ざめ頬はこけ、今にも消えてしまいそうなほどの状況だった。

帝都で「不治の病」とされていたアオイの病に、ソラの血液から抽出した成分が奏功したのは……偶然か、それとも必然か。

とにかく怖いほど順調に、シキはアオイの治療薬を開発した。それからはトントン拍子で、かつて彼が夢想していた船《ササノウカビ》の存在を知り、〝禁じられた海岸〟へと侵入し、あっさりと今に至っている。

——結論から言おう。ノルの言葉は完璧だったのだ。

「……シキ。あの日、会いに来てくれてありがとう」

「えー、突然なに？　なんだか改まって、恥ずかしいよ」

「ちゃんと伝えておきたいんだ。今こうして僕が生きているのも、長年の夢が叶うのも……全部、シキとソラのおかげだ。ありがとう。僕にはね……愛して止まないものが三つあって、その一つが、君たちみたいな——」

「やめてよ、照れちゃうから！　お礼なら、この文字をくれた〝ノル〟に言ってよ！」

手をぶんぶん振って謙遜するが、本当は心の底から誇らしかった。

「……それじゃあシキ、君が一番乗りだ。ほら、ソラもおいで！」

振り返って、アオイがソラに手招きをする。

「えー、まって！　ぼく、もっと宝さがしして行きたいよ！」

しかし海岸線を歩くソラは、船よりも貝殻集めに夢中だった。三年前と少しも変わらぬマイペースさに、シキとアオイは、顔を見合わせ少し笑った。

三年前——故郷を出る決意を伝えたとき、母は少しも怒らなかった。きっと寂しいに違いないのに、優しく微笑(ほほえ)んでくれたのだ。

よかった、と母は言った。やりたいことが見つかって良かったと。不自由させてごめんね、これからは迷わずに、自分の道を歩むんだよ……ソラをよろしく、元気でね。

温かな言葉が、記憶の中で反響する。

「……お母さん、行ってきます」

一足先にササノウカビへと乗り込んで、シキは深く息を吸い込んだ。それと同時、門から大量の海水が流れ込む。ぷかりと船が浮かぶ感覚に、シキはわっと声を上げた。

——その時だ。

ほんの僅かに、地鳴りのような音が聞こえたのは。不思議に思い、シキは船から身を乗り出す。アオイは少し首を傾(かし)げて「地震かな」と呟(つぶや)いた。

「……たとえば、僕の仮説では」

そう前置きして、涼しい顔でアオイは続ける。彼は、地面の亀裂を指差していた。

「海水が、地中深くに流れ込んで……その影響で地底圧力が変化し、地震を誘発した」

「そんなことがあり得るの？」

「可能性は低いが、ゼロじゃない。自然の神秘ってやつだよ。たとえば他にも――」

……しかしアオイの言葉は、激しい爆発音によって掻き消されることになる。

帝国中央にそびえる霊峰――ミカゲヤマ。その頂上付近から、轟音は聞こえた。見上げればもうもうと煙があがっている。くすんだ赤茶色の、不気味な煙だ。

瞬間、アオイの顔が強張った。

「アオイさん……？」

アオイ＝ユリヤはいつでも不思議な余裕があって、どんな時でも優しい笑みを絶やさない。そんな彼が顔面蒼白になっている。

直感した。何か……とてもまずいことが起きている。

次の瞬間、アオイが叫んだ。

「シキッ！　今すぐにソラを連れて来て！　一刻も早く！　船に乗り込むんだッ！」

「何……？　ねえ、何が起きてるのアオイさん！」

「火山湖の爆発だ！　湖底に溜まった毒ガスが流出する！　ここにいたら死ぬぞッ!!」

「…………ッ!!」

――思考するより、身体が動く方が早かった。

ソラ、ソラ、ソラ!!　――弟の名を繰り返し、気付けばササノウカビを飛び降りていた。

何度も何度も呼びながら、永遠にも思える海岸線の、砂の上を必死に走った。

しかし、ようやく触れた少年の身体は――。

「ソゥちゃん……？」

ゾッとするほど、冷たくて。

「嘘、そんな……そんなこと……」

――どんなに嘆いても、もう遅い。

壊れた運命の歯車が、狂ったように回転する。

少年は、仰向けになって倒れていた。大きな目は無感情に見開かれ、瞬きを失い、白濁していた。弾けるような生命力に満たされていた、かつての面影はどこにもない。

突然、ガクガクと引き攣れるように、少年の筋肉が無秩序な収縮と弛緩を繰り返す。そのうち両脚が奇妙な方向に湾曲し、絡み合い、巨大な蔦のように捻じれて、伸びて――。

「……ア……ァ……」

動物じみた呻きを上げながら、少年は自らの肉体を掻き毟る。

すると皮膚が、腐った樹皮のようにべろりと剥げた。奥から現れたのは、異質な白の肉体だ。その「白」は、死者へと手向ける蝋燭に似ていた。磨き抜かれた骨にも似ていた。

やがて全身の皮膚が剥がれ落ち、衣服までもが灰となり、少年は色彩を失って。

「…………ッ!?」

そこであることに気付き、シキはギョッと目を見開いた。

剥がれた皮膚の内側に、びっしりと奇妙な文字が刻まれている。

反射的に拾い上げ、シキはそれを凝視した。

……忘れもしない。それは自分をここまで導いた、全知全能の神・ノルの筆跡。しかしソラに刻まれたそれは、シキの物とは決定的に異なっていた。


――悲劇の火蓋は切られた。

愚かなる「願い」に酔わされて――《悪の死源（ペイシェント・ゼロ）》は、我に魂を売ったのだ。

やがて帝国は侵される。《悪の死源（ペイシェント・ゼロ）》によって引き起こされた大地の震えは、眠り続けた火山湖を呼び覚まし、帝国に、致命的な毒物汚染を齎（もたら）すのだ。

さあ悲劇を止めたくば、全ての始まり――《悪の死源（ペイシェント・ゼロ）》を見つけ出し、その心臓を止めるのだ。

さもなくば帝国は破滅を迎え、君は永遠の苦しみを負うことになるだろう。


「……なに……これ……」

拾い上げた少年の皮膚は、やがて真っ白な灰と化す。指の隙間からサラサラと零（こぼ）れ、ぬるい風に溶けて行った。

「……ペイシェント、ゼロ……？」

脳が理解を拒んでいる。とても心が追い付かない。

心臓が暴れ、全身の毛穴から冷や汗が噴き出す。

「なんで、こんな……」

そのうち少年は濁った眼球すらも掻(か)き毟(むし)り、眼窩(がんか)に指を挿し込んだ。ぐじゅりと湿った音がして抉(えぐ)り出された眼球は、なぜか血液の赤ではなく、粘液の白で濡(ぬ)れていた。眼窩にぽかりと開いた空洞からも、どろり白い液体が溢(あふ)れ出し。

「なんでッ――」

「――アアアァァァッ……!!」

絶叫と共に、少年は激しくのけ反った。

捻(ね)じれ合った脚が地面に突き刺さり、急速に伸びて大地に根を張ってゆく。

体中にボコボコと蓮(はす)の花托(かたく)のような穴が空き、どこか人間の腕に似た白い枝が、全身の毛穴を、強引に押し広げて生えてくる。

顔からも、耳からも、胸や腹や尻からも、不気味な枝が次々に萌芽(ほうが)し育ってゆく。

「ソゥちゃん……!」

返事はない。しかし声に反応するように、無数の枝は一斉に動作を開始する。

手の形をした枝の先端には、眼球の形をした白い果実が握られていた。次々と握り潰されてゆく眼球が、ブチンという破裂音とともに炸裂(さくれつ)する。

むっと甘い匂いのする不気味な白霧が、一瞬で帝国中に広がった。

「ソラ……ソゥちゃんっ……!」

「触るんじゃない、シキッ！」

思わず駆け寄ろうとしたシキのことを、背後の青年が怒鳴りつけた。

「……あれは危険だ！　たぶん僕たちに、どうこう出来る存在じゃない！」

青年はシキの身体を抱き上げて、一目散に駆け出した。

白き大樹が──愛しい弟が、遠く遠くなってゆく。

「放して、アオイさん」

掠れた声で懇願するが、青年は決してシキの言葉を聞き入れない。

「放して……放せよッ！　ソラが──」

青年の腕に齧りつき、シキは暴れた。それでも青年はシキを放さず《ササノウカビ》へと乗り込んで、しばらく構造を眺めたかと思うと、素早く船を出航させた。

船はリグレイ帝国を離れ、水平線の向こう側へと進んでゆく。想像を絶する犠牲と引き替えに、愚かな願いへと進んでゆく。

掛け替えのない存在が──遠い世界に消えてゆく。

「ソラを……連れて行かないとっ……！」

遠海に出てからもシキはなお、船を降りようと暴れ続けた。

「だめだよ！　あんなとこに、置いて行けない──」

「いい加減にしないかッ!!」

ばちん。聞き分けのないシキの頬を、アオイは思い切り平手打ちした。

甲板に倒れ込んだシキの肩を、彼は激しく揺さぶった。反抗しようと拳を握って、その瞬間、シキはハッと気付いて動きを止める。

アオイ＝ユリヤは、泣いていた。

「……アオイさん……」

「正気に戻れよ、シキ……お前には、あれが生きてるように見えるのかよ……？」

「…………っ！」

胸が震えた。冷静になって、改めて弟の姿を眺め見る。

白き大樹の核となり果て、得体の知れない悲劇を振りまくその存在は……もはや人間と呼ぶことは叶わない。心臓なんてとうの昔に停止して、笑わず、喋らず、動きもしない。

「ソラは……」

温かさ、柔らかささすら失われ——永遠に、この手に戻って来ることはない。

「……死んでる」

口にした途端、涙が溢れた。

死の実感。身体の芯が抜き取られ、空洞になってしまったような孤独感。

「もう……会えない」

あの子は死んでしまったのだ。

今さらどんなに後悔したって、二度とソラには触れられない。

頭の中では分かっている。今さら何をしたって意味がないと。だけれど……。

「でも……すごく、すごく、可哀そうだ」

溢れる想いを口にすると、アオイさんが嗚咽した。

「ああ、本当だ……本当に、本当に……可哀そうだよな」

ひとりぼっちで置き去りにされて、惨たらしい姿になって……あまりに可哀そうで、悲しくて、全身が引き裂かれてしまいそうで。

残された二人で抱き合って、叫んで、喚いて……乾き果ててしまうほど泣いた頃――突然、アオイ＝ユリヤが血を吐いた。

「……アオイさん……？」

ただ、呆然とすることしか出来なかった。

青年の吐いた血液には、不気味な白い粘液が混ざっている。白き大樹の実から散る、あの白い霧を吸い込んだせいだと……直感した。

アオイ＝ユリヤはもともと身体が弱かった。少し走っただけで息を切らしている姿を、何度も見てきた。彼にとってはほんの少しの毒でさえ、命取りになってしまうのだ。

「アオイさん……」

彼には、まだ微かに息があった。

しかし呼吸は荒く、目は虚ろ。もう長くないことは、明らかだった。

「シキ、これを……」

掠れた声を絞り出し、アオイはシキに何かを手渡す。

彼がいつも身に着けていた、美しい銀細工のついた髪紐（かみひも）だった。

「一族に伝わる……お守りだ。これを君に、持っていてほしい……」

「いらない。受け取れない。もう……ここで、アオイさんと一緒に死ぬ——」

「ダメだ、シキ」

青年は震える小指を、シキに向かって突き出した。

彼らしくない強引さで小指と小指を力強く絡め——もはや気力を失った、シキの瞳をまっすぐに見据え。

「君は……生きるんだ」

「……ッ……！」

その言葉を最期に、アオイ＝ユリヤはこと切れた。

見ればシキの小指には、白くなったアオイの血がこびり付いている。小指と小指を絡め合う、帝国では広く〝約束〟を意味する動作だった。

ササノウカビは順調に海上を滑り、破滅した祖国から遠のいてゆく。海の向こうの大樹の姿が、小さくなって消えてゆく。

左腕の文字列に変化が生じたのは、それから数日後のことだった。アオイの体から温かさが消え、硬直し、それから徐々に融解してゆく光景を、ただ呆然（ぼうぜん）と眺め続けるシキの腕に——懐かしくも忌まわしい痛みが、弾（はじ）けたのだ。

——死結完了。君の願いと引き替えに、リグレイ帝国は破滅を迎えた。

メッセージが浮かんだのは一瞬だった。

文字列が消え去り、すっかり綺麗になった左腕を眺め……それからシキは、遠い空を仰ぎ見た。

突き抜けるほどの青空の向こうで、今まさに一つの国が、多くの命が、ちっぽけな自分の行動によって失われたという実感は……なんとも非現実的で、どうにも受け入れがたいものだったけれど。

船の柱にしがみつき数日ぶりに立ち上がれば、全身の関節が悲鳴を上げた。

生きるんだ——空っぽの心に、アオイ＝ユリヤの言葉が空しく響く。君は生きるんだ。

現実感のない青年との約束が、いつまでも耳にカサカサとこびり付いて。

「……必ず、ここに戻るから」

遠い水平線に向け、語り掛けるようにシキは呟く。

あの子は、今も苦しんでいる。穏やかな死すらも与えられず、突如として吹き込まれたおぞましき魂によって、更なる苦痛を味わい続けている。

可哀そうで、哀れで仕方がない。そんな少年を救うのは、愚かな自分の役割だ。

「……大丈夫だから。シィちゃん、変わるから。強くなって、ここに戻って……絶対に、お前を……ちゃんと、殺してやるからな」

だから寂しがらずに、ここで待っているんだよ。

「──約束だ」

血のこびりついた小指を掲げ、シキは呟く。

そうしてシキ＝カガリヤはたった一人船に揺られ、かつて願った未来──未知の世界、海の向こう側へと進んでゆく。

……そして、四年の月日が経った。

すでに英雄として定着した今となっては信じがたいが、若き日の“6人”は、いずれも“異端者”と思われていた。

1. 貴族の青年・エルムントは、完全無欠で面白みがない。
2. 科学者・ジョウは、研究以外のことは食事マナーすら分からない。
3. エルムントの弟・バランドは、何をやっても兄には勝てない。
4. 天文学者・ライラは、人が怖くてお星さまとしか話せない。
5. 遊び人・ヒイラギは、毎日違う相手と昼寝をする。
6. ならず者・ルギーは、戦いの中にしか存在価値を見出せない。

……しかし彼らは“英雄”となった。

エルムントが《覚醒の冠》を頂き《統率者》としての才能を開花させた、その瞬間に。

大陸各地から集結した六英雄は、ついには《死源の神：ノル》を打ち砕き、暗黒の世にささやかな平和をもたらした。

ここルーラント大陸各地に伝わる、およそ300年前の逸話である。


——カロット＝カルーゼン著『大陸全途』序章より抜粋

【第一章　砂漠に咲いた氷花みたいで】

1

灼熱（しやくねつ）色の太陽が、大気中に舞う砂粒のベールに包まれる。嘘（うそ）みたいに柔らかくなった陽光が、あまりに神々しく《宗教国家：アイリオ》へと降り注ぐ。

ここは国の中枢《ガリラド大聖堂》。その広大な敷地内に設けられた大聖堂広場にて、民衆たちは美しき太陽《宝玉陽（オパール・サン）》へと跪（ひざまず）き、祈りの言葉を口にする。

宝玉陽には、遥（はる）か昔に死した〝神〟が宿っている——そう、信じられているからだ。

幻想的なスカイ・グラデーションに祝福され、ひとりの少女が、奥から姿を現した。

その少女は美しかった。常軌を逸して、美しかった。

年齢は十代半ばほど。どこか硝子（ガラス）細工を思わせる、繊細な印象の少女だった。

透き通った藍白の瞳は、冬湖を固めた純氷のよう。色素の薄いロングヘアが、ふわりと風に靡（なび）いて粒子を散らす。睫毛（まつげ）までもが純白で、瞬（まばた）きのたびに輝きが生まれる。

——ガシャン、ガシャン。

少女が歩けば、金属質の音が響く。細い首に繋（つな）がれた、頑丈な鎖が擦（こす）れる音だ。

白き少女は囚われていた。縛られ、自由を奪われていた。

先導する青年が鎖を引き、少女はその眷属が如く、賑わう広場を進んでゆく。

裸足のまま、為す術もなく。

「はじめて君を見たときに——」

鎖を握る青年が、穏やかな口調で切り出した。

くすんだ金髪が目立つ、長身の青年だ。はためく純白の外套には、十字架に数字のゼロを重ね合わせた聖職者の証——《零十字》と呼ばれる紋章が、銀糸で刺繍されている。

「驚愕したよ。だって、あんまりだ！　あまりにも……」

青年は言葉を詰まらせて、感極まったように目頭を擦る。

「あまりに人間離れしてるから。こんなに綺麗な生物が、この世に存在してるんだって……少し、怖いぐらいだった。事実震えてたんだよ、僕は。ガタガタ震えて、止まらなかった。だって純白は神様の色……君は生まれつき、ノル様に祝福されているに違いない」

「…………」

「その証拠に、ほら。君を迎える宝玉陽は、ああ……こんなにも美しい！　本当に、今日は最高の処刑日和じゃないか！」

両手を広げ、青年は微笑う。澄み切った残虐性を、少女は静かに見上げている。

二人が向かうは広場中央。天に向かって高く組まれた、処刑台の頂点だ。

「さあ……ともに向かおう！」

少女は罪深き「死刑囚」として、青年は罪人を送り届ける「葬送者」として——興奮しきった民衆たちに彩られた、死の花道を進んでゆく。

娯楽に乏しいこの国で、処刑とは一大エンターテインメントであるらしい。

非日常の空気に酔い、すっかり熱くなった民衆たちの口からは、ありとあらゆる罵詈雑言が流出し、少女に向かって降り注ぐ。

そのうち民衆のひとりが、少女に砂を投げつけた。

そこからは徐々にエスカレートしていって、小枝に石、しまいには貴重品である水までもが投げつけられて、残酷なお祭り騒ぎは加速してゆく。

民衆の手で、白き少女が汚されてゆく。それでも誇り高き内面は、こんな色には染まらない。だからこそ少女は、無抵抗で全ての誹りを受け入れた。

「……おい、テメェもやれよ。役立たずの無能野郎が」

「……嫌です。無理です、やりたくない」

ふと花道の左側から、コソコソと押し殺したような会話が聞こえてきた。粗暴な声と、気弱そうな声。少女は表情を変えぬまま、そちらの方向に意識を向ける。

「嫌だァ？　……テメェの意見なんて訊いてねェよ。さっさと行けや、カス以下がッ！」

どんっ。

大柄な男に小突かれて、飛び出してきたのは少年だった。

強引に花道へと押し出され、少年はよろめき倒れ込む。砂だらけになった少年は、困ったように少女を見上げた。

　年齢は少女と同じほど。線が細く、自信なげで、いかにも貧弱そうな少年だった。

「……おや。我がチームの異物じゃないか」

　鎖を引いていた青年が、わざとらしい声を上げて立ち止まる。ビクッと肩を震わせて、少年は怯えたように青年を見上げた。

「ヴェクタ、さん……」

「どうしたんだい？　珍しく、儀式に参加する気になったのかい？」

「……ちがう」

「違う？　……それじゃあ、困るんだよ」

　唐突に厳しい口調になって、青年は少年の胸倉を掴む。やっちまえ、ヴェクタ――背後の男が嬉しそうに、金髪の青年を囃し立てた。

「いいかい？　これはアイリオ国にとって、とても大切なことなんだよ」

　金髪の青年――ヴェクタは少年の胸倉を掴んだまま、まるで聞き分けの悪い子供にするかの如く、ゆっくりと噛んで含めるように言葉を続ける。

「この浄化祭は、赦しの儀式だ。罪人の魂が赦されるためには、それ相応の痛みを与えなければいけないんだよ。肉体的にも……精神的にも、ね」

　これは全部、彼女のためなんだ。そう繰り返しながらヴェクタは少年の胸倉から手を放し、鉛のように冷え切った瞳で彼を見下ろす。この女を痛めつけろ、ありったけの屈辱を与えろ——無言の圧力が、俯き続ける少年を襲う。

ああ、なんて趣味の悪い。こんな、虫も殺せなそうな少年相手に……。

「……怖い？」

少女は訊いた。静かな少女の問いかけに、少年は答えず目を伏せる。

かと思うと少年は、まるで傷口を庇うかのように、自らの左腕をぎゅっと握った。見れば少年の左腕には、薄汚れた包帯がグルグルと巻きつけられている。

……乱暴な彼らに、ひどい暴力でも受けたのだろうか？

「君がこれ以上、我らが《偉大なる東十字》に迷惑を掛けるつもりなら……」

スッと目を細め、忠告をするようにヴェクタが言った。

「次に《神罰》が下るのは——君の番だろう」

——神罰。

その言葉を聞いた少年は、ハッと目を見開いた。夜闇のように暗い瞳が、鮮烈な恐怖に濡れている……そんな風に、少女は感じた。

（神罰……？）

罪人の少女は、その単語の意味をよく知らない。ただその言葉が、この国の人間にとって耐え難い恐怖であることだけは理解できた。

倒れたまま何かを思考していた少年が、ついに決意したように顔を上げ立ち上がる。

わなわなと震える手で取り出したのは、どうやら卵のようだった。丸くて、白くて、小さくて——あっと思った瞬間には、それはすでに、少女の顔面へと投げつけられていて。

「…………」

観衆がどっと沸き、実行者の少年を褒(ほ)め称(たた)える。さすが、そうでなくちゃ、意外とやるな役立たず——賞賛の言葉を浴びながら、少年はさっと俯(うつむ)いた。

どろりとした中身が、首を伝って、服の内側へと落ちてゆく。ベタベタとして気持ちが悪い……長らく無表情だった少女は、ここに来てほんの僅かに眉をひそめた。

「……さあ、そろそろ行くとしようか」

満足そうに微笑(ほほえ)んで、ヴェクタが少女の鎖を引く。視線の先に鎮座するは、天へと向かう処刑台。胸元で零十字(ゼロじゆうじ)を切る仕草をして、金髪の青年は高らかに叫んだ。

「——アイリス・ノーラス(愛しき神に忠誠を)!!」

＊＊＊

大聖堂聖歌隊によって、純正讃美歌(さんびか)第七番「再生の標(しるべ)」が歌われる。荘厳で華やかな讃美歌が、見事なハーモニーによって歌い上げられた。

処刑台には、白き少女。

その隣で、豪奢(ごうしゃ)な聖衣を身に着けた大聖堂司祭と、斧(おの)を抱いた葬送者の青年が、宝玉陽(オパール・サン)に向かい祈りの言葉を口にする。

「これよりガリラド大聖堂聖典に則り、神聖なる浄化祭を執行する！」

盛り上がってゆく讃美歌に包まれて、司祭は仰々しく少女の罪状を述べ始めた。

「――この者の罪は、神への反逆であるッ！　大聖堂の洗礼を受けぬ穢れた手で、神聖なる《死獣》を殺害した……その報いを受けるのだッ！」

何百人もの民衆たちが、遥か下方で大歓声を上げている。

その光景を見下ろしながら、少女は今日ここに至るまでの出来事を思い出していた。

（……迂闊だった）

そう悔やまずにはいられない。

隣国ルミナータで生まれた少女が、ここアイリオ国に辿り着いたのは、今から数ヶ月ほど前のことになる。ガリラド大聖堂によって編成された、世界有数の戦闘集団《偉大なる東十字》とやらの戦いぶりを……どうしても自分の目で、見てみたいと願ったからだ。

なぜなら少女も戦士なのだ。

幼い時から、この大陸中を汚染する《死獣》――死の具現化とも称される、醜悪な怪物どもと戦い続けて生きてきた。あの頃の自分は世界最強だと思っていたし、実際、負けたことなどなかったのだ。

そんな自信が崩れ去ったのは、少女が十三歳になった春のこと。自分から手合わせを申し込んだ、親戚のお姉さんに負けた。目も当てられないほどの惨敗だった。

（……悔しかったんだ。ほんと、もうメチャクチャに）

もっともっと戦いたい。限界を超えて強くなりたい。誰よりも、誰よりも——そう決意した少女は、その日のうちに家を出た。たった一人で旅をして、風の噂で知った死獣専門戦闘集団《偉大なる東十字》とやらを見るために、ついには国境を越える決意までした。

(……でも、ぜんぜん期待外れだったんだ)

心の中で溜息をつき、少女はゆっくりと首を振る。

命がけで辿り着いたアイリオ国は、まったく異様な国だった。そもそもあの醜悪な薄気味悪い《死獣》——あれを「聖なる存在」として扱うなんて、正気の沙汰とは思えない。しかも奴らが神聖視されているせいで、この国では死獣狩りが、ごく一部の聖職者にしか許されていない。エリート集団《偉大なる東十字》の戦いぶりも、悪くはないが特筆する程ではなく……そのせいで民衆たちは、ひどい死獣被害に悩まされているのだった。

だから少女は決めたのだ。

自分の手で、国中の死獣を殺し尽くしてみせようと。

それは決して善意や優しさの類ではなく、ライバルたちへの力の誇示、あるいは自分自身への挑戦……だったのだけれど。

しかし少女の想いとは裏腹に、その利己的な存在は、徐々に一部民衆たちの間で英雄視されていったのだ。

零十字を背負わぬ、異端の戦士——《無紋の旗士》と、そう呼んで。

結果として少女は大聖堂から危険視されて、国を賑わす指名手配犯となったのだが。

「──これより、懺悔の機会を与えよう！」

司祭の声が、広場に響く。神々しい宝玉陽が、遥か上空で輝いている。

絶望的な現実に引き戻され、少女は眩しげに目を細めた。

「さあ罪人よ、神への誓いの言葉を口にせよ！　過去を悔い改め、未来永劫の信仰を誓うのだ。さすれば肉体死したとしても、汝の魂は救われるだろう！」

司祭の言葉を聞きながら、斧を抱いた青年ヴェクタが、少女に向かって微笑みかける。

不気味なほど穏やかな瞳に、生理的な嫌悪感を覚えずにはいられない。

数週間前に少女を捕まえたのも、他ならぬこの青年だった。死した神への忠誠と、もはや狂気とも呼べる執念によって、潜伏先のオアシスを探し出されてしまったのだ。

拘束した少女に彼は語った。この神聖な浄化祭と、その残酷すぎる実態を。

慈悲深い神は、罪人にすら赦しを与える。処刑台で神への忠誠を口にすれば、これ以上の苦痛を与えることはない──ただ穏やかに、神の元へ送ってもらえるのだと。

『──ただし。神は抵抗する者に、容赦はしない。誓いの言葉を拒むのなら、君には罰が与えられる。両目は抉られ、鼓膜は焼かれ、四肢はちぎられ殺される』

顔色も変えずにヴェクタは言った。

残酷な未来を想像せずにはいられなくて、ゾクゾクと胸の奥が震えたのを覚えている。

「さあ罪人よ！　今こそ誓いの言葉を口にするのだッ！」

厳しい口調で、司祭がそう繰り返す。讃美歌の盛り上がりが佳境を迎える。

少女は知っていた。これを拒めば、どんな未来が待っているのか。どれだけ残酷な仕打ちを受け、どれほど無残な死に方をするのか……それを全て、知っていた。
だからこそ少女は顔を上げ——迷うことなく口にする。

「——クソ喰らえ」


瞬間——少女は跳び上がり、傍らに立つ司祭の腕へと噛(か)み付いた。

突然のことに男は怯(ひる)み、よろめいて処刑台から落下する。轟音(ごうおん)とともに砂埃(すなぼこり)が舞い散って、人々の絶叫が響き渡った。

「何てことをッ……！」

青ざめた顔で叫びながら、ヴェクタが少女に掴(つか)みかかる。しかし少女は一歩たりとも退(しりぞ)かない。勢いのまま顎に頭突きを喰(く)らわせれば、ガツンという音が響いて、彼もまた処刑台から足を滑らせ転落した。

「——我が名は、エヴィル＝バグショット!!」

燃え盛る怒号の渦に巻かれ、力の限り少女は叫ぶ。

エヴィル＝バグショット。この国に来てから初めて名乗る、誇らしき名だ。

「頭に、胸に！　この名を深く刻んでおけ！　我が名はエヴィル＝バグショット——かつて神を殺した負け犬、六英雄・バランドの末裔(まつえい)だッ!!」

処刑台はステージで、主役は自分。宝玉陽（オパール・サン）のスポットライトを浴びながら、エヴィルは大声で叫び続ける。特別製の舞台から、賑（にぎ）わう世界を見下ろした。

群衆たちは怒っていた。怒り狂い、口々にエヴィルを罵った。中には石を投げる者もいたが……この高き処刑台（ステージ）には届かない。

楽しかった。まるでカーニバルだとエヴィルは思った。ギリギリの命のやりとりほど、この血を沸騰させるものはない。


——しかし次の瞬間、予期せぬ異変が発生する。

広場の空気を引き裂いた、鬼気迫る絶叫。

続いて風に運ばれてきた、腐ったオイルの刺激臭。覚えのある異臭にぬらりと鼻腔（びこう）を撫（な）でられて、エヴィルは瞬時に状況を悟る。

「……おいおい、何だ……」

混乱極まる状況に、自虐的な笑いが込み上げてくる。

非日常な出来事とは、こうも重なるものなのか。

「こんな時に……死獣（しじゅう）サマのお出ましか」

宝玉陽の光を浴び——そいつは醜悪に輝いていた。

半透明の皮膚に覆われた、ゲル状の巨体。ヌラヌラと光る全身は、肥大化し崩壊しかけたナメクジか……あるいは砂漠に打ち上げられた毒のクラゲ。妙に人間じみた二本の触手が、逃げ惑う民衆を握り潰し、破壊の限りを尽くしている。

歪んだ口腔内には、不揃いな牙が生えていた。すでに喰われた者もいるらしく、その口元は血で染まり、消化液でじわりじわり溶かされゆくその様が、半透明の肉体からありありと透けて見えるから恐ろしい。

実績ある《偉大なる東十字》の戦闘員たちが我先にと切り掛かるが、どうにも死獣は止まらない。半透明の不気味な皮膚は、見た目の印象より遥かに強靭であるようだ。

信仰心のないエヴィルですら、本能的な畏怖を感じずにはいられない。

「……本当は手合わせ願いたいとこだけど……残念、今はそれどころじゃなくてな」

両手首に枷の感触を覚えながら、エヴィルはごくりと生唾を飲み込む。

こんな状況で襲われたら、さすがに生きては戻れない。中断された処刑はいずれ再開されるだろうし、こんなに美味しそうな女の子を、死獣が見過ごすとも思えない。

そうなれば、残された道は……。

「……これしか、ないってことかよ」

乾いた笑いとともに呟いて、エヴィルは服の内側に意識を向ける。

あのとき、気弱そうな少年に投げつけられた球状の物体——それは今、べったりとエヴィルの肩にへばり付いていた。

これがただの卵ではないことに、エヴィルはすでに気付いている。

「……これって《祝素体(オブジェクト)》の一種だよな。四〇〇年前の魔法時代に……工事現場で使われてた、爆破解体用のシロモノか？」

血管内を興奮が駆け、背筋を冷たい汗が伝う。

エヴィルは意識を集中し、全身を巡る魔力素の流れを感じ取った。

はじめて扱う《祝素体》だが問題ない。軽く触れた瞬間に、その単純明快な仕組みはすぐに分かった。

あの気弱そうな少年が、何を想(おも)い、どんなつもりでコレを投げて来たかは分からない。

……でも、それでも構わない。ここで黙って殺されるより、ずっと良い。

へばり付いた祝素体に、急激に魔力素を流し込む。爆発の兆しが、耐えがたいほどの熱さとなって少女の右肩を覆ってゆく。爆発する。下手をすれば死ぬだろうし、助かる保証はどこにもない。でも——それでも。

「さあ、行くぜッ！」

迷うことなんて何もない。人生とは、先が読めないからこそ楽しいのだ！

——耳が裂けるほどの爆発音。

爆炎が散る。煙が躍る。

処刑台のやぐらが崩れ、バラバラになって壊れてゆく。

激しい衝撃が内臓を揺らす。視界が弾けてひっくり返る。

舞い散る砂埃にむせ込みながら、エヴィル＝バグショットは瞼を開けた。崩れたやぐらの残骸が辺り一面に散らばっている。人が、たくさん倒れている。

でも……生きている。

痛みに顔をしかめながら、少女はゆっくりと起き上がる。爆発の衝撃を受けたというのに、首には鎖が繋がったまま、両手首の枷もそのままだった。

「……まじかよ、難易度高すぎじゃん……」

全身を強く打ったせいで、肉体が悲鳴を上げている。爆破された右肩の怪我はどう考えても深刻だし、頭もなんだかクラクラする。

だけれど、ゆっくり休んでいる時間はない。痛みを振り払うようにブンブンと頭を振りながら、エヴィルはようやく一歩を踏み出し。

「……くそッ……とにかく、どこかに逃げ――」

「逃がさないよ」

冷え切った言葉に、エヴィルはギョッとして振り返る。

揺れる砂埃に目を凝らせば、金髪の青年がゆらりと姿を現した。額から血を流し、煤でひどく汚れてはいるけれど……困ったことに、目立った負傷はしていない。

しかも最悪なことに、手には斧まで持っている。

「……なーんだ。生きてたのかよ、しぶといな」

にやりと笑いながらエヴィルは呟く。危機的状況に陥ると無意識に笑ってしまうのは、少女の昔からの癖だった。

「おかげさまで、ありがとう」

穏やかな台詞とは対照的に、瞳の色彩は冷たさを増す。

ゾクリ。背筋に不快な悪寒が走った。尋常ではない怒りの波動に、思わず後ずさりしてしまう。少しでも触れたら、そのまま闇に引きずり込まれてしまいそうな――そういう種類の、恐怖だった。

立ち尽くすエヴィルを氷の視線で射抜いたまま、青年は鎮魂歌を口ずさむ。重々しく、心がざわめくような旋律とともに斧を構え――。

「愛しき神に忠誠を アイリス・ノーラス！　さあ、処刑を続けよう！」

目にも留まらぬ速さで、巨大な斧を振り下ろした。

ビュンと、風を切る音が辺りに響く。

「…………ッ!!」

エヴィルはとっさに、その軌道を見定めた。

思考よりも先に身体が動き――ガツンッ！　鈍い金属音とともに衝撃が生まれ、両手の枷が砕け散る。自由になった両手は、奇跡的に無傷だった。

「……枷で斧を受けただと？　小癪な……」

ギリと奥歯を噛みしめて、ヴェクタは続けざまに斧を振るう。

エヴィルは一歩飛びのいて、ほんの僅かな隙を狙い、青年の懐へと飛び込んだ。突然の急接近に度肝を抜かれて、ヴェクタが一瞬動きを止める。

その機を逃さず、エヴィルは股間に強烈な膝蹴りを喰らわせた。

「――――ッッ!!」

声にならない悲鳴を上げ、ヴェクタはその場でうずくまる。大粒の脂汗を浮かべながら息も絶え絶え、悶えている。処刑用の斧を握る、両手の力が緩んでいる。

……チャンスだ！

エヴィルはすかさず飛びついて、力ずくで斧を奪う。かなり重く、巨大な武器だが……両手でしっかりと柄を持てば、どうにか使いこなすことも出来そうだった。

もう一発、渾身の一撃をお見舞いしてやろう。その隙に、どこか遠くまで逃走しよう――そう思い、振り返ったその瞬間。

「…………？」

ふわり。突然、身体が浮くような感じがして……そのまま、仰向けに倒れてしまった。

「……ッ……くそ……」

目の前がグルグルと、無限に回転して止まらない。体中から冷や汗が噴き出し、どうしようもなく気持ちが悪い。今すぐ身体を動かしたいのに、どうにも願いが叶わない。

右肩の出血と、それに伴う全身の疲労は、ついに限界を迎えていた。

エヴィルはもう、まともに動くことが出来なかった。

「……困った子だ。君みたいな子には……少し、お仕置きが必要だね」

ゆらり立ち上がったヴェクタが、冷ややかな瞳で少女を見下ろす。

「極めて愚かな選択だよ。ノル様に忠誠を誓い、大人しく斬首を受け入れれば……無駄に苦しむこともなかったのに」

「……クソ喰らえ。忠誠なんて、死んでも誓うか」

混濁する意識の中、エヴィルは靴に唾を吐きかける。

たとえここで死ぬとしても、最期まで抵抗した証を残したかった。

「お行儀が悪いよ」

艶やかな少女の髪の毛を、青年は乱暴に掴んで投げる。

そのまま瓦礫に引き倒されて、エヴィルは小さな呻きを上げた。そんな少女の首を掴んで、ヴェクタは何かを取り出した。

外套の内側に隠されていた、それは一本の矢だった。鋭く輝く、銀の矢だ。

「……射手……」

たしかに斧遣いにしては、ずいぶん貧弱な体型だとは思っていた。

「……それがお前の……真の得物か」

「ああ、そうさ。死獣を天に送るため、あるいは人間を痛めつけるため……巨大な武器など必要ない。たった一本の矢があれば、それで十分、事足りるんだ」

ヴェクタはそんな言葉を呟きながら、右手の矢へと力を込める。

瞬間――その先端が、激しい炎に包まれる。煌々(こうこう)と輝く紅(あか)い矢先に、エヴィルはギョッと目を剝(む)いた。

「……炎系の……祝素体かよ」

「ああ、そうさ。これをゆっくり目に突き刺せば……致死量の苦痛を、与えられる」

「はは……趣味、わる……」

余裕ぶった軽口とは対照的に、心臓はバクバクと暴れ出す。

故郷を飛び出し約三年。様々な困難を乗り越えてきたけれど、これほどのピンチは初めてだった。

「おっと目は閉じないで。ちゃんと瞳に焼き付けるんだ。君の、残酷な命の終わりを！」

穏やかな調子で言いながら、ヴェクタは少女の瞼(まぶた)をこじ開ける。

「やめろ……！」

悲痛な叫びは、乾いた空気に散ってゆく。

澄んだ瞳の中心に、赤々と燃える矢先が近づいてくる。ゆっくりと、ゆっくりと、命の終焉(しゅうえん)が近づいてくる。

「アイリス・ノーラス(愛しき神に忠誠を)……さよなら、愚かな反逆者よ」

くすんだ金髪の青年が、鉛色の瞳をスッと細める。

覚悟を決めて、エヴィルは彼をまっすぐ睨(にら)み返(かえ)した。

眼球の表面が、ぐつぐつと沸騰してゆく感じがする。どんなに熱さを感じても、エヴィルは瞼を閉じなかった。逃げることをしなかった。もしも逃げてしまったら、命よりも大切な何かがすべて、この悪趣味な青年に奪われてしまうように感じたのだ。

だから笑った。絶体絶命の淵に立ち、なおも少女は笑いながら挑発した。

「……来いよ、クソ野郎」

「減らず口が」

血が滲むほどの力で、青年はエヴィルの首を絞める。

いよいよ朦朧としてきた意識の向こうで、赤い矢先が燃えている。今からその鋭い先端が、この柔らかな眼球に触れて、やがて脳髄までを掻き回し——。

「………？」

——奇妙な現象が発生したのは、その時だ。

唐突に、ヴェクタの動きが止まったのだ。

銀色の矢は、少女まであと数ミリという所で停止して……魔力の流れが滞り、炎がすうと消えてゆく。

目の焦点が合っていない。すでに意識はないようで、全身が棒のように硬直している。しまいには矢を取り落とし、顔面から地面に倒れ込んだ。

それが尋常ではない様子だったので、エヴィルはひどく戸惑った。瓦礫の上で呆然としながら、足元に倒れる青年を見下ろす。恐る恐る足先を伸ばし、ちょんと鼻頭に触れるが動かない。どうやら生きてはいるようだが、明らかに生気を失っている。

——その時、聞き覚えのある声が辺りに響いた。

「大した度胸だ」

「え……？」

意味が分からず、エヴィルはぽかんと顔を上げる。

砂埃の奥から彼が姿を現した。

黒髪の目立つ、細身の少年——処刑台へ向かうエヴィルに、卵型の祝素体を投げつけた……チームメンバーから虐げられ、馬鹿にされていた少年だ。

「お前……さっきの……」

「喋るな。傷に響く」

鬱陶しそうに眉をひそめ、少年は素早くエヴィルのそばに駆け寄った。

「君は馬鹿だ。少し体を揺らしたら、地面に祝素体を落とせただろ？　そうすれば、爆発に巻き込まれることはなかった。もっと安全に、確実に……処刑台から逃げ出せたのに」

「え？　ああ、そっか。その手が……」

「静かに！　無闇に喋るなって言っただろ」

鋭い声で制止しながら、少年は地面に膝をつく。

厳しい言葉とは正反対の優しい手つきで損傷した右肩にそっと触れれば、険しげに結んだ唇から、僅かにほっとしたような息が漏れた。

「……致命的な血管は、傷ついてない。これなら……治せる」

独り言のように言いながら、彼は縛って血を止めた。

いまだ呆然と——なかば夢見心地のような感覚で、エヴィルは彼の華麗な手さばきと、そのクールな横顔を見つめている。

間違いなく、死の花道で出会った少年だ。声も、顔も、つい先ほど見聞きしたばかり。

それなのに、雰囲気が……いかにも貧弱で、おどおどしていた少年とは、うって変わって別人のようにすら感じられて。

「なあ、おい」

「……何だよ」

声を掛ければ、ぶっきらぼうに少年は応えた。

エヴィルは困惑したまま、近くの地面を指差して。

「こいつ……どうしちゃったんだよ？」

倒れるヴェクタに目を向ける。

ヴェクタの様子は、依然としておかしかった。折り重なった瓦礫の上に、随分と無理な体勢で倒れているというのに……身じろぎをせず、呻きもしない。

触れれば温度を感じるし、どうやら心臓は動いている。だから生きてはいるのだけれど……だとすれば、この状況は一体何？

「気持ち悪ぃよ……何の魔法だ？」

「魔法じゃない」

きっぱりと言い、少年は懐から小枝のようなものを取り出した。

そうして、エヴィルの目をじっと見据える。どこか真夜中の海に似た、深く、暗い印象の瞳だった。

「こいつは毒だ。中空の植物茎を細工して、中に強力な鎮静剤を詰め込んだ」

「？　……何言ってるか、よく分かんないけど……」

難しいことは得意ではない。昔から、勉学面はさっぱりだ。

エヴィルは首を傾げながら、どうにか少年の言葉を噛み砕く。

「つまりは……助けてくれたって、ことだよな」

「まあ……簡単に言えば、そういうことだよ」

「なんでだ？　なんで助けてくれたんだ？　だってお前、その紋章――」

エヴィルは困惑したまま、少年の服装に目を向ける。純白の外套にははっきりと、銀色の零十字が刺繍されていて。

「大聖堂側の、人間なんだろ？　こんなことしたら、今度はお前が……」

「もう戻るつもりはないよ。もともと僕はアイリオ国の生まれじゃないんだ。ちょっとした事情があって、信仰するフリをしてただけだから」

そんなことを語りながら、遠い目をして少年は続ける。

「……重ねたんだよ、君の姿に。得体の知れない国に、一人きりで迷い込んで……異物として扱われ続けた、自分の姿を。まあ……僕は君ほどの無茶はしないけど」

少年は面倒くさそうに頭を掻き、なぜか不服そうに腕組みをして息を吐く。もしかしたら照れてるのかもしれないと、そんなことをエヴィルは思った。

どこか温かな沈黙に包まれて、張りつめていた緊張が、徐々に解けてゆく感じがする。軽口をたたく余裕も出てきて、エヴィルはにやりと笑って少年に告げた。

「案外やるじゃん。さっきまで、あんなに《神罰》とやらに怯えてたくせに」

「怯えてた？……違うな」

エヴィルの言葉に、少年は呆れたように肩をすくめる。今度は先ほどの小枝とは違う、指先に載るほどの小さな針を取り出して……ひどくあっさりと彼は言った。

「これが《神罰》の正体だ。さっきの鎮静剤とはワケが違う……正真正銘の猛毒だよ」

「え？」

「存在しないんだよ、神罰なんて。ガリラド大聖堂が……不都合な人間を、体よく消すための言い訳。不安定な体制維持の手段に過ぎない」

「それって、つまり……！」

エヴィルは驚き、藍白の目を見開いた。

小難しいことは苦手だけれど、ここまで来れば予想もつく。猛毒の針、神罰の正体……それから闇夜に紛れる黒髪と、掴み所のないその雰囲気。

「……暗殺者、なのか？　あの大聖堂に、秘密で雇われた……」

「当たり。まあ裏切ったわけだから、もう違うけど」

そんなことを言いながら、少年はエヴィルを担ぎ上げる。しがみ付いた両肩は、簡単に壊れてしまいそうなほど細かった。

「途中で死ぬなよ。ここで死なれたら、助けた甲斐がないからな」

少年は人々の間を縫って、素早く大聖堂広場を進んでゆく。無駄のない動きのせいか、彼のことを気に留める人間は、不思議なことに一人もいない。

「なあ……お前」

「何だよ」

「名前ぐらい、教えろよ」

「………」

少年はしばらく、無言で走り続けていた。乾いた風が吹き抜けて、漆黒の髪が揺れている。彼が何を考えているのか、エヴィルには全く分からなかった。

もう一度同じ質問を、繰り返そうと思い始めた頃——ついに少年は口を開き、ただ前を見据えたまま、小さな声で呟いた。

「……僕は、シキ。シキ＝カガリヤだ」

2

辿り着いたのは、廃礼拝堂だった。

大礼拝堂の新設に伴って、今では倉庫として利用されるようになったこの場所は、ガリラド大聖堂内部で唯一、聖職者が常駐していない建物であると言う。

シキ＝カガリヤはしばらくの間、ごちゃついた礼拝堂内を歩き回っていた……かと思えば水の溜まった大瓶を持って、早足でこちらへ戻って来て。

「……喜べエヴィル、聖水があった」

「聖水？　……興味ない。この国の馬鹿げた信仰には——」

「そんな話はしていない。君の腕が、腐らずに済むって言ったんだ」

怪訝な顔をするエヴィルの前で、シキは瓶の蓋を開ける。数年にわたり放置されていたはずなのに、それは腐ることもなく透き通っていた。

「……この水は傷まず、腐らない。祈りの仕上げに、神官によって施される魔法処理が……微生物に対する、抵抗作用を付与しているんだ」

「……ビセーブツ？」

「目に見えない、小さな生き物のことだ。数えきれないほどの種類があるが……聖水はそのうち、およそ六割に効果があると考えられて、この傷口の場合だと——」

「何の話？」

ぽかん。その表情に、シキは詳しい説明をすることを諦めたようで。

「……綺麗になるってことだよ、聖水の力で」

そんなことを言いながら、エヴィルの傷口に聖水をかける。

「…………？」

わけの分からない話ばかりしやがって、こいつは馬鹿かとエヴィルは思った。

続いてシキは、縫い物用の糸針に聖水を浸して向き直る。

「……さて、縫うぞ」

「なな何で!?　血も止まったし、もう大丈夫──」

「縛って一時的に止まってるだけだ。このまま放っておけば、血が巡らずに腕が腐る」

強引にエヴィルを押さえ付け、シキは傷口に針を通す。

「く……」

爆破の痛みに比べれば、これぐらい何てことないはずなのに……肉を突き刺す感覚は、どうにも不愉快極まりない。

「……よし、完了」

ものの数分で、全ての治療は終了した。

そっと傷口に触れながら、少年は縫合の具合を確認する。うん、なかなか悪くない──涼しい顔で、そんなことを呟いている。

……崩れることない冷静さが、なんだか少し恨めしくなった。

「そういえば──」

突如切り出し、エヴィルは素早く起き上がる。

瞬間──柔らかな胸元のふくらみが、シキの指先にわずかに触れた。

「わっ……！」

　ぽよん。その感触に、さすがのシキも驚いたようで……慌てて手を引っ込めて、目を泳がせて動揺している。

「なな、な、なにすんだよ！　お前、お前っ……！」

　エヴィルは頬を赤らめて、震える両手で胸元を隠す。

　じわりと涙目になりながら、呆然と立ち尽くすシキを見上げた。

「……まさか、ほんとは体目当てで……そのつもりで、助けたのか……？」

「はぁ⁉　馬鹿、違う。今のは事故で――」

「ひどい。最低だ。そんな奴だとは思わなかった！　……でも……」

　震える声で「でも」を繰り返しながら、エヴィルは戸惑ったように目を伏せる。

「でも……なんだろう。なんだか、ちょっとドキドキして……」

　唐突にシキの手を掴み、自身の胸元に当ててみる。

　ふよん。シキはすっかり動転して、胸に触れた状態のまま悲痛に叫ぶ。

「何してるんだよ馬鹿ッ……！」

「なあ、なんでだシキ？　嫌なのに、なんで、ちょっと気持ちがいいんだ？」

「…………ッ……」

　エヴィルの疑問に、シキは一切答えない。ただ顔を赤くして、困り果てたまま目を伏せていた。

その目をぐっと覗(のぞ)き込み、澄んだ瞳でエヴィルは呟(つぶや)く。

「なあ、シキ。もっと」

「はっ……？」

「わかんないんだ、俺。なんでドキドキすんのか、なんで気持ちいいのか……わかんないから、たしかめたい。もっと触って……そうだ、いっそ直接揉(も)んでみてくれよ！」

エヴィルはすっと立ち上がり、胸元のボタンに手を掛ける。

すっかり硬直してしまったシキの前で、少女はワンピースのボタンを外してゆく。少しずつ少しずつ……きめ細やかな柔肌が、露(あら)わになって。

突然の出来事にどうすることも出来なくて、シキはとっさに目を閉じた。

「…………！」

――ぱさ、ぱさ。

軽い音を立てて、何かがふたつ、床に落ちた。

おそるおそる、シキが薄目を開けて見てみれば――それは紛(まぎ)れもなく、ふっくらとした丸パンで。

「……ぷっ」

我慢できずに噴き出せば、シキはハッと顔を上げる。その唖然(あぜん)とした表情を、エヴィルはニヤニヤと見つめ返す。

「いやー、面白(おもしれ)えな。お前、なかなかカワイイ反応するじゃんか」

ケラケラと笑いながら、エヴィルは床に、直接あぐらをかいて座り込み……サラシを巻いた胸元を、誇らしげにどんと叩く。

「ま！　つまりは、こーゆーことよ！」

「は……？」

女性らしさを感じさせない、伸びやかな平原のような胸元に……シキはすっかり愕然としていた。

よし、作戦成功！　エヴィルはすっかり満足しながら、床に落ちた「ふくらみ」をふたつ拾い上げ、ぽんとシキに投げ渡す。

「それ、俺の非常食。これがなかなか美味しくてさ、胸に詰めると良い感じのおっぱいになるからオススメだ」

「……え？」

「まあ、そう拗ねるなって。お前すげえクールな顔してっから、ちょっとからかってやろうと思ったわけよ」

悪戯っぽくエヴィルは笑い、シキに向かって言葉を続ける。

「俺さ……どういうわけか昔から、髪を伸ばした方が力が出るんだ。だから、いっそ女装してみたってわけ。深い意味はないんだ。ただ、鏡を見たときにさ……むさい男より、可愛い美少女がいてくれた方がさ、捗るだろ？　いろいろと」

「………」

シキは眩暈を覚えたのか、へなへなと椅子に座り込んだ。少し心配して覗き込めば、彼はキッとこちらを睨みつけ。

「ふざけんな、ド変態め」

どすん。処置したばかりの右肩を、力の限り殴りつけた。

「ぎゃっ！　おい馬鹿、傷口に当たったぞ！」

「知ってる」

「え？」

「わざとだ」

「わ、わざとかよっ……！」

激痛の程度はかなりのもので、悶絶しながら呻くしかない。

そんなエヴィルを横目で見ながら、少し拗ねたような顔でシキは言った。

「……本当は、かなり効く痛み止めを持ってるけど……お前には絶対、やるもんか」

＊＊＊

しばらく経って、ようやく頭が冷えてきた。

二人は長椅子に腰掛け語り合い、改めて互いの置かれた状況を知る。

「え!?　……お前、大陸外の生まれなの!?」

エヴィルが驚きの声を上げれば、シキは少し面倒くさそうに頷いた。

「……ああ、そうだよ。四年前に、この国に流れ着いたんだ」

「うわ、マジかすげえ！　なあ、どんな感じなんだよ？　海の向こう側って？」

「……よく覚えてないや。でも、少なくとも魔法なんかは……お伽話の、存在だったな」

懐かしむように目を細め、シキはぼんやりと宙を仰ぐ。その言葉に、エヴィルは驚きを隠せなかった。

ここルーラント大陸には、五つの国と、一つの独立都市が存在する。それぞれが異なる性質を持ち、異なる歴史を歩んではいるが……かつて魔法と共に発展し、その衰退と運命を共にしたという点で、いわば兄弟のような存在である。

しかし海の向こう――ルーラント大陸の遥か東部に位置するリグレイ帝国とは、魔法を知らない世界だそうだ。大陸国家同士が兄弟なら、リグレイ帝国は赤の他人。

常識も言葉も違う世界……シキ＝カガリヤは、そこで生まれた。

「……何も分からないから、必死だったよ。得体の知れない戦闘集団に入ったのも、役立たずのふりをして暗殺者をしていたのも……全部、情報収集のためだった」

少年は多くを語らなかったが、エヴィルは信じることにした。その珍しい髪色や、どうにも掴み所のない雰囲気が、全てを物語っているように感じたのだ。

シキは軽く息を吐き、思い詰めたような表情で言葉を続ける。

「もちろん、自分でもいろいろ調べたんだよ。いつか、この国を出たいと思って。情報規制が厳しくて……結局、地図すらまともに手に入らなかったんだけど」

「へえ、でも凄いじゃん。言葉だって、ここに来てから覚えたんだろ？」

「言葉は――」

シキの表情がわずかに揺れ、おもむろに左手を宙に掲げてみせる。その中指には、奇妙な紅玉の指輪が嵌められていた。

「……これのおかげで、初めから理解できたんだ。詳しいことは分からないけど……これも一種の《祝素体》なんだろうな」

祝素体。それはかつて魔法時代に作られた、人間が魔法を使うための触媒だ。

もっとも、ノルの消滅《ロスト＝ゼロ》から四〇〇年が経った今の時代には――かつてノルが吐き出していた魔法粒子《祝素》は消失し……魔法はごく限られた体質の、一部の人間だけのものに衰退してしまったワケだけれど。

「――とにかく、僕がどうしても知りたかったのは」

調子を変えて、シキが切り出す。

「まさに《ノル》のことなんだ。この国で崇拝されている、神様のことが知りたかった」

シキはそう断言して、礼拝堂の天井を仰ぐ。

天井に描かれるは、アイリオ国に伝わる《ノル》の姿。美しく聡明な、少女の姿をした神様が――優しくこちらを見下ろしている。

「それから《死獣》のことも、知りたかった。四年間、どんなに必死に探しても……奴らが一体何者なのか、結局ほとんど分からなかった。この国では、不都合な事実が隠されてる——だからアイリオ国の外から来た、君に会いたかったんだ」

夜のように深い瞳が、まっすぐにエヴィルの目を見つめている。

エヴィルはしばらく考えて、探るようにシキに問う。

「……どこまで、知ってるんだよ？」

「……僕が四年をかけて、ガリラド大聖堂に教わったことは——」

そう言ってシキは、眉根を寄せて言葉を続ける。

「ノルの素晴らしさ、それだけだ。遥か昔に、ノルが人類に魔法を授けてくれたこと……それによって人類が、飛躍的な進化を遂げたこと。それなのに四〇〇年前——祝素体を悪用した《六罪人》によってノルが殺されてしまったこと。この世紀の大事件——《ロスト＝ゼロ》によって、魔法が衰退してしまったこと」

死獣に関しては——そう前置きして、シキはまた一段と難しい顔をする。

「……もっと謎だらけだ。僕は一時期《偉大なる東十字》の研究部門で、死獣研究をしたことだってあったのに……奴らの繁殖行動すら、特定することが出来なかった」

悔しげに顔をしかめ、シキはそう言葉を結んだ。

見れば包帯の巻かれた左腕を、そわそわと落ち着きなく撫でている。もしかして、怪我の具合でも悪いのか？

「……まあ、とりあえず同情するぜ。この国に流れ着いたのが、不幸だったな」

　エヴィルは小さく肩をすくめ、どこから話そうかと思案した。

　昔から勉強は苦手だけれど、歴史のことなら、少しだけ分かる。エヴィルは脳内を整理して、ぽつりぽつりと話し始めた。

「シキが今、話したことは……たぶん、そこまで間違ってない。ノルはたしかに《祝素》を吐いて、ルーラント大陸に奇跡をもたらした存在だよ。ただ、その話だと……一番大事なとこが、ごっそり抜け落ちてるんだよな」

「……一番、大事なとこ？」

「悪性化したんだ。ある日突然、ノルは恐ろしい怪物になった。それで大陸中に、高濃度の《死素》を撒き散らした。そのせいで、たくさんの人が死んだんだ」

　それは、まさに暗黒の時代。

　生まれつき《死素》に耐性を持たない人間は、その時点でほとんどが死んだ。

　運よく《死素》に耐性を持っていた人間も、巨大化したノルの圧倒的な力を前に、ただ虐殺されることしか出来なかった。

　シキはハッと息を呑み、前のめりになってエヴィルに問う。

「じゃあ……《ロスト＝ゼロ》でノルを殺した《六罪人》って──」

「罪人なんてとんでもない。あいつらは、世界を救った《六英雄》だぜ！」

　エヴィルは少しムッとしながら、シキの言葉に噛みついた。

「エルムント、ライラ、ジョウ、ヒイラギ、ルギー、バランド……ノルを倒すため大陸各地から集結した、世界最強の六人だ！　不名誉な罪人呼ばわりは許さな——」

「分かった、分かったよ。僕の言い方が悪かった」

熱くなったエヴィルを宥めるように、シキは両手を軽く振った。

深呼吸、深呼吸。シキに促されるまま息をすれば、不思議と気持ちが落ち着いてくる。

エヴィルは改めてシキを見据え、話の続きを切り出した。

「……どこからともなく《死獣》が現れたのは、それから二十年後のことらしい」

彼らが何者で、どこから来たのか——はじめは誰も、分からなかった。

突如として出現した脅威に、世界は大混乱に陥った。それでも人々は、がむしゃらに抵抗を続けてゆく。武器を取る者、逃げる者、そして——地道な研究を、行う者。

エヴィルはシキの瞳を見据え、衝撃的な事実を口にする。

「《死獣》どもは——ヒトの死体から作られる」

「…………」

「ノルが呪いを遺したんだ。ヒトの身体に刻まれる……恐ろしい呪いを」

秘匿され続けた、衝撃的事実——そのはずなのに、シキの反応はいまいちだった。

「……まあ、うん。なるほど……」

「なんだよ、びっくりしないのかよ」

「え？　……ああ、ごめん。何となく、予想はついてたから」

「ちぇ。何も分からないって言ったくせに」

拗ねたようにエヴィルが言うと、シキは困ったように肩をすくめる。

「予想はしてたけど、確信はどこにも無かったんだよ。でも……ありがとう。今の話で、ようやく覚悟が決まったよ」

「はあ？　覚悟……？」

その時だった。彼がずっと気にしていた、左腕の包帯を剥ぎ取ったのは。

細い腕が剥き出しになって——そこに深く刻まれた、抉れた傷跡が露わになる。

「…………ッ！」

予想外の光景に、エヴィルは思わず立ち上がる。ギョッと目を見張って立ち尽くし、少年の腕に刻まれた禍々しい文字列を凝視した。

——悲劇の夜、都市は《死獣》に侵される。全ては壊れ、ゼロに帰す。

我に魂を売りし人間——《悪の死源》の手によって。

かつて〝死の迷路〟と呼ばれし大都市は、再び土に還るのだ。

……さあ悲劇を止めたくば、全ての始まり——《悪の死源》を見つけ出し、その心臓を止めるのだ。

「シキお前、これ……！」

「これがノルの呪いだろ？」

取り乱したエヴィルとは対照的に、シキはあくまで冷静だった。

この呪いが進行すれば、いずれ《死獣(しじゅう)》になり果てる事実を——きっと誰よりも、理解していているに違いないのに。


「呪いの名は……なんと言う？」

エヴィルはゆっくりと息を吐く。自分だけが、動揺している場合ではないのだ。

「……《死予言(シヨゲン)》」

はっきりと言い切り、エヴィルはシキの瞳を見つめる。

「それが、この呪いの正体だ」

「死予言……なるほど」

噛(か)みしめるように呟(つぶや)きながら、シキはエヴィルに質問を重ねる。

「……もう一つ、あるよな？　この《死予言》と、たとえば対になるような——」

「ある。でも……なんで、そんなことが分かるんだ？　そこまで予想出来るもんかよ？」

訝(いぶか)しむようにエヴィルが訊(き)けば、シキは少しだけ悲しそうな顔をする。

少年は、中指の指輪を見つめていた。その指輪を見つめながら、彼は絞り出すように言葉を紡ぐ。

「似たものを、昔……見たことがあってね」

「……ふうん」

拒絶にも似た雰囲気に、エヴィルは追及を止(や)めて話題を戻す。

「……もう一つの呪いは《死道標(シシルベ)》だよ。強い願いに反応して、身体(からだ)に文字を刻むんだ」

「記された通りに行動すれば——多くの犠牲と引き替えに、願いが叶(かな)う？」

「ああ、そういうことだ。つまりシキの身体には……どこかにいる《死道標》の刻まれた人間——《悪の死源(ペイシェント・ゼロ)》によって齎(もたら)される、最悪の未来が刻まれてる」

死予言を覆すための方法は明らかだ。

そして、その残酷な方法を——この黒髪の少年は、きっと冷静に理解している。

シキは立ち上がり、目を細めて宙を睨(にら)んだ。その表情に、迷いなんてどこにもない。

「——僕は《悪の死源(ペイシェント・ゼロ)》を殺しに行く」

……その時だった。

礼拝堂の外で、物音がした。混乱し、怒り狂った人々の声だ。

黙り込んで耳を澄ませば、周囲の状況が掴(つか)めてくる。どうやら逃亡に気付かれてしまったらしい。彼らは大聖堂の戦闘員で、この礼拝堂は取り囲まれているようだった。

シキはハッとしたように顔を上げ、わずかに焦ったような表情になる。

「……まずいな、予想よりも早い。しかも、この人数が相手となると……」

シキは独り言を呟きながら、自らの勝機を計算する。しかし結果は、あまり良くなかったのだろう。少年はわずかに眉根を寄せた。

それも仕方のないことだ。彼の武器が毒針ならば、大人数相手には分が悪い。

「……一応確認するけどさ。シキの目的地は《死の迷路》で良いんだよな？」

「……え？」

エヴィルの言葉に、シキは戸惑うように頷(うなず)いた。

「まあ……うん。どうやら、そこに《悪の死源(ペイシエント・ゼロ)》がいるみたいだし。でも、そんな場所どこに——って、何やってんだエヴィル！」

突如立ち上がり、素早く倉庫に駆け込んだエヴィルに、シキは困惑の声を上げる。

エヴィルが倉庫から取り出したのは、一本の旗だ。長さは身長を超すほどで、王冠を模(かたど)った紋章に、殴り書きのバツ印を重ねている。

捕まったその日に取り上げられ、ずっと探していたものだった。

ここにあって、本当に良かった。傷だらけの柄を撫(な)でてやれば、懐かしさに思わず笑顔が零(こぼ)れる。その様子を見たシキが、さらに不可解そうな表情をした。

「旗？　何だよ、これ」

そんなシキの手を引いて、強引に肩を掴(つか)ませる。

「何する気だよ、エヴィル？　まさか、このまま突っ込むつもりじゃ——」

「いいから、絶対放すんじゃないぞッ！」

エヴィルが叫ぶとほぼ同時。武装集団が、一斉になだれ込んできた。

その瞬間——エヴィルが跳んだ。

旗を地面に突き立て、蹴り込めば――まるでバネでも入っているかのように。高く、高く、エヴィルは跳んで。

「――――ッ⁉」

ガシャンと、硝子（ガラス）の砕ける音がした。

ステンドグラスを突き破り、礼拝堂から飛び出したのだ。赤や青、黄色に白。様々な色の硝子片が飛び散って、キラキラと宝玉陽（オパール・サン）に輝いている。

「…………ッ！」

エヴィルとともに宙に浮いて、シキは目を丸くした。

大聖堂広場が、遥（はる）か足元に広がっている。人間たちが小さく見える。訓練された戦闘員すら、ぽかんとこちらの姿を見上げ、腰を抜かして固まっている。

エヴィルが大きく旗を振った。うねるような大気の流れが発生し、旗帆はまるで翅（はね）のように風を捉え、空中でくるりと方向転換。そのまま前方へと進んでゆく。

「こいつは《跳虫の一撃（バグショット）》――唯一無二の、俺の相棒だ」

エヴィルは旗を振りながら、そんな言葉を口にした。

全身がまたふわりと浮かび、太陽がまた一段と近くなる。

「クロイツェル家の紋章旗に――六英雄バランドの所有オブジェクト《骨砥石（こつといし）》によって跳虫の性質を付与した、特別製の武器なんだぜ！」

エヴィルの叫びが、自由な空にこだまする。叫びに呼応するように、バツ印の付けられた紋章旗が、力強くはためいた。

「ん……何だ？　……あいつら、まだやってんのかよ」

　ふいにエヴィルが、呆れたような声を出す。

　広場を見下ろせば、先程の死獣の姿があった。ヌラヌラとしたゲル状の肉体。オイルの臭気。破壊の限りを尽くす腕は不気味なことに、どこか人間だった頃の面影がある。

　荒れ狂う死獣を前に、誰も手を出すことが出来ず、被害は拡大し続けていた。

「こいつら死獣専門の戦闘集団じゃなかったのか？　何で、あんなやつに苦戦して……」

「目の位置だ」

　シキの呟きに、エヴィルは怪訝な顔をする。

「目？」

「あのタイプの死獣は、皮膚が極めて強靭で……直接目を狙わないと、斬撃では倒すことが出来ないんだ。だけど……見てみろよ」

　シキはエヴィルに掴まったまま、死獣の方向を顎でしゃくる。

「あいつ、目がテッペンに付いてるんだ。あの位置を狙えるような戦闘員は、そんなに多くはいないはず。たぶん今頃遠征中の戦闘員に、応援要請している所だろう」

「へぇ……なるほど。お前、案外詳しいな」

「まあ……伊達に何年も、研究部門にいたわけじゃないよ」

　白く濁った死獣の瞳が、ぎょろりと動いてこちらを見た。

きっと、このまま首都は壊滅する。

被害は拡大し、多くの人間が犠牲になって……そしてようやく、遅すぎる応援が駆けつけ、鎮静化する。

「……こうなったら、どうしようもない。ただ必死に逃げることしか出来ないよ」

シキの話を聞いたエヴィルは、しばらくの間、無言で地上を見下ろしていたが。

「……まあ……この国の人間どもを、助ける義理はないんだけどよ」

そんなことを言いながら、エヴィルは空中で一回転。同時に持ち手を操作すれば、内側に仕込まれた槍先がギュンと姿を現した。その切っ先を、白く濁った瞳に向けて――。

「見捨てる理由も、無いんだよなッ！」

急降下。叫ぶことすら忘れ、シキはエヴィルにしがみ付いて目を閉じた。

――ザシュン。

濡れた音が、あっけなく響く。

目を開ければ、そこは死獣の内側だった。半透明の肉体から、ぼんやりと外の景色が透けて見える。傷つけられた肉体から、純白の血が噴き出ている。

「わ……」

エヴィルの旗は、死獣の〝核〟を――体内に封じ込まれた、奴らの命の源を――的確に突き刺しているのだった。

顔中に血を浴びながら――エヴィルは再び、空へと跳んだ。

「覚えておけよ！　俺は世界最強の旗士――エヴィル＝バグショットだッ！」

　こびりついた体液を、舌で舐め取りエヴィルは叫ぶ。

「……めちゃくちゃだよ、君は。ドン引きだ。付いて行けない」

「何言ってんだお前……笑ってるくせにさ」

「……当たり前だろ。僕は、今……楽しいんだ」

　顔を上げれば、隠されていた世界が見えた。

　高く高く跳ねてしまえば、まるで誰よりも強くなったように思えるから――エヴィルはこの武器を愛し、エヴィル＝バグショットを名乗っている。

「なあ……結局、どこを目指してるんだよ？」

　背中の少年に応えるように、エヴィルは前方を指差した。

　瞳に映るは、世界の向こう。舞い散る砂塵の遥か奥――ゆらりと蜃気楼のようにそびえる、巨大な城壁。

「《立体城塞都市レジナリオ》――別名を、死の迷路。ルーラント大陸中央に存在する、大陸唯一の独立都市だ」

「君は、あそこに行ったことがあるのか？」

「いや、ねえな。あそこは魔法時代に、凶悪犯ばかりを収監してた元・巨大監獄だ。危険だらけの無法地帯だが……覚悟はいいか？」

「……ああ。覚悟はとうに、出来てるさ」

「よし、その調子だッ！」

笑いながら、エヴィルは旗で風を切る。

恐ろしい場所であるはずなのに、不思議と心が弾んでしまう。

頬（ほお）を撫（な）でる砂漠の風が——今まで感じたこともないほどに、爽やかで心地が良かったから。

1. 統率者：エルムント
貴族の青年・エルムントは、完全無欠・天衣無縫。生まれながらの才覚で、あらゆる物を支配した。そんな彼に与えられるは《覚醒の冠》——美しき冠を頂き、彼は知った。いがみ合う五つの国に、素晴らしき英雄が眠っているということを。英雄たちが集結すれば、神（ノル）さえも打倒せるということを。だから彼は統率者となった——暗黒の世に、再びの安寧をもたらすために。

2. 錬成者：ジョウ
優秀なる科学者・ジョウには、しかし決定的な欠点がある。食事マナーが分からない。売買の仕組みが分からない。金銭の価値が分からない。だから《錬金フラスコ》を手にした時も、決して金を作ろうなどとはしなかった。なぜならジョウは信じていた。たった一滴の薬に、黄金以上の価値があることを。彼が人生をかけて作り上げたのは、神殺しの毒薬《ミストレラ》——ジョウは常識の価値など知らないが、この可能性に満ち溢れた世界があっさり消滅することだけは、どうしても見過ごせなかったのだ。

3. 犠牲者：バランド
貴族の青年・バランドは、なんとも不幸な人生を送ったことで有名だ。バランドは、一度だって兄に勝てたことはない。落ちこぼれの彼は、それでも英雄の一人に選ばれた。ジョウの作った猛毒をもとに、神殺しの剣を研ぎ上げたのだ。
しかし問題は「誰がノルのもとへ向かうか」であった。ノルに近づけば、命の保証はどこにもない……だからバランドは、真っ先に名乗りを上げた。この《犠牲者》という役割は、必要とされ続ける兄には担えない。バランドは勇敢にも神に立ち向かい、神と戦い、そして死んだ。最期の瞬間、彼は兄に勝てたのか——それは誰にも分からない。

——カロット＝カルーゼン著『大陸全途』第一章より抜粋

【第二章　はじめての自由は、蜂蜜と檸檬の味がした】

1

──かつて、この場所は《死の迷路》と呼ばれていた。

ルーラント大陸五国──アイリオ、ザンザ、ルミナータ、ガラ、ロツェン。その国境を跨ぐように位置し、大陸中の凶悪犯を収容するために建てられた大監獄。

選りすぐりの大悪党ばかりが収容されていたから、この監獄は当然、世界一頑丈に作られた。魔法時代の、最高の技術を駆使することで。

残念ながら詳しい建築方法は残されていないが、どうやら建築材料に《祝素》を混ぜ込む、珍しい技法を用いたらしい。

そして内側からも外側からも、どんな武器を用いても、決して崩すことの出来ない完璧な要塞が出来上がったのだ。

かつて《死の迷路》への収容が決まった凶悪犯は、必ず遺書を書いたと言う。

何故なら、大監獄内部には自分以上の凶悪犯がうじゃうじゃいるのだ。そして、入ったら二度と出られない。迷うか、殺されるか、はたまた争いに負けて飢えるのか……絶望して死を覚悟するのも、無理はないだろう。

そんな世界最悪の大監獄の歴史も、神の崩壊とともに終わりを迎えることとなる。

そこに住んでいた囚人の大部分が、神によって殺されてしまったのだから仕方がない。多くの死に塗れたいわくつきの大監獄は、その後長い間、誰も近づくことのない廃墟として打ち捨てられていた。

……そんな《死の迷路》に、新たな命が吹き込まれたのはいつのこと。

はじまりは、ほんの小さな発見だった。

どこかの国の孤児たちが、雨風凌げる場所を探し求めて、忌み嫌われし廃墟に棲み付いた。もう何十年も、全く管理されることのなかった監獄内部は、驚いたことに、全く劣化していなかったという。

建築資材に練り込まれた《祝素》が、うまく機能したのだろう。

監獄は、建築当時の頑丈さを保ち続けていた。さらに驚くべきことに、そこに残された資材は、どんな無茶な建築も可能とする奇跡の材料だった。普通なら崩れてしまうような建て方でも、決して崩れることがない。

孤児たちは思った。この場所に、はみ出し者だった自分たちの町を作ろう――と。

そこからは早かった。

噂は評判を生み、評判は人を呼び、人は店を作り、一度死んだ大要塞はまるで生き物のように育っていった。店と住居は街となり、街同士は重なり合い、やがて巨大な集合体となり――。

今では《立体城塞都市レジナリオ》と、そう呼ばれている。

＊＊＊

シキ＝カガリヤが《立体城塞都市レジナリオ》へと到達したのは、アイリオ国ガリラド大聖堂広場を後にして、ちょうど十四日目のことだった。

十四日間、エヴィルと二人の順調な旅。幸い天候に恵まれ、敵に出会うこともなかった……が、城塞都市に足を踏み入れる瞬間は、さすがのシキも緊張した。

なぜならここは、立体城塞都市レジナリオ。世界中のはみ出し者が流れ着く、史上最大の無法地帯。旅路では情報収集に努めたが、残念ながら有用な情報は得られなかった。

だからシキは、内心かなりビクついていた。暗がりから暴漢でも飛び出してきて、突然刺されやしないかとヒヤヒヤした。人影を見かければ、凶悪犯か、あるいは死体ではないかとギョッとした。

……しかし結果から言えば、それらは完全に無用な心配だったのだ。

――これが積木のオモチャだったなら、幼い子供だってもう少しマシに作り上げるんじゃないだろうか。

それが《立体城塞都市レジナリオ》をはじめて見た、シキの素直な感想だった。

建物が、路地が、あるいは町そのものが、無造作に積み重なっている。それらは石畳の階段や、あるいは金属製の梯子によって、立体的に絡み合う。

上空から威勢のいい掛け声がして、真正面から楽器の音色。左側では、今まさに殴り合いの喧嘩が勃発。それなのに右側からは、楽しげな子供たちの笑い声……様々な音が混じり合い、都市計画とは無縁なこの街を鮮やかに彩る。

流れ込んだ砂の匂い。酸味の強い果物の匂い。殴り合いの血の匂い。焦がしすぎたバターの匂い。色とりどりの匂いが混ざり合い、今この瞬間この場所だけに存在する、特別製の空気を形作る。きらきら、ぱちぱち、輝いている。

音、色、形、匂い。何の統一感もなくグチャグチャで、思わずその場に立ち止まれば、独特の酩酊感に誘われる。ぐるぐると目が回って、酔いつぶれそうになってしまう。

想像を絶する賑わいに、シキはすっかり圧倒されて——大通りの隅に座り込んで、服の袖で冷や汗を拭う。

「……参ったよ」

ならず者たちの行き着く、人生の墓場であると聞いていた。

この世の闇を煮詰めた、無秩序の極みだと聞いていた。

だけれど城塞都市の光景から受ける印象は、無秩序ではなく自由そのもの。

「世界には……こんな場所が、あったんだな」

ふと気が付けば、殴り合いの喧嘩は陽気な歌声へと変化して、子供たちの笑い声は激しい泣き声へと変わっていた。

なんてせわしない。そして、なんて奔放だ。

立場が宙ぶらりんのこの都市は、現状どこの国の警察組織も介入できないし、街中に無免許の医者が蔓延(はびこ)っている。自分の身は、自分で守らなければ生き抜けない。責任はひどく重いけれど……それでも、自由の味は堪えがたく甘い。

ふと顔を上げてみれば、狭く細い通路を横切るように何本ものロープが張られている。とても手の届かない、高い、高い位置で、たくさんの真っ白なシャツがはためいている。まるで、自由を祝う祭り飾りのように。

そのまま宙を仰げば、四角く切り取られた青空がある。立体城塞都市は、厳密に言えば密室ではない。隣接する国とは頑丈な門で隔てられているが、遥(はる)か上空に開かれた空とはいつでもしっかり繫(つな)がっているのだから。

「……やっと着いたぜ～!!」

エヴィルは歓声を上げながら、ボロボロの木箱に腰を下ろした。

その華奢(きゃしゃ)な両脚は、ガバッと豪快に開かれている。少しでも風が吹いたなら、スカートの中身が見えてしまうに違いない。

「おい、ちょっとは慎めよ」

シキは慌てて、彼のスカートの裾を引く。

その正体が「少年」であると知っていても、思わずドキリとしてしまう。何故(なぜ)なら彼は黙っていれば、完璧なまでに美しいのだ。それはまるで流氷細工の人形か……あるいは冬湖の妖精のように、どこか人間離れしているほどの美しさ。

断言しよう。ただ黙ってさえいれば——エヴィル＝バグショットとは、世界最高の美少女に違いない……のに。

「おっ、シキ！　見て！　でっかいカタツムリ！」

「……はあ」

大きな溜息をつきながら、シキは隣のエヴィルを見遣る。

世界最高の美少女が、掌にカタツムリを乗せてはしゃいでいる。キラキラ瞳を輝かせ、嬉しそうに殻をちょんちょん突いている。

「おい、すげえよ！　こいつ、目がカラフルに光ってるんだ。見てるだけで、なんだかテンション上がって来たぜ！」

「……見たことない種類だな。そうか、この場所には大陸中の生物たちがいるんだよな」

毒薬暗殺者という職業柄、シキは虫の扱いに慣れている。触ることも、解剖することも朝飯前だ。しかし別に、決して虫が好きなわけではない。むしろ造形は気持ち悪いと思っているし、出来ることなら触れたくない。

「……あまりベタベタ触るなよ。陸生巻貝には寄生虫がいることが多いんだから……っておいバカ！　無理矢理殻を取ろうとするな、死んじまうだろ」

「え……!?　そ、そうなのか……!?」

ショックを受けた顔をして、エヴィルは殻を引っぱる手を止める。

「ちょっと！　ちょっと触るだけだから！」

「……まあ、後でちゃんと手を洗うなら……」

シキが渋々認めると、エヴィルは満面の笑みになる。精巧に作られた人形のようなその顔に、およそ不釣り合いなほどの輝きが生まれた。

何がそんなに嬉(うれ)しいのか知らないが、エヴィルはすっかりご機嫌だった。頭にカタツムリを乗せて喜ぶ少年を横目で見ながら、シキは銀細工の飾りできゅっと髪を一本に結ぶ。

この動作は何かを深く考えるときの、シキにとってお決まりの儀式だ。

（……さて、どうしたものか……）

シキは静かに息をつき、包帯を巻いた左腕を見下ろした。

この腕に刻まれるは、死した神の置き土産。

愚かな人間の行動を操り、世界を破滅に導くための――邪神の武器だ。

《死予言(ショゲン)》という名の忌まわしき呪いは、この世界のどこかに潜む敵――《悪の死源(ペイシエント・ゼロ)》によって齎(もたら)される、悲劇的未来を描いている。

悪の死源(ペイシエント・ゼロ)は何らかの「願い」を持っていて、その肉体には、《死予言》と対になる呪い《死道標(シノシルベ)》が刻まれている。

《死道標》とはいわば破滅のレシピで、それに従い行動を起こせば、いとも簡単に願いは叶(かな)い、それと引き替えに世界に悲劇が齎される……という仕組みである。

（あの日――僕はノルに願ってしまい、この身に《死道標》を刻まれた。好奇心に突き動

かされ、ノルを疑うこともなく……それを完遂してしまった）

　過去の光景を思い出せば、胸の奥がきりりと痛む。

『海の向こうに行ってみたい』

　それは他愛のない、子供じみた願いだった。平穏退屈な毎日に、突如として齎された非現実的な《死道標》は、幼いシキにとって麻薬のように甘美だった。

　更なる刺激を求めてしまった。深く考えることをしなかった。ただ《死道標》に従うだけで与えられる素晴らしい経験――煌めく帝都の地を踏んで、尊敬すべき青年と出会い、美しい夢を語り合う――そんな日々を知らされて、心が浮き立たないわけがない。

　シキはノルにそそのかされ、三つの物を捨て去った。故郷、自尊心、忠誠心。捨てるのに勇気は必要だったが、惜しくはなかった。

　その果てに素晴らしい未来が待っていると、愚かにも信じていたからだ。

（……だけど僕が〝捨てる〟たびに、呪いは進行してたんだ。僕の知らないところで……ゆっくりと確実に、弟の肉体を蝕んで……）

　フラッシュバック。かつての光景が、鮮烈に脳裏に蘇る。

　痙攣する筋肉、捻じれた四肢、破裂する眼球。剥がれた皮膚を拾い上げれば、そこにはびっしりと文字が刻まれていて。

（……あれが《死予言》だったんだ。僕の《死道標》と、繋がった……）

　死予言の刻まれた存在《厄死の子》に定められた運命は、哀しいほどに残酷だ。

彼らは呪いの完遂――《死結(しけつ)》とともに、人間としての生を終える。その死体は濃縮され、やがて異形の心臓〝核〟と成る。

その運命を切り開く術(すべ)は、《死予言(シヨゲン)》を覆す以外にあり得ない。

より具体的に言うならば――それは世界のどこかに潜む《悪の死源(ペイシエント・ゼロ)》を探し出し、その息の根を止めるということであり。

(……やってやるさ。僕はまだ、死ぬわけにはいかないんだ)

冷え切った決意とともに、シキは左腕の包帯を睨(にら)んだ。

今、この肉体には《死予言》が刻まれている。愚かな願いに酔わされ《死道標(シノシルベ)》を刻まれた、かつてのシキ＝カガリヤはもういない。

立場はぐるりと逆転し、シキは《悪の死源(ペイシエント・ゼロ)》を狙う暗殺者となったのだ。

エヴィルと話して確信したが、この大陸の人間は、ほとんどが《死予言》や《死道標》の存在を理解している。

つまり《悪の死源(ペイシエント・ゼロ)》たちは、それがどれだけ恐ろしい代物かを知っている。

その願いが、どれだけの惨劇を引き起こすか知った上で……ノルに魂を売ったのだ。

シキはひとつ息を吐(つ)き、自らの《死予言》に想(おも)いを馳(は)せる。

(今回の悪の死源(ペイシエント・ゼロ)が《死の迷路》にいることは……たぶん間違いないけれど)

ただ、そこから先が問題だった。

生まれてはじめて訪れた《死の迷路》こと《立体城塞都市レジナリオ》は、想像よりも遥(はる)かに広大な場所だった。死の迷路にさえ辿(たど)り着(つ)ければ、何かの偶然で悪の死源(ペイシエント・ゼロ)に行き着くかも……なんて甘い期待は、早々に打ち砕かれてしまっていた。

しかも事態は深刻である。シキは左腕を宙に掲げ、ぽつんと小さく呟(つぶや)いた。

「……進行、してるんだよな」

それは、つい三日ほど前のこと。長く沈黙を保っていたシキの腕に、新たな変化が生じていた。それは紛(まぎ)れもないノルの筆跡で、はっきりとこう刻まれていた。

――今宵(こよい)悪の死源(ペイシエント・ゼロ)は〝未来〟を捨てて歩み始めた。ついに爆発した感情は、もはや誰にも止められない。悪の死源(ペイシエント・ゼロ)は彷徨(さまよ)い歩(ある)き、果てに利己的な協力者を手に入れる。そして、ついに彼らは実行する。美しき、無数に零(こぼ)れる星屑(ほしくず)のもとで――。

それは《悪の死源(ペイシエント・ゼロ)》が、ついに動き始めたということ。そして同時に、シキ＝カガリヤの命のリミットが、急速に刻まれ始めたことを意味している。

シキは眉をひそめながら、文字列の意味を考える。しかしそれはとても曖昧で、はっきりと対象を示しはしない。

（……利己的な協力者、か。つまり悪の死源(ペイシエント・ゼロ)には仲間がいる……？）

それは想定外の事態であり、シキにとっては不都合極まりない仮説だった。

協力者がいる。しかも下手をすれば、複数人。彼らの行動が、思惑が、縦横無尽に絡み合い……やがて悲劇へ、到達する。

（……だけど、自分の〝未来〟を捨ててまで……こいつは一体、何を願ったんだ？）

何もかもが不可解だった。考えれば考えるほど、泥沼に嵌(はま)っていくようで。

暴走する思考の奔流を断ち切ったのは、意外なことにエヴィルだった。

「……やっぱり、情報が必要だよな」

いつの間にか、少年はカタツムリを手放していた。

いつになく落ち着いた顔つきで、まっすぐに瞳を見つめてくる。藍白の瞳に、困惑するシキの姿が映っている。

「情報を制する人間が、戦いに勝つ。戦いってのは、考えるのをやめた方が負けなんだ。行動の前に、俺たちには情報が必要だ。なあシキ、そうは思わないか？」

「？　……どうした、熱でもあるのか？」

いつものエヴィルらしくない発言に、シキは戸惑いの声を上げる。

しかしエヴィルは静かに首を振るだけで、決して何も答えない。

何かがヘンだとは思ったけれど、彼があまりにも真剣で、しかもその主張は十分すぎるほど正しかったので、深く突っ込むのはやめておいた。

「……分かった、情報な。でも、どこで――」

シキの言葉を、エヴィルは手を上げて遮った。

その手には、いつの間にかチラシのような紙切れが握られている。

「何それ――」

中身を覗き込もうと首をひねるが、瞬間、くしゃっと握り潰されてしまい。

「情報屋のチラシだ。この広い城塞都市の情報が、全てここに集まるんだぜ」

「……本当に？　そんな都合良いことが……」

「大丈夫。俺を信じて、付いて来るんだ」

エヴィルはサッと立ち上がり、足早に〝情報屋〟へと向かって歩き出す。

その足取りは堂々としていて、迷いなんて一切ない。巨大な旗を括り付けた、小さな背中が頼もしい。

（……まあ、行ってみるか。他に目指す場所も、ないわけだしな）

少年を追いかけながら、シキは思う。

すっかり破天荒な人間だと思い込んでいたけれど……もしかしたらエヴィル＝バグシヨットとは案外理性的で、出来るヤツなのかもしれないな……なんて。

＊＊＊

……この大馬鹿野郎を信じたのが間違いだった。

派手なピンク色の看板を見上げながら、シキは呆然と立ち尽くしている。

「……ふわふわ、ぴょんぴょん、わんだーらんど……？」

店頭には、セクシーな二人組の女性が立っている。

ウサギの耳を模した頭飾りが、薄暗い路地裏で眩しいほどだ。少女たちがこちらに向かって手招きをすれば、エヴィルは吸い寄せられるように近付いてゆき。

「二人で」

一切の躊躇なくそう告げて、わざとらしいほどのキメ顔をした。

呆然としたまま、シキはエヴィルに引きずられてゆく。怪しげな雰囲気の、狭い廊下。少女のお尻で、玉のようなウサギの尻尾が可愛らしく揺れている。フリフリ、フリフリ。

その動きを目で追いながら、シキはようやく正気に戻る。

「……おい、何だよ、この店⁉」

するとエヴィルは、悪びれもせずに言うのだった。

「ちょっとエッチなお店だが？」

「話が違うぞ！　僕たちには、今すぐにやるべきことが――」

「いやあ、もちろん分かってるよ。でもさ、その前に少しぐらい遊ぼうぜ？　せっかく繁華街に来たんだから、エンジョイしないと後悔するぜ？　な？」

「そんなワケあるか！　だいたい僕たち、金なんて――」

――銅貨一枚も無いじゃないか。

言おうとしたが、エヴィルに口を塞がれた。少年はこちらを睨みつけ、それどころか、なんと小声でキレている。

「馬鹿ッ！　そういうことは、女の子の前で言うもんじゃない！」

間もなく店内に辿り着き、促されるままソファに座った。

いらっしゃいませと言いながら、両隣にウサギ姿の少女たちが腰掛ける。これが、やたらと距離が近い。豊満な胸が、ぽわんと二の腕に当たっている。甘ったるい匂いがする。

反射的に腕を引っ込めて、シキは正面に座るエヴィルを見た。

彼は今、一切の躊躇なく、おっぱいに顔をうずめていた。

「……な、なんだ、これは。君はこんなのが好きなのか、汚らわしい変態め！」

思わず声が裏返る。顔を上げた少年が、面倒くさそうに首を捻ってこちらを見た。

「はあ？　なんだ、お前。潔癖すぎんだろ」

我慢せずに楽しめよ。そんなことを言いながら、両手でおっぱいを揉んでいる。

「おかしいのは君だ！　少女たちにこんな格好をさせ、サービスを強要するなんて――」

すると唇に、そっと少女の指が押し当てられる。怒りに満ちたシキの言葉は、あえなく遮られてしまった。

「そんなこと言っちゃ、だめですよ～。わたしたちは、うさぎちゃんなんです。うさぎはサミシイと死んじゃうから、こうして遊んでもらってるんです～」

「……そういう設定なだけだろ？　本当は嫌で……」

「だめだめ、おしまいっ！　ほら、難しいことはやめにして……お兄さんも私たちと遊びましょうね～！」

ぐぐ……と両脇から、見知らぬおっぱいが迫って来る。

肩幅を狭めて、必死に逃げる。おっぱいが迫る。また逃げる。その様子を見ながらエヴィルは、ニヤニヤしながらシキに言う。

「……さてはお前、童貞だな？」

「……それの何が悪い？　恥じることじゃないだろう？　だいたい、君だって——」

「イメージトレーニングは完璧だ。お前とは格が違う！」

キメ顔で断言すると、エヴィルはおっぱいに飛び込んで。

「おっぱいおかわり～」

……限界だった。

「やってられない、僕は帰る！」

ソファから立ち上がり、群がるおっぱいを押しのけて出口へ向かう。

エヴィルはぽかんとしながら、シキの背中に声を掛けた。

「帰る？　どこにだよ」

「……知らない。君のいないとこ」

振り返らずに、シキは店を後にする。

こんな場所にいたら、こちらの知能まで低くなる——緩み切ったエヴィルの顔が、ぽんっと頭に浮かんで消える。

無性にイライラしたので、足元の小石を蹴り飛ばした。

……とりあえず、時間がない。今は一人で効率的に行動しよう。置きざりにしたあの馬鹿は……まあ、勝手にどうにかするだろう。

＊＊＊

城塞都市を彷徨い歩き、夕方ようやく辿り着いたのは、こぢんまりとした建物だった。

表の掲示板には、ベタベタとポスターが貼られている。比較的新しいものから、紙が擦り切れて読めないほど古いもの。どうやら、どれも仕事の依頼のようだったが……。

「……詳細は店内で！　……か。なるほど、職業斡旋場……みたいなものか？」

しばらく考え、シキは中に入ることを決意する。考えれば考えるほど、とにかく金が必要だった。金が無ければ、最低限の衣食住すら整わない。

少し緊張しながら扉を押すと、キィと軋んだ音を立てて簡単に開いた。入ってすぐの場所に、木製のカウンターがある。その奥に、どうやら受付嬢らしき少女がいる。

ウェーブの掛かったブロンドを、すっきりとポニーテールに結った女の子だ。椅子に腰かけて、すやすやと寝息を立てている。大きな本を枕にして、むにゃむにゃと寝言まで言っている。

声を掛けるが、起きやしない。仕方がないので、軽く三回肩を揺すった。少女はハッと目を覚まし、キョロキョロと辺りを見回すと「……やばっ」と小さく呟いて。

枕にしていた分厚い本を、慌てた様子でぱらぱら捲る。どうやら目的のページが見つかったらしく、その一部分を凝視しながら。

「……ようこそお越しくださいました！　収集、雑用、その他もろもろ……各種依頼、受け付けております。ミドル・クローネへの登録も、大歓迎受付中ですよ♪」

にこっ。取り繕うように顔を上げ、笑みを浮かべた。

セリフ自体は完璧だが、それ以外はいただけない。明らかなマニュアル棒読み。さらに営業スマイルの口元には、よだれの跡までついている。

真新しい名札には〝ヒューカ＝マロイ〟と書かれていた。

「表に貼ってあった、ポスターについて詳しく知りたいんだけど……」

「あ、ハイッ！　ですがお仕事のご紹介は、クローネメンバー限定となっておりまして……クローネへの新規登録をご希望ですか？」

「……いや。ちょっと何言ってるか分かんないんだ。最近、この都市に来たばかりでさ……もうちょっと詳しく、教えてもらえる？」

戸惑いながら返事をすると、ヒューカはすっかり困ったような顔になる。

「え、詳しく？　えーと、そんなのどこに書いてあったっけ……えっと、えっと……あ、あった！　……季節に合わせた厳選素材を使用しているため、イメージイラストと異なる場合がありますが、ご了承ください♪」

「……それ、たぶん参照ページ間違ってるぞ」

「え!?　……あっ、やば。全然関係ないとこ読んじゃったよ」

焦りながら、ヒューカはマニュアルを捲ってゆく。

しかし、なかなか見つけることが出来ないらしい。少女はしゅんと肩を落としながら、言い訳をする子供のような目でシキを見上げる。

「いや、だって……あたしも、つい昨日登録したばっかなんよ」

「昨日、登録？」

「うん。とにかくお金が必要でさ……メンバー登録しようと思って、あんたと同じようにここに来たの。そしたら職員がさ、いかにもやる気無さそ～に話してるわけ。そろそろ休暇が欲しいね、でも登録所を空けるのはマズいよね……んで、たまたまそこに居たあたしに訊くの。キミ、文字読める？　……って」

溜息を吐きながら、少女はばんばんっとマニュアルを叩く。

「あたしが頷いたらさ、ちょうど良かった～とか言ってんの。そんでマニュアルだけ渡されて、あとヨロシクって……ありえなくない？　あたしだって被害者なんよ。大目に見てもらえないと、困るってゆーか」

……確かに、それは気の毒な話である。シキは同情の目を向けながら、必死にマニュアルと奮闘するヒューカを見守る。

それから五分ほどが経っただろうか。ついに少女は開き直ったようにマニュアルを投げ捨て、シキに向かってこう言った。

「あー、ダメ。全然見つからんし！　しょーがないから、あたしが知ってること教えてあげる。まあ合ってる保証は全然ないけどさ……で、質問って何だっけ？」

いまいち頼もしさに欠ける受付嬢だが、いないよりはずっとマシだろう。

「……クローネ、だっけ？　それって、どういうものなんだ？」

「うんとねえ……フリーの依頼請負人たちで作ったグループ、みたいな？　数人から数十人で作ったミドル・クローネを、ここで統括して、ちょうどいい仕事あげてんの」

いずれにせよ、まずはそのクローネとやらに登録しなければならないらしい。

「……分かった。僕もクローネに登録する」

「あ……入る？　分かったよ、しょうがないなあ」

シキがそう伝えると、少女はめんどくさそうにマニュアルを拾った。

せわしなく動いていた少女の手が、やがて『クローネメンバー登録希望者への対応について』と書かれたページでぴたりと止まる。

「あ、あった！　……えーと……あなたの……あなたの特技を教えてください♪」

「特技……か」

言葉に詰まり、シキは黙る。

暗殺、なんて言えるはずもない。もしかしたら暗殺や、類似の依頼があるかもしれないけれど……そんな血生臭い依頼を、ヒューカに紹介してもらいたいとは思えなかった。

「……薬草の扱いを、少々」

「へえ～、なるほど……うん、うん。悪くなさそう……な気がする」

その後もヒューカは、次々に名前や年齢などを訊いてきた。いまいち気の抜けた相槌を打ちながら、手元の羊皮紙に情報を書き留めてゆく。

「それじゃ、次は……ご自身の祝素体適性について、何か証明するものは？」

「祝素体適性？　魔法を使うような依頼も、あるってことか？」

「ん？　まー、そりゃ城塞都市だし……それなりに祝素体が発掘されるわけで。祝素体適性の高い人材が有利なのは、仕方ないんじゃないんかねえ」

ひとつページを捲って「確かめてみますか？」と少女は続ける。

「……簡易的な適応試験をご用意しております。ブラッド・エーテル代金として、別途初任給の十％を頂戴しておりますが……結果次第では、より幅広い仕事を紹介出来るのでおススメですよ♪」

「ブラッド・エーテル？　……ああ」

それは恐らく《死獣》の血を加工した、祝素体起動に欠かせない薬品のことだろう。

かつて全ての祝素体は、ノルの吐息に含まれる《祝素》によって起動していた。だからロスト＝ゼロ以降、魔法は完全に失われたと考えられていたのだが……突如出現した異形の怪物《死獣》の体液に、祝素と構造の似た《死素》が含まれていることが発見されたのは、人類にとって福音だったに違いない。

とはいえ《死素》も完璧ではない。その代謝スピードは体質に依存し、多くの人間にとっては毒となる。かつて生活必需品として民衆に開かれていた〝魔法〟は、ごく一部の、非常に限られた人間だけの特権となった。

「試してみる」

シキが答えると、ヒューカは口では「かしこまりました♪」と言いながら、面倒くさそうに顔をしかめた。

マニュアルを参照しながら、背後に設置された戸棚を漁る。あーでもない、こーでもないと呟きながら、やっと目的の物を探し当て。

「……それでは、まずはこちらの液体を飲んで下さい」

差し出された液体は、アイリオ国で〝神の血〟と呼ばれていたものだった。

白色不透明、とろみがある。高品質な処理を施されたものならば、匂いは完全に消えているのだが……これは、それなりの質のようだ。飲めないほどではないけれど、独特なオイル臭がほのかに香る。

「……次に、掌を、こちらに向かって差し出して」

言われるままに差し出すと、掌にちょこんと何かが置かれた。

鈍色に輝く、小さなコマだ。

「回してください」

「え？」

「体内の、死素の流れを意識して、えーと……うわ、めんどくさ。もう自分で読んでもらった方がええと思う」

　どさっとマニュアルを広げて置いて、ヒューカは大きなあくびをした。

マニュアルには、なかなか高度な死素運用理論が書かれていた。これを読み解き、この場で魔法を使えとは……かなり困難なことを、強いられている気がしないでもない。

「……まあ、出来なくても気を落とさんで？　これ、出来る人間の方が、圧倒的に少ないんよ。ぶっちゃけ挑戦させて、ブラッド・エーテル代で荒稼ぎするためのもんだから」

「――静かに……集中する」

　シキは呟き、掌上のコマを凝視した。鈍色のそれには、見た目以上の重量がある。

（体内の死素……消化管に落ちた液体が、吸収され、血液に溶け、全身を巡る……）

　マニュアルで得た知識から、シキはイメージを膨らませる。

（……粒子の形状を変化させ、掌に開口する微細な管から、魔力の流れを形成する。コマの底面に、意識を繋ぐ――移植する）

　ふるふると細かく揺れながら、コマがゆっくりと起き上がる。

（……固まった魔力柱に……また、新たな……紐状の意識を、絡めてゆく。きっちりと、ぴったりと、全周に絡め終えたら……そのまま一気に、意識を引き抜く！）

　びゅん――小さな風が、掌を撫でる感覚がして。

　起き上がったコマは、ゆっくりと震えながら動き出し……やっとのことで一回転。そのままコテンと倒れると、一切動くことはなくなった。

ただ集中しイメージを膨らませていただけなのに、疲労感は想像を絶した。立っていることも出来なくて、シキはカウンターにもたれ掛かって荒い呼吸を繰り返す。

「……今の僕には、これが限界だな」

あいつなら──伝説の英雄が遺した祝素体さえ使いこなせるエヴィルなら、このコマをギュンギュン回せるんだろうな。そんなことを思うと、少し悔しい心地がして。

「いや、でも、たぶん合格……だと思う」

ヒューカが、マニュアルと睨めっこしながら口を開く。

「どんなに不格好でも、コマが一回転すれば……第三種祝素体適性あり、だって。お、やるじゃん！　……ただいま条件に適合する依頼を探しますので、少々お待ちください♪」

「え……本当に？」

第三種祝素体適性。これはシキにとって、少々意外な結果だった。

魔法時代。一般市民に広く開かれた祝素体は、いわゆる「第四種」と呼ばれるものだった。これは大気中に祝素さえ存在すれば、ほぼ全ての人間が、不自由なく利用できるレベルに調整された汎用祝素体だ。

しかし「第三種」ともなれば、少し意味が違ってくる。これは一部の専門職などが使用していた祝素体で……簡単に言えば、魔法時代全盛期ですら限られた人間にしか扱えなかった道具なのだ。

（……たしかガリラド大聖堂で、聖水を作るための祝素体も「第三種」だったな。そうか

（……僕にも、その程度の力があったのか）

ヒューカは懸命に、散らばった書類の束を漁っている。条件に見合った依頼を、どうにか探そうと頑張ってくれているのだ。

「あっ！　これなんて、なかなか良さそうだと思わん？」

探し当てた依頼用紙を、シキは受け取る。紙はかなり古びていたが、目を凝らせばどうにか読める。シキは、依頼に目を通した。

「……依頼者、ガボット＝レイン。城塞都市第一層北部、ホニット＝レイン大図書館での司書業務。日当一万リッツ、第三種祝素体適性必須、明るく元気な少年希望……？」

自分が「明るく元気な少年」である自信はないが、図書館というのは魅力的だ。ここを拠点にすればかなり効率良く、城塞都市の情報を入手することが出来るだろう。

ヒューカに訊けば、報酬も良い方であると言う。司書に「第三種祝素体適性必須」である意味は不明だが……それはそれで、楽しみでもある。

「うん、この依頼受けてみる」

「え、ホント？　わあ、やった！　なんかオススメしたのが気に入られるって……すっごい爽快なことなんね！」

予想外に嬉しそうな顔をして、少女はにっこり微笑んだ。

「……それじゃ、次は所属クローネについてだけど……」

ヒューカがそう切り出すと同時――背後でキィとドアが開いた。

次の瞬間。目が覚めるほど元気な声が、部屋いっぱいに響き渡る。かすれているのに底抜けに明るい、独特な印象の声だった。

「こんにちはーっ！　依頼、受け取りにきましたーっ！　カメリア・クローネ所属、魔法適性なし！　だけどプラチナ等級が自慢！　安心と実績のロティカ＝マレですっ！」

振り向けば、そこに一人の少年がいた。

快活そうなショートカットが似合う、秋風のように爽やかな印象の子だ。巨大なバッグには葉や木枝が突き刺さり、ホットパンツから伸びる細い両脚は、擦り傷だらけの泥だらけ。イバラを模(かたど)った特徴的な刺青(タトゥ)が、首筋にはっきり刻まれている。

「……キミ、すごいねえ！　さっき渡した依頼、もう全部こなしたん？」

受付台のヒューカが、驚いたような声を上げる。すると少年——ロティカは、得意げに胸を張るのだった。

「もちろんですっ！　圧倒的な素早さ自慢のロティカ＝マレですのでっ！」

見れば奥の壁には、等級に関する説明文が掲示されている。

等級とは年齢・魔法適性に関わらず、依頼をこなした件数・その成果によって認定されるものであるらしい。要はメンバー個人の信頼性を、客観的に表したものということだ。

登録したばかりの新人は砂利(グラヴァル)等級。そこから徐々に等級が上がってゆき……白金(プラチナ)等級は、上から二番目。

このロティカという少年は、かなりやり手のメンバーであるようだ。

「……また同じような依頼になっちゃうんだけど、いいかねえ？　いろんなレストランから、競うように緑香菜（パリダー）の採取依頼が出されてるんよ」

「あー、最近ブームですからねえ……どんとこい、です！　採集大好き！」

「助かるー。そんじゃ、これを……」

そう言いながら、ヒューカは机から依頼書束を取り出した。あらかじめ用意してあったのだろう、表紙にはすでに『カメリア・クローネ専用』と書かれていて。

「……ん？」

彷徨（さまよ）っていたシキの視線が、ロティカの背中でぴたりと止まる。

背中に何かがくっついている。ぺったりとくっついている。

それはどうやら、人間であるらしかった。ロティカのシャツをぎゅっと掴（つか）んで、居心地悪そうにもじもじしている。

「あっ、サタにも依頼来てるよ！　良かったねえ、一緒に行こう！」

ロティカの声に反応し、背中のくっつきむしがほんの少しだけ顔を上げる。

顔立ち自体は整っているが、野暮（やぼ）ったいおさげのせいで暗い印象が拭えない。身長はロティカよりも高いのに、その振舞いのせいでずいぶんと小さく感じられる。誰とも目を合わせようとせず、いかにも気弱そうな少女だった。

腰には鎖がベルトのように巻かれていて、そこから瓶が三本ほど下げられている。飲み水携帯用の瓶のようだが、かなりサイズの大きなものだ。細い身体（からだ）と相まって、随分とアンバランスに感じられる。

「……やんない。採集きらい。あの葉っぱ、カメムシみたいな匂いするし」

「そんなこと言ったら、レストランに来てる人たちが悲しむよ！　……ほら見て、サタ。緑香菜以外の収集依頼も、いっぱい来てるしさ！　どれでも良いからやってみよ？」

「……やんない。仕事きらい。お仕事なんかしなくても、ロティカが飼ってくれるもん」

「いや、そりゃ捨てたりはしないよ？　でもさあ……」

ロティカは、困ったように肩をすくめる。それでもサタは譲らない。

「……今日付いてきただけで、褒めてほしい。いっぱい褒めてほしいのに……今日のロティカ、厳しい。ひどい……超死にたい」

「分かった、分かったよ！　うん、サタは偉いっ！　ごはん食べて偉い！　お風呂入って偉い！　呼吸してて偉い！　生きてるだけで最高に偉い！」

結局はロティカが完敗し、際限なくサタの存在を褒めちぎって場が収まる。

するとサタは満足したように、再びロティカの背中に顔をうずめた。ロティカは困り果てたような溜息を吐いて、ヒューカにそっと問いかける。

「あのー……ちっちゃい死獣の討伐依頼とか、出てないですか？　この子、死獣狩りにはそこそこ自信があるみたいで……」

「いやー。さすがに死獣が出たら、こんなに悠長な募集してられんよー。そーゆーのは常設依頼ってやつだからさ、詳しいことはこれを読んで……あっ、お読みくださいね♪」

思い出したように受付嬢口調になりながら、ヒューカは机上の説明文を指差した。都市の治安を乱すトラブルに関して、その解決に携わった協力者には、その働きによって自警団から報奨金が支払われる——そういう仕組みであるらしい。

「やっぱり、そうだよねえ……でも最近、死獣なんて……」

「ここの資料を見る限り、何年も確認されてないみたい。まあ、平和で良いことだとは思うけどねえ。そもそも、この都市では《厄死の子》が……」

その後も二人はしばらくの間、死獣に関する会話をしていた。

やはり城塞都市の人々は《死道標(シノシルベ)》や《死予言(シヨゲン)》という事柄に関して、それなりに正しい知識を持ち合わせているようだった。ノルの悪性化や、かつて神を殺した《六英雄》の存在まで、当たり前のように理解している。

改めて、アイリオ国がどれほど異常な存在であったかを、シキは強く実感した。

この城塞都市の存在は、アイリオ国にとって極めて目障りだったはずだ。ここの自由な文化や思想が、ふとした瞬間に城壁を越え、あの国に流れ込んでしまったら——アイリオ国が必死に築き上げた統治体制は、おそらく一瞬のうちに崩壊の危機へと晒(さら)される。

だから、あれほど規制が厳しかったのだ。

悪い噂(うわさ)を誇張して、城塞都市がこの世の地獄であるかのように吹聴(ふいちょう)した。どんなに探してもまともな情報に行き着かなかったのは、決して偶然などではなかったのだ。

「うーん……わかった！　それじゃ、また来るねーっ！」

依頼書をバッグにしまい込み、ロティカが大きく手を振った。

同時にサタも、ほんの少しだけ顔を上げる。金属めいた琥珀色の瞳、うっすらとグレーがかった独特の髪色。どこかで見たことのあるような、その色に——。

「……君、出身は？」

反射的に、シキは訊いた。

顔を上げたサタは、驚いたようにこちらを見る。見れば見るほど、その色は——アイリオ国で最も一般的な……通称〝純血の色彩〟と呼ばれるものに、間違いなくて。

「え……あっ……」

だらだらと冷や汗をかきながら、サタはあからさまに動揺した。

瞬間、シキは警戒を強める。純血の色彩、死獣狩り——もしかしたら彼女は、アイリオ国から送られた密偵かもしれない……瞬時にそう、思ったからだ。

ならば彼女を試すまで。シキは懐から、零十字の刻まれた銀時計を取り出した。

アイリオ国関係者であるならば、これを粗末に扱われて黙っていられるはずもない。

そのまま、床に時計を叩きつけようとした——その瞬間。

「さ……サタを、殺しに来たのっ……？　でも、サタは……もう、の、ノルの……」

怯えたような声がして、ぐびぐびっと、激しく喉を鳴らす音がした。

サタが水を飲んでいる。腰に下げていた大瓶を、一気に流し込むように飲み干した。その異様な光景に、シキがあっけに取られていると。

「の、の、ノルの手先には……戻らないって決めたんだもん！　……てーいっ！」

裏返った雄叫（おたけ）びを上げ、少女はシキに飛び掛かる。

「……やめとけ」

錯乱気味の少女の手首を、シキは的確に掴（つか）んで止めた。

サタはさっと青ざめて、口をぱくぱくしながら震えている。

「あ……あうぅ……」

「安心しろ。別に、君を殺しに来たわけじゃないよ」

その場でぺたんと座り込んだ少女に、シキはそう語り掛ける。

どうやら彼女は、間違いなくアイリオ国出身であるらしい……が、スパイというわけではなく、むしろ境遇の似た亡命者であるようで。

「ど、どうしたのサタ!?　突然殴りかかるなんて……すみませんっ！　この子、いつもは大人しいんです……」

ロティカはすっかり仰天して、ぺこぺこと何度も頭を下げた。

「いや……僕も悪かったよ。ごめんな、驚かせて」

「……うぅ……ひどいことしないなら、ゆるすぅ……」

蚊の鳴くような声で呟（つぶや）くと、少女はカラカラになった喉を潤すように、ぐびぐびっと再び水を飲み干した。

それと同時にカウンターのヒューカが、何かを思いついたような声を上げる。

「……あっ……そうだ！　シキさん、シキさん！」

ロティカ、サタ、シキは同時にヒューカの顔を見た。どこか自信ありげな表情のヒューカはマニュアルを目で追いながら、すらすらと言葉を紡いでゆく。

「ご案内です♪　そちらの方々が所属する、カメリア・クローネに入る……というのは、いかがでしょう？」

「えっ、えっ？　きみ、うちのクローネに、入ってくれるの？」

ロティカは驚いたような声を上げ、シキの手を取りぴょんと跳ねる。そして丸い瞳を輝かせ、嬉しそうに微笑むのだ。

「すごく助かります～。うちのクローネ、メンバーがぼくたちしかいないから……」

「え、二人？　二人しかいないの？」

思わずシキが驚くと、ロティカは困ったように肩をすくめた。

「そうなんです……各クローネには、メンバーが生活するための生活棟が、それぞれ与えられるんですが……」

それは多くの場合、監獄時代の独房棟を改装したものであると言う。

「……改装前の〝カメリア独房棟〟が、まあ……飛び抜けて汚い場所でして。内部はそれなりに綺麗なんですよ？　ただ外観が、あまりにひどいから……」

全然、人気がないんです。

そう言ってロティカは、残念そうに肩を落とした。途中で何人かメンバーが入ったが、全員怯えて逃げてしまい……気付けばロティカとサタの二人だけが、不人気クローネに取り残されてしまったのだと。

「だからメンバー加入、大歓迎ですよっ！　外観は最悪ですが……中には珍しく、温泉なんかもありますし！」

「……温泉……？」

「あ、知らないか。お湯が沸いてて、そこで水浴びすることが出来るんですよっ！」

いや、知らないはずがない。

懐かしい響きに、シキの胸は人知れず躍っていた。

祖国では当たり前のように沸いていた温泉が、アイリオ国には存在しないと知った日は落ち込んだものだ。アイリオは気温の高い国だから、寒さに困ったことはないけれど……それでもゆったり湯に浸かる心地よさを、忘れたわけでは決してない。

「……分かった。入るよ、君たちのクローネに」

「ええ!?　本当ですか！　やったあ、言ってみるものですね！　今後の参考にしたいので訊きたいんですが、どこが決め手だったんですか？」

「……人数かな。人が多いのは、苦手なんだ」

そんなことを言いながら、シキは軽く肩をすくめた。

単純すぎて恥ずかしいので、本当の気持ちは胸の奥にしまっておくことにする。

決定打が温泉だなんて……とても言えるはずがない。

2

ヒューカから渡された依頼書を手に、シキ＝カガリヤは城塞都市を進んでゆく。

ホニット＝レイン大図書館は、立体城塞都市レジナリオ第一層北部に位置していると言う。この入り組んだ都市で、迷子になったら笑えない。

だから何度も、しつこい程に道順を確認しながら歩みを進めた……はずなのだが。

「……ここは、どこだ……？」

シキは今、ぽつんと大自然に立ち尽くしている。

目の前に広がるは、見渡す限りの巨大な湖。鬱蒼と生い茂る木々を掻き分け、ようやく辿り着いた場所が、ここだった。

なぜ城塞都市に、当たり前のように湖が存在するのか？

そんな些細なことは、この際大した問題ではない。ここは自由の街、立体城塞都市レジナリオ。もはやその程度のことでは驚かない。

「どこで間違えたんだ、僕は……？」

戸惑いながら、シキは必死に記憶を辿る。

生まれつきの、方向感覚の乏しさは自覚している。でも、だからこそ、必要以上に地図を確認したではないか。そうだ。自分は間違いなく、この地図通りに歩いて来た。

……ならば考えられるのは、渡された地図自体が間違っていたということだ。

ならば、もはや打つ手なし。こんなことになるならば、意地など張らず、土地勘のあるロティカにでも道案内を頼めば良かった――シキが肩を落とした、そのとき。

「よーお！　お前さんが新入りかーい？」

慣れ慣れしい口調のおっさんが、ぬっと視界に現れた。

そのまま流れるように肩を組んできたものだから、シキはとっさに振り払い。

「違います」

即答するが、おっさんは退かない。

「オイオイ照れるなって。お前さん、シキだろ？　シキ＝カガリヤ。噂通り、真面目そうな坊っちゃんじゃねえか。ちと元気が足りないがな」

「…………」

面食らって、シキは思わず黙り込む。このまま無視を決め込もうと思った矢先、はっきりと本名を呼ばれてしまった。つまり……。

シキは恐る恐る、ヒューカから聞かされていた名前を口にする。

「……ホニット＝レイン大図書館館長……ガボット＝レイン？」

「おうおう、そうよ！　新入りが来るのなんて、久しぶりでよう……昨日は楽しみで眠れなかったんだコンチクショウめ！」

ニコニコ顔のおっさんに小突かれながら、シキは困惑を隠せない。

つまり、このおっさんも寝不足で道を間違ってしまったということか？　知らない場所で、迷子のおっさんと二人きり……なんて絶望的な光景だろう。

「……お前さん。沈没図書館を見るのは、初めてか？」

「沈没図書館？」

聞き慣れない言葉に、シキは眉をひそめて訊き返す。するとおっさんは、心底嬉しそうに目を輝かせ。

「そうかあ、初体験か！　よし、こっちに来い来い！　シキに見せたる」

そんなことを言いながら、スキップで湖へと向かってゆく。湖のほとりには釣竿が一本、置かれていて。

……そしておっさんは、唐突に釣りを始めるのだった。

細い目をさらに細め、集中した様子でじっと水面を眺めている。

突然どうしてしまったのだろう。まさか寝不足が限界に達して、目を開けたまま寝てしまったのか？　それなら今のうちに、そっと帰ってしまうのも一つの手だが……。

「……〝キョニュウ・ドリーム〟」

「はあ？」

シキは顔を上げ、おっさんの顔をまじまじと見つめる。おっさんは真面目そのものだった。鋭い職人の目付きで、釣り糸の動きを見極めながら――。

「キョニュウ・ドリームッ！」

思い切り叫んで、釣竿を引いた。

ざばん。飛沫とともに獲物が釣れる。その光景に、シキは驚き目を見開く。

「……本？」

釣竿の先には、一冊の本がぶら下がっていた。

そのタイトルは『キョニュウ・ドリーム』……なるほど、おっさんが叫んでいたのは、この本のタイトルだったというわけか。

本を受け取り、恐る恐るページに触れる。

湖から釣り上げられたというのに、その本は濡れてなどいなかった。まるで普通の本のように、ぱらぱらと捲ることが出来るのだ。

「魔法……」

……そうだ、はじめから言われていたではないか。

この図書館での司書業務には、第三種祝素体の適性が必須であると。

「……大監獄時代、ここは普通の図書室だった」

おっさんが、ゆっくりと語り出す。

「大陸各地から集められた、そりゃもうたくさんの本が……きっちり書架に押し込められてたんだってよ。それが真面目すぎてつまんない場所だって、囚人たちには大不評で」

そこでおっさんは、本を手に取りニヤリと笑う。

「とびきりのアホが、妙な魔法をかけたんだ。図書室はまるごと湖に沈んで、世にも珍しい〝沈没図書館〟が出来上がった……アホの名前は、ホニット＝レイン。オレの、偉大なご先祖様よ」

ホニット＝レインの働きにより、ここは監獄有数の名スポットに生まれ変わった。

ロスト＝ゼロが発生し、世界からほとんどの魔法が失われた後も――壁そのものに祝素が練り込まれた城塞都市内部には、この奇妙な光景が、奇跡的に残り続けていたと言う。

「……まあ……誰でも釣れるってわけじゃないのが難点だが」

肩をすくめ、残念そうにおっさんはぼやく。

「この釣竿(つりざお)自体が、第三種祝素体なのさ。釣竿の数はたくさんあるが……今の時代、これを使いこなせる人間は、そう多くねえ」

つまり多くの人間にとって、ここはただの湖だ。

湖の底に沈んでしまった、世界各国の貴重な書物たち。それらは意志を持って祝素体を使いこなす人間がいて、はじめて世界に浮上することが出来るのだ。

「つまり、ここでの司書の仕事は……」

「ああ、そうとも。魔法適性を持たない客の代わりに、この竿を使って、目的の本を釣り上げてやることさ」

どこか誇らしげなおっさん――ガボット＝レインは、懐っこい笑顔を浮かべながらシキへと告げる。

「一見地味だが、名誉ある仕事だ。今日から頼むぜ、新入りくん！」

＊＊＊

分厚いリストを渡された。黄ばんだ紙に、文字がびっしりと書かれている。

書かれているのは、どうやら本のタイトルのようだ。その横に、発行国、年代……それから殴り書きの文字で埋められた備考欄が並んでいる。

（……何千……いや、何万か？　物凄い量だ）

静かに圧倒されながら、シキはリストを捲ってゆく。

昔から、本を読むのは好きだった。幼い頃にお下がりで貰った帝国教書は、それこそ擦り切れるほどに読んだものだ。

本は、いつだってシキに新しい世界を教えてくれた。この世界には、まだ、こんなにも未知の書物が存在する。シキはすっかり圧倒されて、同時に胸が高鳴った。

するとガボット＝レインが、ぐいっと顔を寄せてきて。

「……興味ある本、どれだ？」

訊かれたので、シキはしばらく吟味したのち、一つのタイトルを指差した。

「おお、天体図か」

おっさんは、意外そうな声を上げる。

「そんなのが好きなのか。お前さん、見かけによらずロマンチストだな。なんだ？　さては、流れ星を見せてやりたい女でもいるんだな？」

ニヤニヤ顔のおっさんが小突いてくるので、シキは努めて無視をした。

シキが選んだのは、西の大国・ガラ共和国で記された『大陸における流星群の活動について』という本だった。

もちろん、流れ星を見せたい相手がいるわけではない。全ては、この身に刻まれた《死(シ)予言(ヨゲン)》を読み解くための手段なのだ。

死予言の言葉はいつだって曖昧で、はっきりと《悪の死源(ペイシェント・ゼロ)》の正体を示しはしない。しかしそこには、確かに真相に近づくためのヒントが隠されているのだ。

（……たしか、次に《悪の死源(ペイシェント・ゼロ)》が行動を起こすのは〝無数に零(こぼ)れる星屑(ほしくず)のもとで〟……だ）

無数に零れる星屑――これは恐らく、流星群の活動を意味している。

つまり流星群が発生する時期さえ分かれば、それに合わせて行動計画を練ることが出来るのだ。

釣竿(つりざお)を手に取り、シキはおっさんに目を向ける。

「……釣り糸垂らして、タイトルを呼べば良いんですよね？」

先程、彼はそんな風にして本を釣り上げた。その真似(まね)をすれば、自分でも簡単に釣り上げることが出来るだろうと思っていた。しかし……。

「おい待て待て！　まだ餌がないだろ」

慌てたようなおっさんの言葉に、シキは眉をひそめて立ち止まる。

今、餌と言ったか。本とは、餌を喰うものではないだろうに。

「……餌、ですか？」

「おう。リストの右端に、備考欄があっただろうが」

おっさんの言葉を受け、シキは再びリストに目を落とす。

ミミズのような走り書き。初見では汚くて読むことを諦めていたが、しかし集中して凝視すれば、少しずつ内容が見えてくる。

「……トゲアサ82％、ヒイロヤシ13％……」

「その本に使われてる、紙の原料さ。紙ってのはよ……作られた国や時代によって、かなり特徴が変わってくるんだ」

得意げに言いながら、おっさんは木箱を取り出した。底が浅く、内側に正方形の仕切りがたくさんついた箱だった。仕切りの中には、おがくずのような物が詰まっている。

「世界各国から集めた、木材の屑だ。こっちがトゲアサ、こっちがヒイロヤシだな」

白っぽい木屑と、その右下にある赤茶の木屑を指差しながらおっさんは続ける。

「これを正しい割合で混ぜてから、湖の水でよーく練るんだ。よーくよーく練り込めば、そのうち固まって立派な〝書餌〟になる。まあ、これで素材を再現することで、目的の本を呼べるって仕組みだな」

シキが選んだ本には、比較的高品質な紙が使われているのだと彼は言った。

「ガラ共和国ってのは、ルーラント大陸随一の科学国だからな。そのぶんガラの紙は値が張るが……可愛い新入りの成長のためだ、惜しみはしねえよ。そのぶん、今日は存分に練習してくれよ。オレからのサービスだ、釣れた本はタダで貸したる」

「ほんとですか？」

シキにとって、それは願ってもない申し出だった。

流星群のこと、六英雄のこと……それから、世界に刻まれた呪いのこと。シキには知りたいことが山ほどあって、それらは今、この湖の底に眠っている。

「……秤、貸して下さい」

さっそく調合を始めようと、シキはおっさんに声を掛ける。しかし彼は首を傾げ、意外なことを言うのだった。

「秤……？　いや、そりゃあ使ったことねえな」

「え？　それじゃあ、割合って……」

「勘だよ。指先の、絶妙な感覚を信じるんだ」

そんなやりとりをしている最中にも、何人かの客が沈没図書館を訪れた。

客からの注文を受けたおっさんは、リストを見ることもなく材料を選び抜き、指先の感覚だけで書餌を正確に練り上げて、ものの数分で目的の本を釣り上げるのだった。

「……ふうん」

シキは、少しだけおっさんを見直した。

そして心に火が付いた。薬遣いの端くれとして、負けていられないと思ったのだ。

＊＊＊

……ようやく本が釣れたのは、三時間後のことだった。

毒薬暗殺者としての経験が幸いして、書餌の練り上げ自体は、比較的早くマスターすることが出来た。しかし釣竿型の祝素体――こちらの起動が思いのほか難しく、完全に使いこなせるようになるまでに時間が掛かってしまったのだ。

「おお、やるじゃないかシキ！　さすがオレの見込んだ男だぜ！」

おっさんは、それはもうメチャクチャに褒めてくれた。満面の笑みでシキの頭をぐりぐりと撫でながら、「お前さんは天才かもなあ」などと繰り返している。

「……おおげさですよ」

ぼそりと呟きながら、シキは湖へと向き直る。

はしゃぎ続けるおっさんは、少しうざかったけれど、悪い気持ちはしなかった。

そうして技術をマスターしたシキは、さっそく沈没図書館新米司書としての仕事を任されることになった。それはつまり、客に代わって本を釣り上げるという重要な役目だ。客の要望に合わせて、シキは何度か本を釣った。目的の本を調べ、それが書かれた時代や国に合わせて書餌を練る。必要とされる書餌——すなわち紙の原材料や割合は、本当に国や時代によって大きく変化しているのだと実感した。

客足が途絶えれば、自分に必要な本を釣ってゆく。

六英雄についての本などは、アイリオ国を除いた全ての国で数多く出版されていた。

おおまかな内容は同じだが、細部は少しずつ異なっている。どうやら伝承や創作が、どれも少なからず混じっているようだ。

「……でも、六英雄が活躍したのって……ホニット＝レインが図書館を沈めた時期より、ずっと後のことですよね？」

疑問に思い、シキは問う。それなら何故、この湖から釣れるのかと。

「ああ、そりゃそうだ。良い所に気が付くな。まあ、なんて説明するのが正しいか……この湖は、世界中の書架と繋がってるんだよ」

「世界中の……？」

「まあ、いくつか制限はあるんだけどな。他にも、すごいのが……」

おっさんが目を輝かせ、何かを話しかけた——その時。

「——竿を」

凛とした声が耳に響いて、シキはハッと顔を上げる。

カウンターの向こうに立っていたのは、二十代半ばほどの青年だ。

切れ長な目元が印象的で、見上げるほどに背が高い。金のボタンで留められた、仕立ての良いロングコートがよく似合う。

髪や瞳は、夜明けの空を感じさせる東雲色。肩に掛かるほどの長髪なのに重苦しさを感じないのは、この独特な髪色ゆえか。

「竿を——貸して頂けるか」

そう青年は繰り返し、静かに手を差し出した。

それにしても、不思議な雰囲気の青年だった。線が細くて儚げなのに、その存在感は圧倒的。超然としていて近寄りがたく、それなのに目を奪われる。

「釣竿なら、一日使って二千リッツだぜ。釣りの代行が必要なら、そこに上乗せで——」

おっさんの言葉に、青年はゆっくりと首を振って二千リッツだけを手渡した。

代行はいらない、という意味らしい。

「……ああ、ありゃ……」

釣竿を抱え、青年は湖に向かって歩く。

その後姿を眺めながら、ガボット＝レインは呟いた。

「たぶん、魂狙いだな」

「……魂？」

聞き慣れない言葉に、シキは戸惑う。ガボットは「……まあ、シキには信じがたいことかもしれないけどよ」と前置きしながら、この湖に眠る本の魂について教えてくれた。

「人類が誕生して、今日に至るまで——多くの本が書かれ、その大部分が焼失してきただろう？　だけど、この湖には……そいつらの魂までもが、奥深くに眠ってる」

「……この世から消えた本を、釣り上げられるってことですか？」

「簡単に言えば、そうだ。でも、まあ……これがメチャクチャ難しい。書餌（しょじ）を正確に練るのは当然として、高い魔法適性と、本との絆（きずな）……までが関係するって話だからな」

「絆……ですか」

釣り上げに成功した例は、ここで長く働くガボットですら見たことがないと言う。

それから日が落ちて営業終了するまでの数時間——先程の青年は、湖のほとりで静かに釣り糸を垂らし続けていた。

＊＊＊

一刻も早くカメリア・クローネに帰宅して、本を読みたかった。

せっかく様々な本を借りたのだ。六英雄や、天体の動きに関する本もある。限られた時間を、少しでも有効に使いたかった。

しかしガボットが譲らなかった。

一日頑張ったご褒美だ、奢（おご）ってやるから、オレのあとに付いて来い……と。そう言い張って聞かないのだ。正直気乗りはしなかったが、厚意を無下には出来なかったので、シキは黙って彼の背中に付いて行った。

今から思えば、それが間違いだったのだ。

「……どうだ。最高だろ？　ここのウサギちゃんたちは、最高に可愛い子揃いなんだ！」

「…………」

最悪である。どういうわけかシキ＝カガリヤは、またしてもソファの上で、セクシーな格好をしたウサミミ少女たちに囲まれている。

キラキラとした店内をぼんやりと眺めながら「そういえばエヴィルはどうしただろう」とシキは思った。

数日前、ここでバカ騒ぎしていたあの少年は……無事に退店し、寝床を見つけることが出来ただろうか。

「……巨乳の子は、オレがもらう。シキは、新人の子を紹介してもらえ」

おっさんの耳打ち。シキは無言で頷いた。

もはや誰でも構わないので、早くこの場を去りたかった。

（……早く、本が読みたい……）

ほどなくして二人組の店員が、シキの前へと現れる。

「こんにちは～！　お待たせしました～！」

一人は指導役のベテランらしく、もう一人が噂の新人であるようだ。ああ、面倒くさい……気だるげに顔を上げたシキは、思わず彼女の姿に釘付けになる。

「…………！」

うん、なるほど。これはかなり、めちゃくちゃ可愛(かわい)い。

青と白を基調とした、ふわふわのミニドレスがよく似合う。

柔らかそうな垂れ耳(ロップイヤー)に、ちょこんと留めたブルーリボンが愛らしい。

新人ウサギは、いかにも不機嫌そうだった。

だけれど屈辱を噛(か)みしめるように伏せた目なんて……この手のマニアには、なんとも堪(たま)らない仕草だろう。

たしかに胸は小さかった。

小さな胸を誤魔化(ごまか)すように、胸元には贅沢(ぜいたく)にファーがあしらわれている。よく見れば、小さいどころか、胸が無い。まっすぐ。たいらで、直線的。きっと触れば硬くて、まるで男……って。

「エヴィル!? 何やってんだよ、こんな所で!?」

「うるせえ！ 金が無かったから、働いて返すことになったんだよ！ だいたい、お前が勝手に――」

「こらッ！」

隣の女性が、エヴィルの態度をたしなめる。

「お客様にそんな口を利いてはいけませんよ？ ご挨拶を、練習したじゃないですか」

「くっ……！」

エヴィルは唇を噛みしめると、荒ぶった心を落ち着けるように、何度も何度も深呼吸を

した。そのまま彼は、胸の前でぎこちないハートマークを形作り。

「……ぴょんぴょんぴょん♡　綿毛の国からやってきた、新入りウサギのエヴィちゃんです♡　あなたのハートに、どっきんぐ♡」

「……ふッ」

我慢出来ずに噴き出すと、エヴィルの顔が引きつった。

「は？　おい、笑いやがったな？　どこが変だったって言うんだよ？」

「どこが、って……そりゃ――」

「俺のウサギさんポーズは完璧のはずだ。鏡の前で、しっかり三時間も練習したんだ。どこが変だったのか教えやがれ。次は必ず満足させてやるからよッ！」

「………………」

真面目なのか、馬鹿なのか……あるいは、その両方なのかもしれない。

エヴィルは真剣に、ウサギさんポーズのクオリティアップに努めている。思い切り馬鹿にしてやろうと思ったのに、これだけ真摯に挑まれたら文句も言えなくなってしまう。

「……ちょっと、ぎこちなかったかな。まあ、でも全体的には悪くなかった……と思う」

「お、そうか？　いやー、さすが俺だぜ！」

少し褒めればすぐに調子に乗って、エヴィルはどかっとソファに腰を下ろす。

彼女のことが気に入ったので、このまま二人で話がしたい――そう申し出ると、先輩ウサギは満足そうに離れて行った。

「……新人ちゃん、すっごい可愛い子じゃないか……おいシキ、やったなあ！　お前はオレが見込んだ通りの、ミラクルラッキーボーイだぞ」

巨乳に囲まれたおっさんが、そんなことを言いながら興奮している。

……落ち着け、おっさん。可愛い子ぶっているけれど、こいつはガサツなただの男だ。

しかもその辺の男より、よっぽど血の気の多いやつなんだ。

＊＊＊

「……逃げること、負けることは信念に反する。だから俺は、この店のナンバーワンを目指そうと思う」

方向性のズレたエヴィルの覚悟に、シキは思わずむせ込んだ。

「ナンバーワン？　何言ってんだ、そこまでする必要――」

「いや、違う」

シキの言葉を遮って、エヴィルは華奢なグラスに注がれたオレンジジュースをがぶ飲みする。これは先程、自腹で注文してやった高級ジュースだ。その代金の二十％が、彼の稼ぎになる仕組みらしい。

九百リッツもしたんだから、もっと味わって飲んでほしいものだ――そんなことを思いながら、シキがちまちま白湯を飲んでいると。

「……気になるヤツがいるんだよ」

そんなことを言って、エヴィルは声をひそめるのだった。

「……この店には、不動のナンバーワン嬢が存在する。サファイナって名の黒ウサギだ」

「へえ、そう……で、その子がどうした？」

「……それがさ、全然来ないんだよ。不思議に思って訊(き)いてみれば、不定期に、月数回しか出勤しないとか。それでも不動のナンバーワン……な、おかしいだろ？」

たしかに、それが本当なら奇妙な話だ。

しかし、あり得ない話ではない。

この店における独自のシステム。『注文したメニューの代金の二十％が、当人の稼ぎとして計算される』という仕組みから考えれば……。

「……そのサファイナって子だけが扱える、特別な高額商品がある？」

「そう！　さすがだな、シキ。飲み込みが早いぜ」

氷をガリガリと齧(かじ)りながら、興奮したようにエヴィルは続ける。

「サファイナ＝カレンシアは腕利きの占い師なんだよ。しかも専門に請け負ってるのが……《死予言(シヨゲン)》関連の相談らしくてさ」

「死予言専門の……占い師？」

白湯(さゆ)を飲む手を止め、シキはわずかに眉をひそめる。

「何だそれ。どういう……」

「俺も詳細は知らないけどよ……死予言に触れれば、それだけで《悪の死源》がどこに潜んでるか分かるらしいぜ」

「……本当かよ？　なんか、嘘臭いな」

「いや、それがマジらしい。サファイナが働き始めてから、城塞都市での《死獣》発生件数がガクンと減って……風の噂を聞きつけた《厄死の子》たちが、世界中からこぞって彼女を訪ねるようになったって」

「それで不動のナンバーワン……か」

サファイナへの依頼料は、なんと十万リッツを超すと言う。一度にそれだけ稼げれば、出勤回数が少なくてもナンバーワンを維持出来る……というわけだ。

「……一度、話を聞くのはアリだと思うんだ」

そう言ってエヴィルは、シキが大事に取っておいた白湯までもゴクゴク飲み干した。

「シキも、どっかで働いてるんだろ？　俺の稼ぎと合わせて……一度、サファイナに相談してみないか？　今度出勤してきた時に、俺から声掛けてみるからさ」

二人で十万リッツ。確かに、非現実的な数字ではない。

サファイナの能力に対する疑念が、ないわけではないが……それでも死予言専門占い師を自称する少女が、何らかの情報を握っている可能性は低くない。

「……分かった。それじゃあ僕は、別方面から……死予言進行の時期でも、調べとくよ」

刻まれた死予言と流星群との関連性、および星図を用いた流星群時期予想についてエヴイルに話す。すると彼は、素直に感心した様子で頷いた。

「へえ、なるほどなあ……考えもつかなかったぜ、俺」

白湯を飲み干されたのは遺憾だったが、エヴィル＝バグショットが彼なりに、死予言について考えてくれていることが分かり嬉しかった。

結果から言えば、この店に来たことは正しい選択だったのかもしれない。

「……そういえばエヴィル、君はどこに泊まってるんだ？」

何気ない調子でシキが問うと、エヴィルは当然のように言うのだった。

「いや、野宿だけど」

「野宿⁉　……いや危ないだろ、普通に……」

いくら内面がガサツでも、外見は可憐な美少女なのだ。危険な場所で野宿をして、怪我でもされたらこちらが困る。

シキはしばらく考えて、エヴィルをカメリア・クローネに誘うことを決めた。

「……推薦しといてやるよ。空き部屋、まだ結構あったしさ」

「マジで⁉　いやー、助かる！　やっぱり持つべきものは親友だな！」

調子に乗って抱き着いてこようとしたので、シキはエヴィルの鼻頭を思い切り叩いた。

「ぎゃっ！　おい馬鹿、何すんだよ……」

痛そうにうずくまる少年に、シキはクローネ登録の方法、そして場所を口頭で伝える。

うずくまったまま、エヴィルは親指を突き出し「……分かった」と小さく呟いた。

＊＊＊

もうすぐ、新メンバーがもう一人来る。しかも、かなり高い魔法適性を持っている。

……そのことを伝えると、ロティカはキラキラと目を輝かせた。

「ええっ、本当ですか！　いやー、良いことは続くものですねえ！」

そこは、窓に無骨な鉄格子の嵌（は）められた、石造りの建物だった。

色褪（いろあ）せた看板にはペンキで『カメリア・クローネ』と殴り書きがされているが、よく目を凝らして見てみると、うっすらと『カメリア独房棟』という古い文字が透けて見えるのだった。

十三の独房が環状に並び、その中央に、広めの看守室が存在する。独房は個室に改造され、看守室は共用の談話室に改造されていた。

談話室にはテーブルと椅子が並んでいて、ちょっとした棚なんかも設置されている。

家具や布で隠された部分から、錆（さ）びついた鉄格子、古びた血痕、収監されてからの日数を刻んだ生々しい落書き……などがひょっこり顔を覗（のぞ）かせていることを無視すれば、なかなかに居心地の良い空間と言えるだろう。

「……ここを登れば温泉があります。好きに使って良いですよ！」

談話室中央――ちょうどテーブルの中心から、まっすぐ天井に延びる梯子（はしご）を指差してロティカが言った。かなり奇妙な間取りだが、今さらこの程度のことでは驚かない。

「おすすめは夜ですね。吹き抜けになってて、星が綺麗(きれい)に見えますので」

……なんと。露天風呂とは意外だった。

思わぬ幸運の訪れに、シキは人知れず胸を躍らせる。

「……さて、ぼくは内職でもしますかね。セントラル・クローネから引き受けた、宛名書きの仕事が……たしか山ほど残っていましたので」

そう言いながら椅子に腰かけ、ロティカはせっせと作業を始める。かなり地味だが、これも裏から城塞都市の流通を支える、大切な任務の一つに違いない。

そんな少年の首筋には、漆黒の刺青(タトゥ)が刻まれている。

捻(ね)じれたイバラをモチーフとした、禍々(まがまが)しさすら感じさせる紋様だ。それが何となく、明るいロティカのキャラクターとは噛(か)み合(あ)っていない感じがして、妙に気になって……。

「……気になりますか？」

視線に気付いたのだろう。ロティカは顔を上げ、少し困ったように微笑(ほほえ)んだ。

「あ、いや。ごめん……見たことない、紋様だったから」

「え？　……ああ、そっか。外から来たから、これ知らないんだ」

意外そうな声を上げると、ロティカは首元の刺青に触れ。

「城塞生まれ――って、聞いたことないです？」

「城塞生まれ？　……なんだ、それ」

「魔法時代に、大監獄に閉じ込められてた凶悪犯の……その子孫に当たる人間を指す言葉です。先祖代々、ずっと城塞都市で暮らしているから〝城塞生まれ〟――まあ、あまり良い意味ではないですよね」

その刺青は、かつての囚人に刻まれていたものであると言う。

魔法で刻まれたイバラの刺青は、末代まで遺伝する。永遠に、永遠に、その身に刻まれ続けてしまうのだと。

迷惑ですよねえ、とロティカは笑った。

「いまだに大陸の、ほとんどの国では……この印があるだけで、まともな人間扱いされないんです。だからぼくは、この都市でしか生きられない」

「……そうだったのか。悪いな、なんか変なこと訊いて」

「いいえー。全然、だいじょぶです！」

刺青のモチーフとなっているのは「ミチツバキ」という、城塞都市固有種の花であると教えてくれた。石畳を割って亀裂から生えるほど、強い花であるのだと。

「……ああ、それ何度か見た。白い、綺麗な花だよな」

何の気なしにシキが言うと、ロティカは心なしか嬉しそうに微笑んだ。

「そうですか？　ふふ、ありがとうございます……あ、サタ。長かったね！」

柔らかなロティカの声が、談話室にほのぼのと響く。

天井の梯子からするすると少女が降りてきた。髪は濡れたまま、ほかほかと湯気が立っている。なかなかファンシーな登場シーンだ。

ぺこり。床に降り立った少女は、こちらに向かってほんの小さな会釈をした。

俯(うつむ)いたまま、髪に覆われて表情も見えない。そのままサタは、逃げるように自室へと消えて行く。

残されたロティカが、少し困ったように肩をすくめてシキを見た。

「……悪い子じゃ、ないんですよ？　人とのコミュニケーションが、ほんの少し苦手なだけなんです」

二年前。ロティカは、城塞都市で行き倒れになっていたサタを拾ったそうだ。

「一緒に暮らしてても、ほんとに謎の多い子なんですよ。まあ、そこが楽しいんですけどね……このままじゃ心配だから、少しぐらい内職でもしてくれたら嬉(うれ)しいんですが」

やれば出来る子だと思うんですよねえ……ロティカはまるで保護者のような顔で、サタの部屋へと視線を向けた。

そんなアットホームな空間にエヴィルが到着したのは、それから数分後のことだった。

風呂上りのサタが絡まれたら可哀(かわい)そうなので、とりあえず独房にぶち込んでおいた。抵抗するかと思いきや、案外疲れていたようで、部屋からはすぐに寝息が聞こえてきた。

「……あいつも、悪いヤツじゃないんだよ。ちょっと困ったヤツだけど」

「うん。なんだか……ぼくも、そんな気がする」

ロティカは少し笑って内職へと戻り、シキも椅子へと腰かけた。テーブルに借りてきた本を積み上げて、さっそく一冊、表紙を捲る。

（……城塞都市周辺で観測される定期流星群は、二年に一度か。夜が更けたら星空を見上げて、この星図と照らし合わせれば……時期の予測は出来そうだな）

星図を頭に叩き込み、続けてシキは、六英雄に関する本を手に取った。

四〇〇〇年前――破滅に瀕した世界を救った、勇敢な六人の英雄譚だ。

統率者：エルムント、観測者：ライラ、錬成者：ジョウ、代弁者：ヒイラギ、狂戦者：ルギー、犠牲者：バランド。大陸各地から集結した六人は、それぞれが所有する《第一種祝素体》の能力を駆使して、悪性化した神《ノル》を打倒した。

何百年も語り継がれる、六人の偉大な英雄たち。そのうちシキが殊更興味を引かれたのは、ルーラント大陸最西・ガラ共和国出身の科学者《錬成者：ジョウ》の存在だった。

（食事のマナーすら分からない、変わり者の天才科学者……か）

そんな彼が操っていたのは《錬金フラスコ》と呼ばれる第一種祝素体。

それはありとあらゆる薬品を、一瞬で作り出してしまう魔法の道具。

……どこまでが史実で、どこからが創作かは分からない。だけれど錬金フラスコや錬成者：ジョウに関する逸話の数々は、シキの心を掴んで離さなかった。

（ジョウの最高傑作は、伝説の毒《ミストレラ》――四〇〇〇年前に、強靭な神の肉体を滅ぼした毒薬……）

神殺しの毒、ミストレラ。言うなれば、それは《ロスト＝ゼロ》の原点だ。

どんな武器を使っても、どれだけ屈強な勇者が挑んでも、傷一つ付けられなかった恐ろしい《ノル》の肉体に——致命傷を与えたのは、毒だったのだ。

その事実に、シキは奇妙な誇らしさを覚えていた。

毒は暗殺の道具に過ぎず、ひっそりと暗闇を歩き続けるような存在だけれど……そうかロスト＝ゼロの瞬間だけは、紛れもない主役だったのか。

（……第一種祝素体・錬金フラスコ。これって……今は、どこにあるんだろう？）

ふいに浮かんだ疑問の答えは、次のページに載っていた。

それに描かれていたのは、とある男の肖像画だった。

ガラ共和国の紋章が刺繍された、特別製の白衣を身に着けている。屈強な体格で、顔立ちは精悍そのものだ。

彼の隣に描かれた巨大なフラスコこそ……きっと《錬金フラスコ》に違いない。

（——ダクティル＝ダルク＝ダマスカス）

それが男の名前だった。

ダクティル＝ダルク＝ダマスカスは、ガラの中枢機関《国立研究機関》に所属する若き天才研究者であるという。

いずれガラ共和国の、最高権力者として君臨が約束された存在だ。

（……錬成者：ジョウの末裔で、極めて適性範囲の狭い《錬金フラスコ》の起動を、およそ四〇〇年ぶりに……わずか六歳で成功させた天才……か）

その本は隅から隅まで、ダクティルの偉業や逸話で溢れていた。

生後五日で歩いたとか、生まれて初めて喋った言葉が「証明完了」だったとか、猛獣を素手でねじ伏せたとか、革命レベルの大発見を毎日繰り返したとか……そういう類の、逸話たちだ。

性格は気難しく、あらゆる物事にストイック。仕事面はもちろん、プライベートにおける厳しさも非常に有名であると言う。

とりわけ女性には厳しくて、過去に百人以上から求婚された絶世の美女ですら、彼を射止めることは出来なかったと。

そんなこんなでガラ共和国は、絶賛跡継ぎ問題進行中……だそうだ。

なぜなら魔法適性とは、明確に遺伝することが知られている。才能豊かなダクティル＝ダルク＝ダマスカスには、その素晴らしい才能を末代まで繋ぐ義務があるのだ。

ゆえにダクティルの従者たちは、現在もひどく頭を悩ませている。彼に相応しい女性をどうにか探し出したくて、世界中を飛び回っている……らしい。

知れば知るほど面白い、なんとも興味深い存在だ。

「……ん、もうこんな時間か」

ふと思い立ち、シキは本から顔を上げる。

気付けば夜が更けていて、ロティカの姿も消えていた。読書に夢中になりすぎて、彼が部屋に戻ったことすら気付かなかった。

「そろそろ……行くか」

椅子を立ち、シキはゆっくりと伸びをした。

＊＊＊

梯子を登れば、脱衣所がある。

服を脱ぎ、綺麗に畳んで隅に置いた。そのまま奥の扉を引けば、視界がけむりの白に染まる。柔らかな湯煙に包まれて、シキ＝カガリヤは息を吐いた。

そこは立派な温泉だった。円形に岩が組まれ、白濁の湯が溜まっている。さすがに管理が難しいのか、壁にカビが生えているのが残念ではあったが……そんな些細なことは全く気にならないほどに、シキの心は高まっていた。

（目の前に……温泉がある……！）

いそいそと温泉に近づくと、まずは縁にそっと座って、足先を湯につけてみた。じんわり、ほっこり、温かい。

そのままシキは、肩まで一気に湯へと浸かった。ざぶんっ。豪快な音が響いて、心地よさが身体の芯まで沁みてくる。至福の息が、漏れ出てしまう。

「……さいこー……」

時は真夜中。クローネの皆は、すっかり寝静まっている頃だろう。

しばらく湯を堪能し、ようやく決心して空を見上げた。

城塞都市の上空の、遥か高い位置に、切り取られた夜空が見える。湯煙のベールをうっすら被って、星がおぼろに輝いている。

北の空に、一段と眩しく輝く星。それを目印に、広がる夜空を読んでゆけば、流星群の夜——運命の時が、わずか七日後にまで迫っていることが判明した。

「……七日、か……」

想像以上に差し迫った状況だった。おそらく七日後——この身に刻まれた死予言は、有無を言わさず進行する。

「……七日かあ……」

シキは口まで温泉に浸かり、ぶくぶくと息を吐いてみた。子供っぽい仕草だが、それでいくらか気が紛れる。やはり、ここに温泉があって助かった。

残された時間は少ないが、焦ったたって仕方がない。今は休んで、また精一杯頑張ればいいじゃないか——傷ついた全身を包む温かさが、そう教えてくれるようだった。

切り替えるように息を吐き、シキは湯から立ち上がった——その瞬間。

「あっ……」

脱衣所の扉が、がらりと開く。シキはギョッとして動きを止めた。

湯煙の奥に、人影が見える。人影が、こちらに気付いて立ち止まる。

「あれ？　シキさん——」

くりくりとした丸い目が、驚いたようにシキを見た。そこにいたのはロティカだった。

「待って――」

慌ててタオルで隠そうとするが……時すでに遅し。

立ち尽くす少年は、シキの身体(からだ)を――あえて詳しく言うならば、本来その胸部にあるはずのない、ふたつの膨らみに目を奪われて。

「あ……えっ、えっ……？」

混乱して、顔を赤くして、目を白黒させている。

「え、ごめ……ごめん？　え？　ど……ど、どういうこと……？」

「どういうことって……」

言葉に困り、シキは軽く頭を掻(か)いた。

（……ごめん……って言うのも、変だよな……）

自分は、ロティカを騙(だま)したわけではない。

無責任な言い方をすれば「勝手に勘違い」されただけなのだ。それでも勘違いされていると知って、訂正しなかったのは間違いない。

とはいえ、もはや隠しようもない状況だ。このまま無言の押し問答を続けるのは、それこそ時間の無駄というものだろう。

「……まあ、つまり……」

シキは目を伏せながら、タオルの裾を少しだけ捲(めく)る。

柔らかな曲線、きめ細やかな素肌が、月明かりのもとで露わになる。

「……こういうことだよ」

断言すると、ロティカは驚きのあまり固まってしまった。

……ああ、そうだ。つまりは、とてもシンプルな話である。

シキ＝カガリヤという人物は、はじめから正真正銘の女性だったという——ただそれだけの話なのだ。

＊＊＊

髪を結んだ紐を解いて、月明かりにそれを翳す。

それは無垢な少女だったシキ＝カガリヤが、尊敬し、憧れを抱いていた青年の遺品だ。

この綺麗な髪紐は、生前の彼——アオイ＝ユリヤが肌身離さず持っていた物である。

「……聡明な人だった。なんでも知ってて、どんな時でも冷静で……どこの誰よりも優しいのに、芯はメチャクチャ強くてさ」

温かな湯に浸かりながら、数年越しに「彼」についての話をする。

その隣にはロティカがいる。シキ＝カガリヤの正体を知り慌てて風呂場から出ようとした彼のことを、シキの方から引き留めたのだ。

こんな夜は——なんだか無性に、誰かと話がしたかった。

「もしも僕が……あの人みたいに聡明で、あの人みたいに強かったら……何よりも大切だった弟を、失わずに済んだと思うんだ」

だからシキは、祖国から亡命する船の上で決意した。

もうこれきり、弱い自分は捨てようと。

「僕は……アオイ＝ユリヤになりたかった」

知っている。そんな望み、叶うはずがないことぐらい。

だけれど、船の上――彼から受けとった銀の髪紐、それを身に着けた瞬間に、不思議と心が落ち着いた。憎んで止まない貧弱な少女が、自分の中から消えてゆく。

その行動は、過去の自分と決別し、新たな人生を歩み始めるきっかけとなった。

「だからシキ＝カガリヤは女を捨てて、男として生きると決めたんだ」

どんな困難に阻まれても、折れない心を得るために。

「……そうですか……なんだか、複雑な事情があったんですね」

隣に肩を並べたまま、ロティカが遠い空を見上げる。

くりくりとした丸い瞳に、綺麗な月が映っている。暗い過去がまとわり付いたシキの言葉を、少年は否定することなく、だからと言って必要以上に干渉するでもなく、ただ素直に受け止めてくれていた。

それが妙に、心地よかった。

どこか穏やかで、温かな沈黙が流れてゆく。彼に話せて良かったとシキは思った。

「……シキさんは」

遠い月を見上げたまま、ロティカが静かに口を開く。

そして少年が呟いたのは、予想だにしない一言だった。

「シキさんは……その人のことが好きだったんですか？」

「えっ？」

不意打ちを喰らって、どぎまぎしながら言葉を探す。

「えーと……どう、だろ……」

夜空を見上げ、アオイ＝ユリヤの顔を思い浮かべる。たしかに彼は素敵だったし、会話をするのは楽しかった。でも、あれが恋かと言われれば……。

「たぶん違う……かな。っていうか、恋？　ってよく分かんないや」

その会話は、まるで普通の少女のようで。そんな話を、他でもない自分自身がしていることが、どうにもむず痒くて、甘酸っぱくて、恥ずかしい。

「恋……か。それって、どんな感じなんだろう？　ロティカは好きな人とか、いるの？

あ、もしかしてサタとか？」

すっかり照れて、つい早口になりながらロティカに話題を投げかける。

するとロティカは少しだけ、寂しそうな顔をして。

「いますよ」

きっぱりと、そして静かに呟いた。

「ずっと、大好きな人がいるんです。もう叶わない恋ですが……それでも、出会えて良かったと思います。あの人を想うと、ぼくは強くなれますから」

夜空を見つめるロティカの横顔は、寂しそうで、でも何故か力に満ちていて。

不思議な雰囲気に呑まれ、シキは何も言えなかった。

「……なんだか変な話をしちゃいましたね。のぼせちゃうし、そろそろ行きますか」

ふいに調子を変えて、笑いながらロティカが言った。

ざばんと音を立てて、湯から上がったその瞬間。

（……ん……？）

ほんの一瞬、シキは見た。

細くて華奢な、ロティカの肩。そこに奇妙な、焼印のようなものが刻まれていた。

四角い枠の中に、天秤のような模様が描かれている。その下には、瘢痕となった数字が刻まれていて。

（……３９８……43……23？）

するとロティカが、ハッとしたように傷を隠した。

「……どうか、しましたか？」

取り繕うように微笑んで、少年はさっさと先を行く。

その横顔が、どうにも触れてほしくなさそうな雰囲気を帯びていたものだから——刻まれた数字の意味なんて、訊くことなど出来なかった。

祝素体適性と測定方法について

スピンオブジェクト回転法によって測定。ブラッドエーテル代として初任給10%を徴収する。（※貴重な収入源です！　積極的に勧めましょう）

第四種祝素体適性
・判定基準：スピンオブジェクトを回すことは出来ないが、動かすことが出来る。
→汎用祝素体相当。全人類の90%以上が該当し、かつて生活必需品として多くの祝素体が作られた。
→実用例：食料品保冷祝素体、空間保温祝素体など

第三種祝素体適性
・判定基準：スピンオブジェクトを1回転させることが出来る。
→専門祝素体相当。8%程度が該当し、主に専門職が使用する祝素体として作られた。
→実用例：浄化能力付与祝素体など

第二種祝素体適性
・判定基準：スピンオブジェクトを10回転させることが出来る。
→希少祝素体相当。強力な魔法を起動出来るが、1〜2%の人間にしか扱えない。
→実用例；飛行性祝素体など

第一種祝素体適性
・判定基準：スピンオブジェクトを破壊できる。
→伝説祝素体相当。このレベルに到達できるのは、六英雄に代表されるごく限られた人間のみ。適正幅が非常に狭く、たった1人にしか起動できない物さえ存在する。
→実用例：物質組成変換祝素体（通称：錬金フラスコ）など

——セントラル・クローネ　受付嬢用マニュアル88Ｐより抜粋

【第三章　欺き欺かれても、信じ続けたいんだ】

1

——あの人は、今日も釣りに来ていた。

シキ＝カガリヤは釣竿の手入れをしながら、青年の横顔を眺めている。

整った顔立ち、仕立ての良い金ボタンのロングコート。

切れ長な瞳は、まっすぐに水面を見下ろしていた。しかし水面は静かなままで、どんなに待っても決して竿先は動かない。

東雲色の長髪が、突然の風にさらりと靡く。すぐに青年は指先で、髪の乱れをさっと直した。些細な仕草のひとつひとつが流麗で、整っていて無駄もない。

「あの——」

ためらいながら、シキは思い切って声を掛ける。

ゆっくりと振り返った青年が、シキを見つめて首をかしげた。

「……何だい？」

落ち着いていて、優しい印象の声だった。だけれど、その優雅さゆえか妙に緊張してしまう。シキは少し硬くなりながら、続く言葉を模索する。

「その……この間も、来てましたよね。それでなんだか……気になって」

「……風の噂で聞いたんだ。この不思議な城塞都市の、失われた本たちが眠る湖のこと。だからわざわざ遠くから、休暇を取って来たんだよ」

「釣りたい本があるんですか？」

「ああ、そうだよ。けれど……」

動かない竿先に視線を移し、青年は少し肩をすくめる。

「……思った以上に、難しいね。全然釣れる気配がない。魔法適性には、それなりに自信があるつもりだったんだけど」

「魔法適性だけじゃダメなんです。書餌を正確に練らないといけないし、それに――」

「書餌？」

青年が少しだけ、困ったような顔をした。

もしかしたら彼は、書餌の練り方すらまともに知らないのかもしれない。ここに来たばかりの、自分のように。

「えっと……良かったら、少しお手伝いしましょうか。その……お代は結構なので」

ちらりとカウンターを横目で見ながら、シキは小声で申し出る。ガボット＝レインは絶賛居眠り中。今ならタダで手伝っても、きっと文句は言われない。

「……ありがとう。お願いするよ」

ほっとしたように微笑むと、青年は湖から釣竿を引き上げた。

ずっと懸命に握り続けていたのだろう。すらりとした青年の手には、超然とした雰囲気とはまるで似つかわしくない、硬い豆が出来ていた。

「手作りの絵本……ですか」

しかし詳細を聞いたシキは、早速困難に直面する。

「うん。ダメかな」

「いや、ダメじゃないはずです……たぶん」

いまいち確信も持てぬまま、シキはそう返事をする。

青年の探す本とは、四年前に焼失した絵本だった。しかもこの世に一冊しかない、手作りの絵本であると言う。

「その本が書かれた時代と……あと、地域は分かりますか?」

地域・年代別にまとめられた紙の原料一覧を眺めながら、シキは青年に問いかける。

「書かれたのは……だいたい五年前かな。ガラ共和国の西側で、当時入手可能な紙だったはずだ」

「ガラ共和国……五年前……あった、これだ」

青年の言葉を頼りに、シキは書餌の調合を探ってゆく。

「……トゲアサ75~86%、ヒイロヤシ8~12%。これをベースとして各種原料を添加……だそうです。結構、パターンが多いですね……」

手作りとなれば、それだけ幅も広くなる。使用された可能性のある紙だけで、数百種類も候補があった。

彼が一人で全てのパターンを試していたら、すぐに日が暮れてしまうだろう。

しばらく考えて、シキは顔を上げて提案する。

「二人で手分けしましょう。僕が書餌（しょじ）を練るので、それをエサに釣ってみて下さい」

「……良いのかい？」

「大丈夫です。お客さんは少ないし……上司も居眠り中なので」

それからは二人で黙々と、リストに載っていた調合を試した。

十分、三十分、一時間――刻々と時が過ぎてゆく。名も知らぬ青年と、言葉も交わさず二人きり……それなのに、なぜか妙に居心地が良い。

不思議だった。シキ＝カガリヤはぼんやりと、青年の横顔を見つめながら。

（……そっか。この人……）

ふと気が付いて――その瞬間、ほろ苦い記憶がじわりと胸に広がった。

（アオイさんに似てるんだ。だから……つい、心を許して……）

儚（はかな）げな微笑（ほほえ）みが、穏やかな物腰が、揺らぐことない芯の強さが……アオイ＝ユリヤを彷彿（ほうふつ）とさせた。失われた日々の痛みが、心の底をかき乱す。

記憶の呪縛から逃れるように、シキはゆっくりかぶりを振った。この人はアオイさんじゃない、アオイさんは死んだんだ――自分自身に、何度も、何度も言い聞かす。

そうしているうち、やっと気持ちが落ち着いた。

切り替えるように息を吸い、シキは青年に語り掛ける。

「……出身は、ガラ共和国ですか？」

「ん？　ああ、そうだよ」

「それなら、ダクティルという人物を知っていますか？　ダクティル＝ダルク＝ダマスカス——錬成者：ジョウの血を引く、優秀な研究者らしいんですけれど」

「…………」

ほんの数秒間の沈黙。

そののちに、青年は少し微笑みながら返事をする。

「……もちろん。俺の国じゃ、世界一の有名人さ」

「どんな人なんですか？　肖像画は本に載っていたけれど、すごく厳しそうな人でした。僕も研究に興味があるから、いつか会ってみたいと思ってるんですが……」

「……あまり詳しくは知らないんだ。肖像画とかは、たくさん出回っているけどね。国立研究機関関係者でもなければ、簡単には会えない人間なんだよ」

「そっか……そうですよね」

まあ、当たり前か。少し残念に思いながら、シキは再び湖と向き合う。

それからまた、一時間ほどの時間が過ぎた。何十と試した書餌の中には、ポジティブな反応を示す物もあったけれど……どうしても、あと一歩のところで逃がしてしまう。

——やはり、何かが足りないのだ。

しばらく思考を巡らせて、そののちにシキはひとつの可能性に行き当たる。もし良ければ……と前置きをしてから、シキは青年に提案した。

「その絵本に関するエピソードを、聞かせてもらえませんか？　正しい調合の、ヒントになるかもしれないんです」

——失われた、本の魂を釣り上げる。

それは極めて難しい魔法だと、ガボット＝レインも言っていた。

「この魔法は、とても高度なものなんです。だから紙の原料を再現するだけじゃ……きっと足りない。本が失われた瞬間を、この場で再構築しないとダメなんです」

「再構築……か」

青年はしばらく、無言で湖面を見下ろしていた。

過去と向き合うことを、躊躇（ちゅうちょ）しているような雰囲気だった。

しかし、やがて決心が付いたのだろう。青年はゆっくりと顔を上げ——意外な言葉を、シキに告げる。

「……突然だけどね。俺は昔から、非常によく女性にもてるんだ」

「え？」

「中には悪質なストーカーもいたけれど……たとえば、そう。死んだ恋人の魂が、俺に憑（ひょう）依（い）したと信じ込んでいるような。あれは参ったね、かなり過激な人だったから……でも、そんなタイプはごく少数派で」

「…………？」

「大部分はごく普通の……いや普通以上に綺麗な子たちだった。性格だって悪くない。生まれも育ちも、素晴らしい子ばかりだった」

「な……何の話ですか……？」

話が読めず、シキはただ困惑する。もしかして、からかわれているのだろうか？

しかし青年は真面目だった。

どこか寂しそうな顔をしながら、彼は言葉を紡いでゆく。

「……だけど俺は、彼女たちを愛せなかった。どうしても夢中になれなかった。それで、すごく悩んでね……誰も愛することが出来ない自分は、人間性に致命的な欠陥があるのだと……そう、思っていた。そんな時に出会ったのが――カミュエラ＝ケイだ」

カミュエラ＝ケイ。

その名を噛みしめるように口にして、青年は眩しそうに目を細める。

「……とにかく、ヘンな奴だった。あいつは絵を描くんだけどね、それ以外には全然興味がないみたいだった。服は絵具で汚れてて、髪なんて伸びっぱなしのボサボサだ。不愛想だし、言葉には変な訛りがあるし……初対面では、とても魅力的とは言い難かったよ」

青年は饒舌になっていた。カミュエラ＝ケイについて話せること自体が、どうしようもなく嬉しいような、懐かしむような雰囲気だった。

「……ある日のことだ。どこかで噂を聞いたんだろう、突然、カミュエラが俺に言ってきた。もしかして、あなたは、誰かと深く関わるのが怖いんですか？　……って」

キャンバスに色を乗せながら、カミュエラ＝ケイは見透かすように言ったそうだ。

「……ドキッとした。俺は、答えに窮したよ。思い返せば、ずっと仕事ばかりやってきたから……俺には恋人どころか、友達すらもいなかった。遊びに行ったり、他愛のない会話をしたり……みんなが当たり前に経験することをね、俺は経験して来なかったんだ」

そのことに気付かされた青年は、少しばかり動揺した。

致命的な欠陥を、ズバリ指摘されたような気持ちだった。ショックで、恥ずかしくて、それでもどうにか平静を装ったが……カミュエラには、そんな小細工など通用しない。

するとカミュエラ＝ケイは挑発するように微笑んで、絵筆を突き付けてきたそうだ。

「かわいそうなので、私が練習相手になってあげますよ！　……あいつは俺に、そう言ったんだ。本当、思い返せば、すごく無礼な話だよ。でも、その無礼さがね……妙に新鮮で心地よさすら感じたから」

だから青年は、カミュエラ＝ケイのあり得ない挑発に乗ったのだ。

「……今思えば、心配してくれていたんだろうな。他人を拒み、距離を置き、孤立していた俺のことを。そんなこと……当時は全然気付かなかったけど」

そして数日後。カミュエラ＝ケイは、一冊の本を持ってきた。

それこそが今——彼が必死に探し求める、絵本との出会いだ。

「題名は無い。奇妙に思ってページを捲れば、描かれていたのは俺の絵だった。これが、なかなか似ていてね。山だったり、川だったり、いろいろな場所に俺がいるんだ。その俺がね、気持ち悪いほど満面の笑みを浮かべててさ……思わず笑ってしまったよ。なんだこれは、と不意打ちを喰らって噴き出したんだ」

そんな青年に、カミュエラは言った。

――それぐらい笑えるようになれば、あなたにも友達が出来るでしょう。これから毎週、絵本の通りに出掛けますよ。まあ所詮練習なので軽い遊びのつもりで来てくださいよ。

「バカバカしいと思ったけれど、あいつの言う通りにした。それで、いろんな場所に行くことになった。本当に、新鮮な経験ばかりだったよ。あるときは山を登って、あるときは二人で料理対決なんかして。ああ友達がいれば、こんな感じだったんだな……なんて、柄にもなく思ってね。そんな生活が、半年ほど続いたある日――」

そこで青年は、ほんの一瞬言葉を止める。

東雲色の瞳に、愛しいような、切ないような光が揺れた。

「……何故だろうな。突然、あいつに触れたいと思った」

青年はふうと息を吐き、ゆっくりと空を仰ぎ見た。高い位置にあった太陽が、少しずつ西に傾いてゆく。突き抜けるような青空に、茜色の影が差している。

「もう偽物の友情なんかじゃ、満足出来なくなっていた。いつか絵本のページが全て終わって、あいつが俺の前から、あっさり消えてしまうことを想像すると……泣いてしまいそうな心地がした。だから偽りなんかじゃない、本当の友人に……いや、違うな」

ゆっくりと首を横に振り、青年は続ける。

「友人なんかよりも、もっと、もっと近い存在になりたいと……俺はそう、願い始めていたんだよ。俺はカミュエラ＝ケイという人間を、すっかり好きになっていた」

しかし青年は、すぐにはその事実を受け入れることが出来なかった。

本気になるのが怖かったんだ、と青年は呟く。

「自分自身の感情をね……コントロール出来ないのが、怖かった。でも、それに気付いた時には遅すぎてね。とっくにコントロールを失っていた俺は、後先も考えず……衝動的に気持ちを伝えた。星の綺麗な……夜だったな」

告白を受けたカミュエラ＝ケイは、本当に驚いていたそうだ。

「カミュエラは動揺して、すっかり固まってしまっていた。そんなカミュエラを、俺はとっさに抱きしめた。あいつの身体は存外に熱くて、俺より熱くて……それであいつは、震える声で呟いたんだ。私なんかで良いんですか？　……その様子が、どうしようもなく愛おしくて、俺は、絶対にこの手を離すものかと……思ったんだ。思ったのに……」

熱っぽかった青年の言葉に、突如として苦悩のニュアンスが混ざり込む。

「それから半年ぐらい経った、あの夜——俺たちは、些細なことで喧嘩をした。つい感情的になって、ひどいことを言って、絵本を乱暴に突き返した……冷静になった頃には、手遅れだったよ」

彼の瞳は悲しげだった。後悔の海は、どこまでも深い。

「……夜中のうちにカミュエラは死んだ。火事だった。絵本とともに、記憶とともに、あいつの全てが燃えてしまって……わずかな骨しか、残らなかった。もう四年も前のことになる」

だから、と青年は呟く。だから、どうしても絵本が欲しいのだと。

儚げな彼の微笑みは、きっと失った恋人へと向けたもの。

「……カミュエラの記憶が、少しずつ薄れていくのが分かるんだ。時間というのは残酷だね……すべてを忘れてしまうのが、怖くて怖くて仕方がないよ。だから俺は、あの絵本を取り戻したい。そうすれば、きっと……鮮明な日々が蘇る」

静けさの中に、青年の溜息が溶けてゆく。

シキ＝カガリヤは、まだ恋を知らない。それでも——愛する存在を失う気持ちなら、痛いほど分かる。

どうにか力になりたかった。

聞いたばかりの青年の話を、シキは丁寧に辿ってゆく。状況を打開する方法を見つけ出そうと、必死に思考を巡らせた。

——その時だ。青年の胸元できらりと光る、筒状のペンダントが目に留まった。

「……もしかして、それは遺灰ですか？」

反射的にシキが訊くと、青年はすぐに頷いた。

「そうだよ。頼み込んで、少し分けてもらったんだ」

「それなら、それを書餌に混ぜましょう」

「……遺灰を書餌に？」

青年は少し考えたあと、納得したように頷いた。

「なるほど……たしかに、それは良いかもしれないね」

火事のときの遺灰ならば、そこにはきっと、燃えた絵本もあったはず。当時の状況を再現するために、これ以上ふさわしい材料もない。

遺灰を少し手に取って、丁寧に書餌に練り込んだ。釣竿を持つ手は、緊張でカタカタと震えていた。冷汗を拭いながら、自嘲気味に青年は微笑む。

「……参るな。結構、怖いものだね」

「大丈夫。失敗なんて、少しも気にすることはない。出来るはずです、あなたなら」

シキの誘導に従って、青年はゆっくりと目を閉じた。

細い肩が、大きく何度か上下する。

「……カミュエラ」

囁くような呼びかけと同時……釣竿の先が、ぴくりと動いた。

ハッと目を見開いて、力の限り青年は叫ぶ。

「どうか戻って来てくれ――この手にッ！」

その瞬間――釣竿の先が激しく引かれた。今までとは比べ物にならない、全体が強くしなるほどの引きの力だ。

危うく湖に引きずり込まれそうになった青年を、シキはとっさに抱え込んだ。湖の表面には、巨大な波紋が広がっている。

「負けないで！　そのまま、一気に!!」

号令と同時――ざばんと、激しい飛沫が空に跳ねた。

釣竿の先には、本のようなものが掛かっていた。反動で倒れ込んだ青年は、弾かれたように飛び起きると、一目散に本へと駆け寄って。

「ああ……」

表紙を確認した瞬間、へなへなとその場に座り込んだ。

青年は泣いていた。本を抱きしめ、声を殺して泣いていた。

「本当に、こんな……信じられない。そのままだ、全部……汚れも、傷も、匂いだって……全部、あの日のままなんだ」

しばらくの間青年は、その場を少しも動かなかった。

傾いた日が沈み始めた頃になって、ようやく彼は腰を上げる。絵本を強く抱きしめたま ま、シキに深々と頭を下げた。

「ありがとう、本当に……これでやっと、前に進め――」

顔を上げた青年の動きが、突如としてぴたりと止まった。

眉をひそめ、怪訝な表情でどこか一点を見つめている。その視点は、シキのすぐ後方で結ばれていた。

「……何だ、これは……？」

立ち尽くした青年の、視線の先をシキは追い。

「………？」

そして、シキもひどく困惑した。

湖のほとり──手を伸ばせば、すぐに届きそうな位置。ちょうど岸と水面との境目にあたる場所。本来なら、ただ空気が満たされているだけの。

そこの空間が──歪んでいた。

向こう岸の光景が、グニャグニャと曲がって見えている。まるでその場所にだけ、ひどく透明度の高い屈折レンズが置かれているような……奇妙な体験。

やがて中央部分に、漆黒のピンホールが出現した。ホールは辺りの光を飲み込んで、ゆらりゆらりと成長し──やがて一メートルほどの大穴が、ぽっかりと浮かぶ。

引き寄せられるように、青年が穴に手を伸ばした。

シキは呆然と、その成り行きを眺めていて──。

「──危ないッ!!」

背後で響いた叫び声に、シキはハッと我に返る。

奥の森から突進してきた何者かが、勢いよく青年にタックルした。二人は絡み合ったまま、湖のほとりに倒れ込む。

それと同時、大穴が再びゆらゆらと動き始めた。

先程と逆の過程を辿り——大穴はピンホールへと縮小し、やがて完全に消えてしまう。

ぽつんと残されたのは、何の変哲もない沈没図書館の日常だった。

「……危なかったです。大丈夫……ですか？」

そこにいたのはロティカだった。額に浮いた汗を拭い、荒い呼吸を繰り返す。

「素材採集の任務があって……たまたま近くの森にいて、良かったです。あれに飲み込まれていたら、二度と戻って来られませんでしたよ」

「……あれは、一体……？　君は……？」

倒れ込んだまま、青年は困惑気味に問いかける。ロティカは籠を背負っていて、直前まで採集していたらしき薬草が、辺り一面に散乱していた。

「ぼくは、ただの通りすがりのロティカ＝マレです。さっきのは城塞都市に存在する《第三空間》の一種ですよ。ほんの小さな隙間の奥に、巨大なスペースが広がっていて……安定性のものは、かなり便利で重宝されるんですけれ、ど……」

そう言いながらロティカは、苦しげに顔をしかめて腕をさする。

どこかがひどく痛むのを、我慢しているような雰囲気だった。

「……今みたいに、不安定なものもあるんです。ぽっと現れて、そのまま消えてしまう不安定第三空間は……飲み込まれたら最後ですよ。しかも、最近は急に数が増えてて——」

「君、その怪我は……！」

ロティカの言葉を遮って、青年がショックを受けたような声を上げる。

ロティカの腕はひどく腫れていた。倒れ込んだ時に強くぶつけてしまったようで、手首から肘にかけて不気味な青紫色に変色しているのだった。

「折れてるじゃないか……きっと、ひどく痛むだろう」

「大丈夫です！　……と元気に言いたいところですが。さすがにちょっと、痛いですね。少しだけクラクラしてきました……」

強がるように笑いながら、ロティカは変色した腕をさする。

少年の額には、玉のような脂汗が浮かんでいた。命に関わる怪我ではないが、その痛みは想像を絶するものだろう。

とっさにシキは、服の内側に手を伸ばした。いつもならここに、よく効く痛み止めが入っているのだが……。

（……ああ、そっか。エヴィルに全部、持って行かれたんだった）

旅の途中、エヴィルは爆破した肩の痛みに苦しんだ。その時に、薬を根こそぎ使われてしまったことを忘れていた。

そんなことを考えているうちにも、ロティカの顔色はどんどん悪くなってゆく。

おもむろに青年は立ち上がり、湖のほとりに散乱した薬草をひとつ摘まんで呟いた。

「これは……どうやら鎮痛作用のある薬草だね」

その薬草のことは、シキもよく知っていた。強力な鎮痛作用を持っているが、どうしても抽出に半日以上掛かるのが難点なのだ。

東雲(しののめ)色の長髪を耳に掛け、青年はロティカに問いかける。

「一握りだけ、もらっても良いかな？　よく効く痛み止めを作ってあげよう」

「……でも、それの抽出には時間が掛かるって――」

「ああ、知ってるさ」

言うなり青年は、懐から何かを取り出した。

一つは、小瓶に入ったブラッド・エーテル。

もう一つは、見たことのない祝素体(オブジェクト)だった。

それは小さく丸い硝子(ガラス)容器のようだった。金色に輝く鳥籠のようなフレームが、空っぽの硝子玉を囲っている。美しく精巧な、天球儀の雰囲気にそれは似ていた。

「……今から起こることを、秘密に出来るかい？」

「え……？」

ぽかんとするロティカの前で、青年はブラッド・エーテルを飲み干した。

華麗な手つきで祝素体を掌(てのひら)に載せて、そっと薄い瞼(まぶた)を閉じる。

次の瞬間――硝子玉の底面に、ちらちらと金色の砂が出現した。それは瞬く間にさらさらと増え、やがて金砂は硝子玉いっぱいに満たされる。

青年は容器を傾けて、金砂を薬草へと振りかけた。

フレームに囲まれた硝子玉に、ふうっと息を吹きかければ――それはくるくると回転を始め。

……変化は速やかだった。金砂に触れた薬草が、徐々に崩れてその姿を消してゆく。代わりに硝子玉内部には、とろりとした液体が出現していた。

「……さあ、これを飲んでごらん」

青年に促されるまま、ロティカは水薬を飲み干した。

蒼白(あおじろ)かった少年の顔に、みるみる血の気が戻ってゆく。これにはロティカ本人が一番驚いたようで、傷ついた腕をつんつん突(つつ)いているのだった。

一方、シキ＝カガリヤは一連の光景を、大きな衝撃とともに見つめている。

（……何だ、今のは？　この一瞬で、薬を……作り上げたのか？）

この種の薬草は、沸騰させると有効成分が壊れてしまうことが知られている。厳密な温度管理の下、じっくりと抽出する必要があるため、完成には最低でも半日を要する。

……それを、この人はたった一瞬で。

シキの鼓動はバクバクと、激しい高鳴りをみせてゆく。

こんな芸当が出来る祝素体を、シキ＝カガリヤはひとつしか知らない。

その祝素体を起動できる人間は、たった一人しか存在しない。

ならば、この青年は――。

「……ダクティル＝ダルク＝ダマスカス……？」

半信半疑で呟(つぶや)くと、青年は振り返って肩をすくめた。

東雲色の美しい瞳が、月明かりの下で悪戯(いたずら)っぽく輝いた。

「……驚いたかい？　俺が肖像画とは似ても似つかない、弱そうな男だったから」

＊＊＊

ダクティル＝ダルク＝ダマスカスは、ガラ共和国を象徴する存在だ。

六英雄《錬成者：ジョウ》の血を引いた、現代を生きる若き英雄。

第一種祝素体《錬金フラスコ》の起動をおよそ四〇〇年ぶりに成功させた至高の天才。

「……だからね、いろいろ大変なんだよ。ガラ共和国の象徴・ダクティル＝ダルク＝ダマスカスは、常に完璧じゃないといけないんだ」

沈没図書館からほど近い、場末のバーへと移動した。とはいえ酒を飲めるのはダクティルひとりで、シキとロティカはジュースをちまちま飲んでいる。

肖像画とは全く違う、柔和な笑みを浮かべながら青年は続ける。

「子供の頃から、勉強漬けの毎日だった。その甲斐あって、かなり完璧に近づいたけど……体格だけはどうしても、ね。あんまり細身だと威厳がないとか言われてさ、せめて肖像画は屈強に描くよう指示されたんだ」

「そうなんですか……でも、そのままのダクティルさんの方が素敵だと思います」

それは、無意識に口をついて出た本音だった。

ダクティルは少し驚いたような顔をして、そして照れくさそうに微笑んだ。

「そうかい？　嬉しいな……でもね俺は、あの絵も結構好きなんだよ。あれはカミュエラが描いたんだ。こんなの描いて意味あるんですか？　……なんて悪態つきながら、それっぽく描いてくれたんだよね」

懐かしそうに目を細め、青年は手元のカクテルを見下ろす。

「……もともと身分違いの恋だった。カミュエラは、城塞都市の出身でね。他にも、いろいろ障害があって……結局、一緒にはなれなかったけど」

切ない響きが、夜の空気に溶けてゆく。彼にとってカミュエラ＝ケイが、どれだけ大切な存在であったかを感じずにはいられない。

改めて、本を釣り上げることに成功して良かったとシキは思った。

しばらくの間青年は、懐かしむようにぱらぱらと絵本を捲っていたが。

「……さて。そういえば君の名前は、なんと言ったかな？」

切り替えるように言ったあと、ぱたんと絵本を閉じてシキを見た。

「シキです。シキ＝カガリヤ」

「シキ、ね……それじゃあシキ、さっきのお礼を兼ねて話を聞こうか」

「え？」

「言ってただろう？　ダクティル＝ダルク＝ダマスカスに会いたいって。本当は隠しておくつもりだったんだけど……随分と、世話になったから」

そんなことを言いながら青年は、じっとシキの瞳を見つめる。

——思いもよらぬチャンスだった。

ダクティル＝ダルク＝ダマスカスの研究テーマは〝世界を蝕(むしば)む呪いの解毒〟であると、とある本に書かれていた。つまり彼は、死予言(ショゲン)研究の第一人者なのだ。

さっそく、この忌々しい《死予言》について相談しよう——そう考えて口を開くが、その瞬間に思いとどまる。

なぜなら死予言と繋(つな)がる《悪の死源(ペイシエント・ゼロ)》は、意外なほど近くに潜んでいるかもしれないのだ。この店のすぐ外を歩く、通行人の誰かがそうかもしれない。カウンターで寝息を立てている店主こそが、いずれ殺し合う運命にある敵かもしれない。

いずれにせよ、ここで全てを明かすのはやめておいた方が良さそうだ。

ならば——とシキは思う。ならば今こそ、あのことを聞こう。

「……話したいことがあるんです」

深呼吸し、シキは青年と向かい合う。

「四年前、僕は呪いで弟を失いました。僕の祖国には、魔法自体が存在しなくて……だから呪いのことなんて、全然何も分からなくて。それでもつい最近、ようやくあれが《死予言》の一種だったと気付いたのですが……今、思い返すと——少し、変だったんです」

「変……？」

「信じてもらえるか、分かりませんが——」

怪訝(けげん)な顔をするダクティルに、シキはありのまま全てを話した。

四年前の悲劇のこと。変わり果てた弟の姿は、普通の《死獣》とは決定的に違っていたこと。純白の樹のような形をしていて、一瞬で国を滅ぼすに至ったこと。

話し始めると、なかなか止めることは出来なかった。すべてを話し終えたとき、城塞都市にはすっかり夜の帳がおりていた。

「……それは死樹だね」

話を聞いたダクティルは、静かな確信とともに口を開いた。

「信じるよ。ここだけの話……以前にも、同じような証言をした人がいたんだ」

「本当ですか!?」

「ガラ共和国の西海岸で発見された旅人だった。奇妙な身なりをしていてね、言葉だって大陸言語とは違っていた。その後、数年かけて言葉を覚えた旅人が……ちょうど君と同じようなことを、言っていたんだよ」

切れ長の目は真剣そのもので、表情は険しい。

「死樹とは——極めて《ノル》に近い存在だと言われている」

そう言いながらダクティルは、懐から手帳を取り出した。

「その根拠のひとつが、ここにある。これに描かれているのが四〇〇年前——ロスト＝ゼロ当時の《ノル》の姿なんだ」

次の瞬間——まるで不意打ちのように現れたイラストに、シキは大きな衝撃を受けた。

「これは——」

それは悪性化し、グロテスクに変化した《ノル》の姿。

美しく聡明な少女だったと伝わる、その面影はどこにもない。純白の体幹、張り巡らされた枝は空を覆い、醜悪な果実は死素を振りまき――。

瞬間――忌まわしき過去が、鮮烈に脳裏に蘇る。胃袋に詰まった食べものが、突然石化してしまったような不快感。必死に嘔気を抑えながら、シキは絵を凝視する。

無視出来ないほど、酷似していた。四年前、祖国・リグレイ帝国の海岸で――突如として異形の怪物と成り果てた、かわいそうな弟の亡骸に。

「つまりあの子の肉体は、四〇〇年前の……邪神の肉体に、酷似している？」

「……これは、ひとつの仮説なんだけど」

そう前置きして、ダクティルは手帳のページを捲る。

それはどうやら、彼の個人的な研究日誌であるようだった。文字がびっしりと書き込まれ、革張りの表紙は今にも擦り切れそうなほど使い込まれている。

青年が開いたページに描かれていたのは地図だった。ルーラント大陸全土と、その周りをぐるりと取り囲む海洋を描いた地図だ。

「シキの故郷……リグレイ帝国は、東側の島国だと言ったね。正確な位置は分からないから、この辺りとしようか」

そう言いながらダクティルは、地図にリグレイ帝国を描き足した。

完成した地図を指差しながら、青年は滑らかに言葉を紡ぐ。

「西の旅人は、この辺りから来たと聞く。詳細は不明だが、南側から流れ着いた人間からも似たような証言があったと聞いた。それらの中心付近に位置しているのが……」

トンと音を立て、青年は地図の中央を叩く。

「ここルーラント大陸だ」

すべての死樹の中心に、ルーラント大陸が位置している。

その意味を計りかね、シキは困惑しながらダクティルを見つめた。

「どういう意味……ですか？」

「すべての《死樹》は海底深くで繋がっている。それらの中心地であるルーラント大陸にも、やがて巨大な《死樹》が生えるだろう——これは我々国立研究機関が示す、最先端の仮説だよ」

複雑な計算式は省くけどね、そう付け加えながら青年はさらに言葉を続ける。

「そしてこの仮説は、もう一つの仮説と密接に繋がっているんだ」

「もう一つの仮説……？」

「近い将来——《ノル》が復活するという仮説だよ」

しん、と不気味な静けさが広がった。

ロティカはハッと息を呑み、瞳が恐怖の色に染まる。

シキもすぐには声が出なかった。青年の言葉は、それだけ衝撃的なものだった。

「なん、で……」

ようやく絞り出した言葉は掠(かす)れていた。

「ノルは死んだはずじゃ……」

「たしかに、そう伝わってるさ。だけど実は……この世界に、ノルの死を証明するものは何一つ存在しないんだよ。死体もなければ、信頼に値するほどの証言もない」

「そうなんですか……」

「ノルは確かに、致命傷は負ったはずだ。けれど死ななかった。ギリギリのところで生き永らえて、四〇〇年もの間、どこかに封印されていたんだ」

ダクティルの語る仮説は恐ろしく、しかし圧倒的な説得力に満ちていた。

彼の目には力がある。美しい東雲(しののめ)色の瞳には、英雄の素質が光っていた。

「この世界が傷つくほど、ノルは力を手に入れる。だからこそ死予言(シヨゲン)、死道標(シノシルベ)、死獣(しじゅう)、そして死樹(シジュ)――呪いの力を利用して、ノルは世界を傷つける。そうしてボロボロになった世界に……ノルは再び、君臨するんだ」

ノルの復活、乱立する死樹の位置関係、それらの中心、ルーラント大陸――。

バラバラの情報を統合したとき、すべてが脳内で繋(つな)がった。シキが悟るとほぼ同時、確信めいたダクティルの言葉が耳に響く。

「やがてルーラント大陸に発生する、巨大な《死樹》こそが――ノルなんだよ」

「……ノルが……大陸に、復活する」

「しかも運命の日は、そう遠くない未来だと言われてるんだ」

カクテルグラスを傾けながら、青年ははっきりと宣言する。

それはおよそ、破滅の宣告に近かった。

かつて大陸中を蹂躙し、全人口の八割以上を殺害し、破壊の限りを尽くした邪神が——間もなく、この世界に帰って来る。しかし……。

「……何か、策があるんですね」

そう問いかけたシキの心は、不思議なほど穏やかだった。

それは間違いなく、ダクティル＝ダルク＝ダマスカスの存在によるものだ。彼ならば、きっと何とかしてくれる——そんな安心感が、シキにはあった。

青年は少しだけ意外そうな表情を浮かべたあと、瞳を細めて微笑んだ。

「ああ、さすが勘が良いね。そうとも俺は、ノル対策の秘密兵器を持っている……とはいえ、まだまだ未完成なんだけどね。それについて話す前に、少しだけ、この祝素体について話してもいいかい？」

そう言いながら青年は、懐から《錬金フラスコ》を取り出した。

金色のフレームに囲まれたそれは、きらきらと美しい輝きを放っている。

「錬金フラスコには、二つの力が存在する。さっき見せたのが、その一つ目——反応速度倍化型……いわゆる〝化学調合〟の力なんだ」

それは化学実験における作業工程を、飛躍的に短縮する魔法だと言う。

正確な比率の材料、そして強固なイメージさえあれば、それで良い。実験道具も、待ち時間も必要ない。

「ほとんどの薬は、この〝化学調合〟によって作られる。だけれど、この祝素体にはもう一つの力があって……それが要素抽出型……いわゆる〝魔法調合〟と呼ばれるものだ」

カクテルをゆっくりかき混ぜながら、ダクティルは少しの間言葉を止める。

何をどう説明するべきかと、思案しているようだった。

「……たとえばシキは、パラシティカという虫を知っているかい？」

「いえ、聞いたことも」

「ガラの一部地域に生息する、宝石のような美しい蜂だ。この蜂には珍しい特徴があってね……自分よりも大きな虫を、奴隷にすることが出来るんだ。毒針で脳を刺してね、抵抗できないようにして、言うことを聞かせる」

興味深い話だが、いまいち話の内容が読めなかった。その昆虫毒が人間にも効くなら、それはそれで恐ろしいことだとは思うけれど……。

「ちなみに、この毒が直接人間に作用するということはない」

やはり、そういう話ではないらしい。

困惑するシキに、ダクティルは驚くような内容を告げた。

「……細かい原理は関係ないんだ。重要なのは、パラシティカが持つ他者をゾンビ化するという〝要素〟……その要素だけを〝抽出〟することが出来たなら……《錬金フラスコ》は、人間をゾンビ化する薬を作ることが出来る——これが〝魔法調合〟の力」

すぐには信じ難い話だった。

それはシキの知る創薬手順とは、何もかもが根本的に違うものだった。材料から、要素を抽出する。たった、それだけのことで……。

「……ただ、魔法調合にはあまりに謎が多いんだ。そもそも《錬成者・ジョウ》は魔法調合そのものを、自然摂理に反するおぞましい技術として忌み嫌っていたらしいからね」

だから今でもガラ共和国の研究所では、魔法調合の乱用を厳しく取り締まっている。

正式に錬金フラスコを受け継いだダクティルですら、勝手に魔法調合をすることは許されていない。先ほど例に挙げた奴隷化薬だって、ジョウが遺したメモから予想した仮説に過ぎず……細かい調合方法は、一切分からないのが実情だと言う。

「……ジョウ様が積極的に〝魔法調合〟に携わったのは、人生でただ一度きり」

カクテルグラスをテーブルに置いて、ダクティルははっきりと宣言する。

「神殺しの猛毒――《ミストレラ》の生成だ」

かつて六英雄は、それぞれが持つ特技と祝素体を生かすことで《ノル》と戦った。

そのうち重要な役目を果たしたのが、ジョウの作製した毒薬《ミストレラ》だ。

「だからガラ共和国では、失われたミストレラの復活プロジェクトが進行中なんだよ。これこそが、ノル対策の秘密兵器ってわけさ！」

そう言い切ったダクティルの姿は頼もしく、眩しいほどの威厳に満ちている。

まさに英雄と呼ぶに相応しい青年の、その自信に溢れた表情が――唐突に揺らぎ、なぜか自信なげな微笑みに変わる。

「…………？」

「秘密兵器……なんだけどね」

あまりにも性質がかけ離れた、双極性のグラデーション。それは不安定な印象で、でもなぜか美しい。だからシキは、彼から目を離すことが出来なかった。

「これが、どうも思うように行かなくて。これでも毎日必死に、寝る間も惜しんで研究してるってのに……案外ダメだな、俺は」

ふうと息を吐きながら、ダクティルは困ったように微笑んだ。

ダメだな、俺は。どこか寂しげに繰り返しながら、青年は薄桃色の酒が注がれたカクテルグラスを持ち上げた。ゆっくりと傾く薄桃色の水面をシキがじっと眺めていると——突然、隣の少年が声を上げた。

「でも、あなたなら——」

ロティカだった。ダクティルによって治療の施された腕を押さえながら、少年ははっきりと言葉を紡ぐ。

「あなたなら……いつか、きっと素晴らしい結果を残せるんだと思います！」

その言葉にダクティルは、少し驚いたような顔をした。

空になったカクテルグラスをテーブルに置いて、青年は柔らかく微笑んだ。

「信じてくれてありがとう。いつかきっと、ね」

どこか遠い目をした青年の、その横顔には憂いがあった。

「でもね、時間があまり残されていないんだ。世界の行く末が、俺の両肩に乗ってるってのにさ。ん、でも……ちょっと待てよ」

何かを思いついたような様子で、ダクティルは急に黙り込む。

それから数分の時が経った。顔を上げた青年は輝く瞳でシキを見据え——言った。

「シキ、さっき君は研究に興味があると言っていたけれど……経験はあるのかい？」

「え？　まあ、薬作りなら多少……」

「そうか、そうか。それは良い」

ほっと安堵の息を吐き——直後青年は、意外な言葉を口にする。

「突然だけど、シキ。君に、俺の研究を託したい」

そう言いながらダクティルは、シキに革張りの手帳を手渡した。ずしりとした重みを感じながら、シキは意味が分からず困惑している。

「それは、俺の研究日誌だ」

「え？　何を——」

「俺はね、ずっとガラ共和国で研究を続けてきたけど……今、シキと話してて気付いたんだ。もう狭い世界に閉じこもっている場合じゃない。この大陸の国同士が、全ての研究者が、力を合わせないといけない段階に来ているんだよ」

だから日誌を託したい、ダクティルはもう一度繰り返した。

「これはまだ国立研究機関でも議論されていない持論なんだけど……ノルを殺すには、たぶんミストレラだけじゃ足りないんだ。かつて六英雄が力を合わせて戦ったように——新しい時代の英雄たちが、集結すべきだと思っているんだよ」

「六英雄の……再集結」

「伝説の英雄たちが遺した、六つの偉大な祝素体——これらを起動して意のままに操れる人間を、大陸中から探し出す。決して簡単なことじゃないだろう。だけどねシキ……俺は君にならきっと出来ると思ってる。辛い過去を経験し、ノルを憎み続けた君になら」

青年から与えられた言葉の意味を、シキはゆっくりと噛みしめる。

おぞましい過去の光景が、胸の奥にじわりと広がる。あの日シキ＝カガリヤは、弱かった頃の自分を捨てた。そして強さを求めたのは、たった一つの目的のため。

「……ノルを殺せば、ほかの《死樹》たちも死ぬと思いますか？」

シキがそう問いかければ、ダクティルは静かに頷いた。

「そのはずだ。全ての死樹たちは、ノルと繋がっているからね」

「……そうですか。良かった……」

怪物と成り果て、自我を失い、東の果てでひとりぼっちで苦しみ続ける——可哀そうな最愛の弟を、苦しみから解放する未来が見えた。

背筋を伸ばして前を向き、シキは強い瞳でダクティルへ応える。

「やり遂げてみせます。僕が、絶対に」

そのためにも今、シキ＝カガリヤは死ぬわけにいかない。

この身に刻まれた《死予言》に、負けるわけにはいかないのだ。

「……いい目だ」

安心したようにそう言うと、青年はシキの頭をぽんと撫でる。

その姿が亡きアオイ＝ユリヤと重なって、自然と目頭が熱くなった。

「……さて、そろそろ行くとするか。二人とも遅くなっちゃって、悪かったね」

切り替えるように言いながら、ダクティルは椅子から立ち上がる。

するとロティカが慌てたように、青年に向かって声を掛けた。

「あ、あのっ！　さっきはありがとうございました。何か、お礼をしたいのですが……」

「お礼？　そんなもの、もらう覚えはないけどな」

振り返ったダクティルがくすりと笑う。

「むしろ俺の方こそ、君にはお礼を言わなきゃいけないよ。だって君がいなければ、今頃《第三空間》に吸い込まれていただろうし」

「いえ！　それでは、ぼくの気が済まないのです！」

やんわりと断られるも、ロティカが退く気配はない。

ダクティルはしばらく考えたのち、こんな頼みを口にした。

「……それじゃあ、城塞都市の道案内をしてくれるかい？」

「道案内、ですか？」

「亡くなった恋人が、この都市の出身だったから……一度、この目で見てみたいと思ってたんだ。あの子が生まれ育った……この城塞都市の魅力をね」

その申し出にロティカは少しだけ、迷うような素振りを見せた。

城塞生まれの自分が、果たして英雄・ダクティル＝ダルク＝ダマスカスと並んで歩いて良いものかと、思案するような雰囲気だったが。

「わかりました！　……それじゃあ、三日後！　三日後だったら、どうにか予定を空けられます。その時に、城塞都市の名スポットをたくさんご紹介しますから！」

結局ロティカは、笑顔で青年の申し出を受け入れる。

するとダクティルは存外に嬉しそうな顔をして、東雲色の瞳を輝かせるのだった。

「三日後か、ありがとう。楽しみにしてるよ……とてもね」

2

──鏡の中に、美少女がいる。

美しい髪を慣れた手つきで結びながら、エヴィル＝バグショットは食い入るように鏡を見つめた。勤務しているガールズバーの、控え室での光景である。

「……かわいいなあ、俺……」

きめ細やかな肌には、一切のくすみが存在しない。瞳の色はアイスブルー、髪の毛はまるで束になった氷の紘。ああ、なんて可憐なのだろう。顔面における、各パーツの配置は完璧である。大きな瞳、すっとした鼻、形の良い唇……完璧なパーツが完璧に配置されて生まれて来たのだから、このように美しくなってしまうのは、もはや宿命というものである。

店の中は暖かいから、頬がうっすらとピンクに色づいて、何だかエッチだ。

こうやって鏡を見ていると、自分という存在が、この世に一人しかいないのが残念でならない。俺が二人存在するならば、俺は俺を抱くことが出来るのに。

「……最高だなあ、俺……」

そのままエヴィルは、コスチュームに着替えるために服を脱いだ。華奢な上半身が露わになって、色素の薄い胸部が現れる。ちょんと控えめな乳首が愛らしい。自身の体をまじまじと見つめながら、少年はほうと息を吐いて。

「……俺は乳首まで最強だなあ」

「自分に見惚れてないで、さっさと準備しなさいよヘンタイ」

汚物を見るような目を向けて、先輩店員が暴言を吐いた。

しかしエヴィルは、涼しい顔で着替えを進める。不当な変態扱いになんて、負けはしない。ＳＭプレイは趣味ではないが、これはこれで味がある。

フワフワのうさみみを装着しながら、鏡越しに壁の張り紙へと目を向ける。過去一ヶ月における、売上ランキングの書かれたポスターだ。新人ウサギのエヴィちゃんは、すでに店のナンバーツー……絶対的エースへと成長しているのだった。

つまり先程の先輩ウサギも、売上においてはエヴィルよりも下位というわけである。優越感に浸りながら、甘んじて暴言を受けようではないか。

「さて……と」

一通りの支度を終え、エヴィルは一度深呼吸した。

売上ポスターの横——出勤予定表に目を向ければ、一点だけ、普段とは異なる点が存在する。長く欠勤続きだった一人の少女が、今日ついに姿を見せるのだ。

サファイナ。この店における不動のナンバーワンで——死予言(ショゲン)を専門とした、凄腕(すごうで)の占い師だと聞いている。

「……ねーセンパイ。サファイナって、どんな奴(やつ)なんすか？」

鏡越しに、先輩ウサギへ声をかける。灰色のうさみみがクールな彼女は、銀のネックレスを付けながら質問に答える。

「……二年前に、突然うちの店に来た子。ヘンな奴よ。美人だけどね」

「美人？　俺より？」

「……なんでも自分を最高基準にするの、いい加減ウザイからやめてくれない？」

溜息(ためいき)を吐(つ)いてこちらを睨(にら)むが、当然やめるはずがない。エヴィル＝バグショットはあらゆる面で最高なのだと、エヴィル＝バグショットは確信している。

しかし……。

（……この俺よりも美人、かあ）

その姿を想像すれば、期待とライバル心が一塊になって押し寄せる。

エヴィルはいつもよりも少しだけ、気合を入れて口紅を塗った。

「……ミアちゃんは、サファイナに相談とかって、したことあります？」

「ミアちゃんって何だし。先輩って呼べし」

「それじゃあミアちゃんセンパイ？　サファイナに相談したりとか、占い風景を見たりとか、一緒にご飯行ったりとか……そーゆーのって、したことあります？」

「……いや、ないよ。何だか、あの子取っ付きにくくて……正直言うと、少し苦手なの。まあアンタほどじゃないけどね。アンタのことは、普通に嫌い」

「え……？」

「生理的に無理。出来れば視界に入らないでほしいかな」

「え……？」

愕然としながら、エヴィルはミアの横顔を凝視した。ミアは引き攣った表情で「こっち見んな」と呟くと、ガタッと椅子を鳴らして立ち上がり。

「……じゃ。バイバイ」

「えー⁉　ちょっとミアちゃん、俺のどこが……こんなに可愛くて最強なのに――」

「そういう所が無理って言ってんの！　馬鹿！」

捨て台詞を吐きながら、さっさとフロアへ出て行ってしまう。控室には、エヴィルだけが一人ぽつんと取り残された。

「えー？？？」

少しばかりショックだった。まさか、はっきり「嫌い」と断言されてしまうとは……。

しかし今日のエヴィル＝バグショットは賢いので、このままでは終わらせない。ここでしっかりと原因を究明し、あのツンツン態度を改めさせてやろうではないか。

エヴィルはしばらく腕組みをしながら、先程のやりとりを思い返していた。

数分間、必死に頭を働かせて——そして結論。

「……うん、ありゃ嫉妬だな」

さしずめ、この俺の美しすぎる乳首にでも慄いたのだろう。

うん、これで一件落着。良かった良かった。気持ちが晴れて、エヴィルは椅子から立ち上がる。ミアの後を追って、フロアに向かおうとした——その時。

「………っと！」

——一人の少女が、フロアから姿を現した。

闇夜を連想させる、漆黒のロングドレスを纏った少女だ。

一見して、サファイナであると直感した。たっぷりとしたロングヘアは波打っていて、はらりと顔に掛かった前髪が妙に艶っぽい。

綺麗な顔立ちをしているが、その表情はギョッとするほど乏しかった。妖しげで、どこか背徳的魅力のある不思議な少女だ。

　そんなサファイナの背後を、思い詰めた様子の男性が歩いている。まだ若いようだったが、くたびれたシャツと表情のせいでずいぶんと老けて見えた。

　彼の隣で、ちょこちょこと何かが動いている。何かなと思って見てみれば、それは幼い女の子だった。鮮やかな赤のワンピース姿で、不安そうにキョロキョロと辺りを見渡している。

「……ねー、おとーさん。ここ、なあに？　……なんだか、ちょっと怖いよ」

　すると男の人は、少女の手をぎゅっと握った。くたびれた顔には、優しい笑顔を浮かべている。

「大丈夫だよ、お父さんがいるからね。あのお姉さんはとってもすごい人なんだよ。きっとユゥちゃんを幸せにしてくれるからね。だからちょっとだけ、頑張れるかな？」

　すると少女に、ぱあっと笑顔が広がった。柔らかな頬（ほお）に、ふんわりピンクの色が差す。

「うんっ！　おとーさんいるから、がんばれる！」

　ちらりと覗（のぞ）いた少女の素肌に、禍々（まがまが）しい傷跡があった。はっきりとは見えなかったが、おそらく死予言（シヨゲン）で間違いない。

（……あれが……依頼者みたいだな）

　三人は、そのまま奥の個室へと入ってゆく。

　閉じたドアに、エヴィルはそっと近づいた。身を屈（かが）めて耳を澄ませば、断片的に彼らの会話が聞こえてくる。

「……ルーラント大陸、北部……ルミナータ王国奥地。それが私の水晶玉が導き出した、悪の死源(ペイシェント・ゼロ)の居場所です」

――抑揚のない冷たい声。はじめて聞く、サファイナの声だ。

「……このままでは助かりません。あなたの力だけでは、到底無理な――」

「全財産を支払います。お願いします、助けて下さい！」

――サファイナとは対照的に、感情のこもった必死な声。

「命よりも大切な、たった一人の娘なんです。どうか――」

「ええ、助けますよ。密入国の手段、現地の案内人も紹介しましょう。ただし……」

そこでサファイナは言葉を止め、男性に向かってこう告げる。

「相当な長旅になりますよ。その覚悟はありますか？　無事を心配する親族や友人がいるならば、今のうちに別れを言っておいた方が良いでしょう」

「……そんな人、いません。ずっと、二人だけで生きて来たものですから」

「そうですか……分かりました、ならば早速準備を進めましょう」

ガタリと、椅子を引く音がした。エヴィルは慌てて、ドアの裏へと身を潜める。

サファイナと男性……それから小さな女の子が、個室から姿を現した。グレーがかった長い髪が、靡(なび)いてエヴィルの顔に当たる。一瞬振り向かれたらどうしようかと焦ったが、三人はエヴィルに気付くこともなく、そのまま静かに店の外へと出て行った。

（……あとからミアちゃんに怒られるだろうけど……この際、仕方ないよな）

ドアの裏から飛び出して、エヴィルは予定表の「出勤」表示を、勝手に「欠勤」表示へと変更する。踵を返し、サファイナの姿を追いかけた。

この先に何かがある――確証はない。ただ胸騒ぎが止まらない。

どうしようもなく嫌な予感が、どろりと全身に絡みついて取れなかった。

＊＊＊

カメリア・クローネは、不気味なほど静かだった。

エヴィルは店に、ロティカはダクティルとの約束に、サタまでもが珍しくどこかに出掛けてしまったから。

シキ＝カガリヤは一人きり、部屋の椅子に腰掛け本を読む。

運命の流星群は、ついに今夜にまで迫っていた。

しかし死予言の解読状況は、思わしくないのが現状だ。流星群の日程を突き止めたあの日から、ほとんど何の進歩もないのだった。

今日、エヴィルは占い師・サファイナに会うのだと言っていた。死予言に関する占いを得意とする――その少女の存在が、現時点では頼みの綱か。

モヤモヤとした思いを抱えながら、シキは本のページを捲る。

（……僕は、こんなことをしている場合なのか……？）

ふとした拍子に、強烈な焦燥感に襲われる。今すぐ部屋を飛び出して、闇雲に調べ回って、わずかな手がかりを探したい……そんな衝動に駆られてしまう。

しかしシキは、必死になって衝動を堪(こら)える。

頭では理解しているからだ。停滞する今の自分に出来る、最大のこと。それは大量の文献内に眠る情報を——いわば瓦礫(がれき)の中の宝石を見つけ出すこと。無策に歩き回って自己満足に浸るぐらいなら、部屋で本を読んでいた方が、遥(はる)かに有益だと知っている。

（……城塞都市における《第三空間(サードスペース)》に関する研究……か）

積まれた文献の中から、シキはまた新たな本を手に取った。

あの日偶然にも遭遇した、第三空間と呼ばれる存在。あの奇妙な歪(ゆが)みについて、より詳しく知りたいと思い、シキはこれを借りたのだった。

第三空間の大部分——《安定第三空間》と呼ばれるものは、監獄時代に使用された拡張性魔法の名残であるという。与えられた独房では満足出来なかった囚人が、より快適な生活環境を求めて、限られた空間を拡張した。ゆえに城塞都市内には多くの第三空間が隠されており、いまだに新しいものが「発掘」されて売買されることも珍しくないそうだ。

一方《不安定第三空間》と呼ばれるものは、前者とは大きく成り立ちが異なっている。

それは悪質な空間の歪み。主な発生トリガーは城塞都市内での死獣(しじゅう)出現とされており、文献内には詳細なデータやグラフまでもが載っていた。

（……まあ、だいたいロティカの言ってた通りだな……）

またハズレか。溜息を吐きながら、本を閉じようとした——次の瞬間。

（……あれ？　……でも……）

ある疑問に思い至り、シキは再び資料を広げる。

（……やっぱり、変だ。不安定第三空間は、死獣発生によって出現する。第三空間出現数は、最近になって急激に増加している……けれど）

それは、以前にロティカも証言していたことだった。危険な不安定第三空間が増えて困っている……と。

そこでシキは目を細め、別の資料へと目を向ける。こちらも、すでに聞いたことのある内容だった。

（……この二年。城塞都市での死獣発生件数はゼロ……これは明らかな矛盾点だ）

この場合、考えられる仮説はいくつかある。

ひとつは、データそのものが信用出来ないという可能性。単純に「数え間違い」あるいは「研究結果の捏造」といった場合だ。この場合、そもそも矛盾は発生していないということになるわけだから、あまり深く考える必要はないわけだが……。

やはり気になるのは、もうひとつの仮説だった。

統計ミスも、捏造すらも無かったとしたら。ここにある全てのデータ、全ての研究結果が、正しい物であるとするならば——。

「——おいッ、シキ！　いるか!?」

騒々しい物音とともに、エヴィルが部屋に飛び込んできた。

頭の上で、ぴょこぴょことウサギ耳が揺れている。明らかに店のコスチュームだ。こいつ、この格好のまま帰ってくるなんて……。

「……今、忙しい。ふざけてる場合じゃ――」

「俺の話を聞けって言ってんだよ！」

シキの言葉を遮って、ひどく興奮した様子でエヴィルは続ける。

「アイリオだ！　あのふざけた国が、お前の死予言（ショゲン）に関係してるんだよッ！」

「………………ッ!?」

想定外の言葉。シキは目を見張り、エヴィルへと向き直る。全力疾走で帰って来たのだろう。エヴィルは肩で息をしながら、今しがた目撃した光景について話し始めた。

「……サファイナって、いただろ？　例の死予言専門占い師！　そいつが今日、出勤してきた。依頼者は、他に身寄りがないっていう父娘（おやこ）でさ。二人を連れて外に出たから、俺、追いかけたんだ。そしたら――」

呼吸を荒らげながら、エヴィルは拳でテーブルを叩（たた）く。少年の視線が、鋭くなる。

「――あいつがいた。処刑台で葬送者をしてた、金髪の――」

「ヴェクタ……!?」

シキは絶句し、少年の目をまじまじと見つめる。

溶かした鉛色の目をした、ガリラド大聖堂の狂信者。人当たりは優しいのに、その奥に宿した性質は、ゾッとするほど冷たくて。

「……破壊の向こうの再生」

しばらく過去の世界に浸っていたシキは、唐突に、そんな言葉を思い出す。

「はあ？　何だよ、それ」

「思い出したんだ。昔、あの男——ヴェクタが、そんなことを呟いてたって」

それは今から二年前——《偉大なる東十字》の任務で、とある村へと派遣された時のこと。そこはアイリオ国南部……ちょうど他国との国境付近にある村で、その土地柄、隠れた六英雄信者が多くいるという噂のある村だった。

その村に、死獣が現れた。

当然《偉大なる東十字》のメンバーたちは、勇敢に死獣へと立ち向かった。

……だけれど、そこには一つの違和感があった。

当時のシキは、チームメンバーであるヴェクタの行動を間近で見ていた。彼はあまりに素早く——それこそ不自然なほど迅速に、上官の指示を待たずに炎矢を村に放ったのだ。

村は激しく爆発炎上し、何人もの住民が巻き込まれた。

あの後ヴェクタはリーダーからこっぴどく叱られて、とりあえず表向きには謝罪をしていた。緊急だったから仕方がなかった、と説明していたと思う。

でも、当時のシキは聞いたのだ。

リーダーたちが去ったあと、ヴェクタは涼しい顔をして言ってのけた。ちょうど良かったじゃないか、と。

「――破壊と再生だよ。反逆者の村は消えて、代わりに善良な村が作られる……あの時、あいつは確かに、そう言ったんだ」

もしも――彼の行動が、あらかじめ予定されたものだったとしたら。

チームリーダーすら知ることのない、大聖堂上層部の思惑に通じているとするならば。

「ヴェクタは……ガリラド大聖堂にとって不都合なものを、壊すための存在だ」

呟いて、シキはギリと歯を食いしばる。

ああ、そうだ。もともと自分だって、その一部だったではないか。大聖堂に敵対する人間を、闇夜に紛れてひっそりと殺す……非公式役職、暗殺者。

そんな人間が、他にも存在したというだけの話なのだ。ちっぽけな人間個人ではない、村や組織そのものを殺すために雇われた――いわば破壊者たる人間が。

死の迷路――立体城塞都市レジナリオは、ガリラド大聖堂の教えとは正反対の存在だ。誰もノルを信仰せず、無邪気な自由に満ちている。路地裏での犯罪は後を絶たないが、死刑などは存在しない。

「やつの目的は、この城塞都市そのものの破壊だ」

断言して、シキはエヴィルに手元の資料を提示する。

死獣発生数と、不安定第三空間出現数の不均衡。その相反する事実を、矛盾することなく説明しようとするならば。

「アイリオ国は、どこかに大量の《死獣》を隠している。彼らを兵器として解き放ち、城塞都市を完全に破壊するために」

シキの仮説に、エヴィルははっと息を呑(の)んだ。

「それじゃあ、あの父娘(おやこ)は――」

「今頃、死獣兵器として、どこかに監禁されてるだろう。そのサファイナって女は、アイリオ国が送り込んだ密偵(スパイ)だ」

死獣を利用するために、サファイナはより多くの《厄死の子》が欲しかった。そのために死予言(ショゲン)の専門家を騙(かた)り、有能であると噂(うわさ)を流した。行方不明になった事実が露呈するのを防ぐため、身寄りのない人間だけを狙うという徹底ぶりだ。

「……だけど計画は、思うように進まなかったに違いない」

焦る心を落ち着けながら、シキは丁寧に思考を紡ぐ。

サファイナが占いをはじめ、城塞都市からは死獣が消えた。しかし現時点で城塞都市は、変わらぬ平和を保っている。

まだ足りないのだ。彼らはまだ、城塞都市を破壊するに足る戦力を手にしていない。

「……そこで今回の《死予言》が関係してくる」

シキは呟き、腕に刻まれた呪いへと目を向ける。

――悪の死源(ペイシェント・ゼロ)は彷徨(さまよ)い歩(ある)き、果てに利己的な協力者を手に入れる。そして、ついに彼らは実行する。美しき、無数に零(こぼ)れる星屑(ほしくず)のもとで――。

ここに書かれた「協力者」が、アイリオの人間であるならば——悪の死源（ペイシェント・ゼロ）もまた、彼らの計画へと協力するに違いない。

目指す方向が一致している。だから彼らは手を組むのだ。

いまだ悪の死源（ペイシェント・ゼロ）が何を考えているかは分からないが……とにかく、そいつはアイリオ国の《破壊と再生計画》に、革命的な進歩を与える存在であるはずだ。

「ひとつだけ、はっきりしてることがある。悪の死源（ペイシェント・ゼロ）とアイリオ国は——ついに今夜、接触する」

目を細めて未来を睨（にら）み、シキは立ち上がって上着を羽織る。

鞄（かばん）に本を詰め込んで、狼狽（ろうばい）するエヴィルに向かってこう告げた。

「行こう、エヴィル。君が見つけた、やつらのアジトに！」

＊＊＊

彼らのアジトは、立体城塞都市レジナリオ第四十四層——もはや廃墟（はいきょ）同然の、古びた墓地に存在していた。

崩れた墓石を退（ど）けてみれば、そこに奇妙な穴がある。

奥にはどうやら安定第三空間が広がっているようなのだが、目に見えない壁に阻まれて侵入することは叶（かな）わない。

持ってきた資料の図を頼りに、シキは錠の解除方法を模索する。

「……ダメだ。このタイプの魔法錠解除には、対応する魔法鍵が必須。やつらの仲間を見つけ出して、鍵を奪わない限りは――」

「それじゃあ、ここを監視してようぜ。その辺に隠れて、待ち伏せすれば……」

「さすがに危険すぎる。監視するのは良い案だけど、もう少し距離を置かないと」

シキはそう言いながら、顔を上げて辺りを見回した。

「……ここの、一層上。第四十五層には、展望台があるらしい」

借りてきた本の一冊――〝大監獄解剖記〟の記述を思い出しながら、シキは言う。

それは魔法時代、看守が囚人を監視するために設置されたものであると書かれていて。

「展望台から、ここを見よう。それなら、比較的安全に監視が出来る」

敵がアイリオ国であるならば、こちらの顔は割れている。無闇に接近することは、得策とは思えなかった。

……そういう経緯で、二人は今、第四十五層展望台にいるわけである。

城塞都市中央に向けて張り出した石造りのバルコニー。その中央には大きな筒型祝素体が一台、ぽつんと寂しそうに置かれている。望遠鏡という名のこの装置は、かつて魔法時代に作られた、第四種祝素体の一種だそうだ。

「バッチリだ、シキ。さっきの場所が、よく見えるぜ……！」

「……魔法錠、か……」

いささか興奮した様子で、エヴィルが望遠鏡を覗き込んでいる。一緒にいても望遠鏡は一台しかないわけで、こうなると自分はやることがない。

監視をエヴィルに任せ、シキはベンチへと腰かけた。

(……動くのはエヴィルの役目……考えるのは僕の役目、か)

鞄から取り出したのは、ダクティルから託された研究日誌だ。革張りのノートで、表紙には金の刻印がなされている。

ページを捲ると、びっしりと文字が敷き詰められていた。

文字は几帳面に整っていて、どこか息苦しいほどだ。ページによっては図や表も描かれている。生成した薬品の効能を、調査したものであるらしい。

(研究か……懐かしいな)

ノートの文字を見つめながら、シキは過去のひとときを思い出していた。

それは戦闘部隊に配属される前——偉大なる東十字の、研究部門に所属していた頃のこと。そこでシキ＝カガリヤは、毒物に関する研究を行っていたのだった。

研究テーマは、対死獣用毒薬。

開発に成功すれば、死獣との戦闘に革命を起こすとして期待されていた研究だ。

実際、かなり良い所まで行ったのだ。しかし実用化まであと一歩という所で——致命的な欠陥が見つかり、プロジェクトそのものが頓挫してしまった。

今でも当時の悔しさは鮮明に残っている。アイリオ国に対する忠誠心など持ち合わせてはいなかったけれど、あの研究のことを、シキ＝カガリヤは愛していた。苦しい研究のすえに生み出されるはずだった毒薬は、まるで自分の分身だった。

あの日、幻と消えた毒。ガリシャリンと名付ける予定だった毒のレシピを、シキは数年ぶりに思い出して。

――そして、記した。

ダクティルがくれた研究日誌の白紙のページに、弔うように刻んでゆく。君は無意味ではなかったと、確かに存在したのだと、そう言い聞かせるように。

「……ちくしょう、誰も来ねえぞ」

星空の下で、エヴィルが小さく舌打ちをした。その音に、シキはハッと我に返る。

顔を上げれば流星群が、ちらちらと夜空を横切っていて。

「シキ。お前、死予言(シヨゲン)に変化は？」

「……いや、全然」

研究日誌から手を放し、シキは自らの腕を見下ろす。そこに刻まれた死予言は、不気味なほど静かだった。

「何だよ。流星群の時に、進行するんじゃなかったのか？」

「……ああ、そのはずだよ。流星群は数時間続くはずだし……あまり、焦ったって仕方がない。このまま監視を続けよう」

シキは努めて冷静さを保ち、エヴィルに向かって指示を出す。

しかし内心は穏やかではないのだった。何か——とても重要なことを見逃しているような、そんな不安に囚われて。

不安を誤魔化すように、シキは最近の出来事を口にする。

エヴィルと別行動をして、沈没図書館で過ごしていた日々のことだ。

「……この間さ。ガラ共和国の、ダクティル＝ダルク＝ダマスカスに会ったんだ。六英雄の祝素体……錬金フラスコも、見せてもらった」

「へえマジか。どんな奴だった？」

「立派な人だったよ。あの人になら、付いて行こうって思えたよ」

東雲色の瞳を思い浮かべ、シキは鞄から新たな本を掴み取った。

「……何だシキ、その本？　ルーラント大陸紋章大全？」

「ん……ああ、えっと」

エヴィルにタイトルを読み上げられ、一瞬、なぜ自分はこんな本を借りたんだっけと戸惑った。

最近は気になった本を、それこそ片っ端から釣り上げるせいで、借りた当時の記憶が曖昧になっていることもしばしばだった。

しばらく考えて、シキはある記憶に思い至る。

「……ロティカって、いるだろ。カメリア・クローネの」

「ああ。あの小さくて元気なヤツだろ？」

「ロティカの体に、焼印があったんだ。城塞生まれの紋様とも違う、見たことない紋様だったから、気になって……それで借りてたの、忘れてたよ」

説明をしながら、シキはぺらぺらとページを捲って ゆく。大陸各地の紋章が、びっしりとイラスト付きで並んでいる。そこにはアイリオ国の零十字まで、精密に描かれていて。

「天秤みたいな模様で、下の方に、数字が書かれてたんだよな……確か……」

……398、43、23と。

紋章の形を思い浮かべながら、シキはさらにページを捲ってゆく。

今これを調べたところで、大して意味などないだろうと、心の奥では思っていた。

まるで想像もしていなかった、意外な結論がそこにはあって。

しかし——あるページで、シキはぴたりと手を止める。

「……え……？」

「ガラ共和国の……入国拒否印……？」

そこに描かれていたイラストは、ロティカの焼印と酷似していた。

天秤の印、そして数列——それはガラ共和国において、追放された犯罪者に刻まれる紋様だった。その紋様のある人間は、生涯にわたりガラ共和国への入国が拒否される。

——胸の奥が、嫌な感じにざわついた。

だって、それは奇妙な話だった。ロティカは城塞都市に生まれ、いまだに外の世界を知らないと……確か、そう語っていたはずなのに。

「……あの子は、過去を偽っている……？」

一体、なぜ？　何のために？

あの日——偶然焼印を見られた瞬間の、狼狽えたようなロティカの表情を思い出す。

このことには触れないで、立ち入らないで。まるで、そう懇願するような表情だった。

あの時はてっきり〝城塞生まれ〟関連の印だと予想していたものだから、その身に刻まれた烙印に対して、引け目を感じているのかと思っていたが……。

かすかに手を震わせながら、シキは次のページを捲った。

左ページには紋章下部に記載された、数列の意味が書かれている。

はじめの数字は「事件の発生した年」を意味し、真ん中の数字は「事件番号」を意味している。つまりロティカは新暦三九八年、その年の四十三番目に、何らかの事件を起こしてしまった……ということになり。

最後の数字は、犯罪種別によって割り当てられた番号だった。そのまま右ページに目を向ければ、数字対応表が載っている。シキはすぐさま、ロティカの犯罪番号「23」に当たる犯罪を探し出し——。

「放火……殺人……？」

その結果を、乾いた声で、呟いた。

ガラ共和国、新暦三九八年の火事——それは丁度、ダクティルが恋人を亡くしたと語っていた時期にぴたりと重なる。ダクティル自身は、それを事故であったと認識しているようだったが……もし仮に、それが放火による殺人事件であったなら。

ロティカは――あの、ロティカ＝マレという人物は――。

「…………ッ!!」

滲(にじ)んでいた点と点が繋(つな)がって、閃光(せんこう)となってスパークする。

「おいシキ!? 何やってんだ！」

突然立ち上がったシキの手首を、慌てたようにエヴィルが掴(つか)む。

「ここで見張るって計画だろ？ 突然どうしちまったんだよ？」

「説明してる時間はないんだッ！」

「おい落ち着けよ！ お前、ちょっとおかしい――」

「いいから放せよッ!!」

乱暴にエヴィルの手を振り切った。

彼はとても、驚いたような顔をしていたけれど。

「……死予言(シヨゲン)が刻まれてるのは、この都市の命運を握ってるのは……僕なんだ」

頭が熱い。沸騰して、ぐちゃぐちゃで、言葉の奔流が――止まらない。

「エヴィルには関係ないじゃないか！ 君にとって死予言は、刺激的なゲーム感覚なんだろうけど……僕は、人生が懸かってるんだ。だからもう放っといてくれよ。僕たちはあの日……ただ偶然出会っただけ。ほんの気まぐれで、一緒にいるだけなんだからさ」

「ッ……そうかよ。そんなふうに……思ってたのかよ」

いつもと違う声の調子にハッとする。

反射的に視線を向けると、エヴィルはシキを避けるように目を逸らした。拗ねたような横顔が、傷ついたように陰っていて。

「……なんだよ」

そんな顔をするものだから、一層退けなくなってしまった。

なかば意地になりながら、シキは彼に背を向ける。そのまま階段に向かってゆくが、エヴィルが追って来る気配はない。

「それじゃあ……ここでお別れだ」

告げるなりシキは、一気に階段を駆け下りた。

(……これで良いんだ。僕はずっと、一人で生きて来たんだから)

だから今は、前だけを見て――この身に刻まれた、呪いのことだけを考える。

(一人なんて怖くない。僕は一人でも……生きていける)

唇を噛みしめ、がむしゃらに地面を蹴り込んだ。

後ろは決して振り向かない。

だって、そうでもしなければ……この焼けるような胸の痛みに、気付いてしまいそうだったから。

＊＊＊

カメリア・クローネに辿り着けば、やはりロティカは留守だった。

シキは息を弾ませながら、一度も入ったことのない、彼の部屋へと侵入する。内部は綺麗に整頓されていて、非常にシンプルな印象だった。

戸棚には鍵が掛かっていた。それは幸運にも魔法鍵の類ではなく、簡易な作りの鍵だったので、シキは針金でそれをこじ開ける。

「…………！　これは……」

目にした瞬間――ゾッとした。

奥から出てきたのは、大量の新聞切り抜きと、一冊の古びたスケッチブック。

新聞の切り抜きは、全てがダクティルにまつわる記事だった。スケッチブックに書かれた日付は新暦三九八年。添えられたサインは……カミュエラ＝ケイ。

そこに描かれていたのは、若きダクティルの姿だった。間違いない。これは四年前――火事で亡くなったカミュエラ＝ケイが、描き溜めていたスケッチだ。

「……こんな物を、なんでロティカが……」

心臓がバクバクと、早鐘のように鳴っている。頭の中では、あの日ダクティルが語ったひとつの言葉が、ガンガンと鳴り響いて止まらない。

――中には悪質なストーカーもいたけれど……たとえば、そう。死んだ恋人の魂が、俺に憑依したと信じ込んでいるような――。

「……そういう、ことかよ……」

スケッチブックを握りしめ、シキは奥歯を噛みしめる。

──それはきっと、ひどく歪んだ愛の形。

城塞都市出身の少年・ロティカ＝マレは、かつて大切な恋人を失った。それは事故だったかもしれないし、病気だったかもしれない。とにかく深い悲しみに暮れ、絶望し、心の拠り所を探し求めた少年は……ある日何かのきっかけで、ガラ共和国の英雄ダクティルに「恋人の魂が憑依している」と信じ込むようになったのだ。

それは、たとえば瞳の色が同じとか、口癖や持ち物が同じとか、たまたま恋人が死んだ日に彼が功績を残したとか……そういった些細なことだったに違いない。

もちろん冷静に考えれば、あり得ないことだとすぐ分かる。しかし憔悴しきった少年の心に……その妄想は深く深く、取り憑いたのだ。

「……でも、きっと。救いは、長くは続かなかった」

ロティカはすぐに、還ってきた恋人の──その魂の器である、ダクティルのもとへ向かっただろう。しかしそこで、致命的な問題に直面する。

どんなにアプローチしても、ダクティルが振り向いてくれないのだ。会いに行っても、警備に阻まれて入れない。手紙を送っても、返ってこない。

──悲しみ、困惑し、やがて愛は敵意に変わる。

少年はきっと、こう思ったはずだ。

「……きっと誰かが、自分たちの邪魔をしているんだ」

加速するストーキング。そして少年は、カミュエラ＝ケイの存在を知ることとなる。ひどく嫉妬したことだろう。得体の知れない貧乏画家と、愛する恋人が心を通わせている様子など、見るに堪えなかったに違いない。

憎しみはやがて頂点に達し、ロティカはカミュエラ＝ケイを殺害する。

しかしカミュエラを殺しても、ダクティルの心を手に入れることは出来なかった。それどころか放火の罪を追及され、国外追放になってしまう。

もう二度と、ダクティルに会えない――それでも少年は諦めなかった。

ロティカはまず、城塞都市で医者を訪ねたに違いない。この都市には、多くの闇医者が存在する。あの無邪気な顔は、独特なかすれ声は……整形し、喉を焼いて手に入れたものだったのだ。

しかし深く刻まれた入国拒否印だけは、どうしても消すことが出来なかった。ガラに入国すら出来ず、ダクティルに会えない日々を過ごし……ロティカはひどく思い悩んで。

「だからあの子は……邪悪な神に、願ったんだ」

ダクティルを手に入れたい。どんな犠牲を払おうとも。

ノルはロティカの願いを受け入れて――そして肉体に、恐ろしい呪いを刻みつける。多大な犠牲と引き替えに、ダクティルを手に入れるための方法を。それは、きっと――。

「……パラシティカ」

ぽつり。シキは記憶の隅にこびり付いていた、その単語を口にする。

それはガラ共和国に生息する、珍しい寄生蜂の名称だ。

毒針で脳を刺し、他者を服従させるという、奇妙な蜂。かつて錬成者：ジョウが偶然にも発見した魔法薬――奴隷化薬の原料だ。

自然の摂理に反するとして、ジョウは薬の存在自体を嫌悪した。だから彼は、レシピごと闇に葬り去った。彼の死とともに、奴隷化薬は永遠に世界から消え去って、レシピを再現出来る人間は一人たりともいなくなる……はずだった。

……そう、そんな人間など存在しない。しかし神なら、話は別だ。

「……あの子の《死道標（シノシルベ）》には、奴隷化薬の作り方が……記されていたのか？」

ノルとは全知全能の神である。たとえ肉体を失おうと、あらゆる物事を知っている。全盛期に比べれば遥（はる）かに弱体化してしまったが、その狡猾（こうかつ）さは健在だ。

つまりロティカの願いを利用して、神はこの世に復活させた。この世界の均衡を崩し、破滅的な混乱を生む――非人道的な奴隷化薬の、作り方を。

アイリオ国が隠し持つ死獣（しじゅう）たちは、恐るべき奴隷化薬の原料か？

「……許せるかよ、そんなことッ……」

今頃ダクティルは誘拐され、彼らに脅されていることだろう。

このレシピに従って、魔法薬を調合せよと。きっと彼は拒否するから、ひどい拷問が重ねられる。衰弱し切ったその果てに、判断力を失っても不思議ではない。

ロティカはダクティルの心を望み、アイリオ国は人々の隷属を望んでいる。だからこそ彼らは手を組んで、奴隷化薬の入手へと乗り出したのだ。

「どこにいるんだ、ロティカッ!!」

拳で壁を殴りつけ、シキはカメリア・クローネを飛び出した。

いつの間にか降り出した雨の向こうで、流星群が——無数の星が降り注いでいる。どこか奇妙な光景の下で、心が急げと叫んでいる。

——走り続けるシキの首筋に、焼けるような激痛が走った。

痛みのあまり、シキはその場に崩れ落ちる。息も絶え絶えに水溜(みずた)まりへと目を遣(や)れば、今まさに進行した禍々(まがまが)しい《死予言(シヨゲン)》が刻まれていて。

今宵(こよい)《悪の死源(ペイシエント・ゼロ)》は〝信条〟を捨て、後戻りできない一歩を踏み出した。

悪の死源(ペイシエント・ゼロ)は受け入れたのだ。願いの果て、恐ろしき悲劇の結末を。

破壊の向こうの再生を語る者たちは、どこまでも悪の死源(ペイシエント・ゼロ)を利用する。

「……ちくしょうッ！」

濡(ぬ)れた砂利を握りしめ、シキはがむしゃらに立ち上がる。

全身が痛むが、構うものか。もはや一刻の猶予も残されていない。

靄(もや)に包まれた未来を見据え、手探りで前へと進むのだ。

4. 観測者：ライラ

天文学者の少女・ライラは、極度の人見知りとして知られていた。孤独な少女の友達は、夜空に広がる無数の星たち。ある日十万個の星を数え上げた少女は、不思議な道具《望心鏡》を手に入れる。人の記憶を観測した少女は、ちっぽけな人の中に大きな宇宙があると気が付いて、ようやく人間が怖くなくなった。だからライラは、神（ノル）をも観測しようと決意したのだ。最強の神を形作る星のどれかが、その弱さを教えてくれると思ったから。

5. 代弁者：ヒイラギ

ヒイラギという名の青年は、生まれながらの遊び人だ。各地を旅し、見知らぬ家で寝泊まりをした。相手は美女であることが多かったが、醜男であることもあったし、老人もいれば赤子もいて、馬や羊もいたという。なんとも節操はなかったが、不思議と皆、ヒイラギのことが嫌いではなかった。そんな彼にも、たった一人だけ、理解のできない相手がいた。だから彼は《声紋の石板》で不可解な神の言語を解読し、学び、ついには素晴らしい口説き文句を習得した。どうしても、神と酒を酌み交わしたい——その無謀とも思える願いのために。

6. 狂戦者：ルギー

本来、彼は英雄の器ではない。祖国で何人もの幼子を殺した、邪悪で凶悪な死刑囚だ。しかし彼は幸運にも、破滅の世において英雄となった。彼は死獣を殺し続けた。朝から晩まで惨殺した。誰に咎められることもなく生物を殺しそれどころか英雄とすら呼称される……なんと素晴らしく、なんと気分の良いことか。ルギーに殺された《死獣》の死体は山となり、かくして彼は伝説となる……のちの平和の世において、彼の居場所など存在しないだろうが。

——カロット＝カルーゼン著『大陸全途』第一章より抜粋

【第四章　死んでもいいから君を呼ばせて】

1

降りしきる雨と星、闇夜に濡れた街の中――シキは唐突に、ある人物とすれ違う。

「……サタ⁉」

「……あ……」

反射的に呼び止めれば、その人はびくんと身を強張らせ、驚いた様子で立ち止まる。

飾り気のない傘の下から、野暮ったいおさげ髪の少女が、おずおずと顔を覗かせた。

「……なに、シキ」

「何やってんだよ、こんなとこで」

「……なにもしてない。ちょっと散歩、してただけ。雨……好き、だから」

シキから目を背け、ぼそぼそと少女は呟いた。

「……怒るの？　ひとりで、夜に出歩いたから……怒られるの、きらい。だいきらい。もうやだ、何？　まじ無理死にたい」

「別に、怒ったりしないよ。あのさ……どこかでロティカを見なかった？　ずっと姿が見えなくて……探してるんだ」

願うような気持ちで問いかければ、サタは困ったように目を泳がせる。

「……しらない。ロティカいないの、よくあること。たぶん、クローネの依頼で……どっか行ってる。ゆっくり……待ってれば、そのうちひょっこり帰って……」

「急用なんだ。どんなことでもいいから、情報を――くッ……」

思い出したかのように――首筋の傷に手を当てた。

シキは思わず顔をしかめ、首筋の《死予言》が、不吉に疼く。

傷が熱を持っている。今にも弾けて、全身に呪いを撒き散らそうとしている。もう時間が残されていないと実感し、心臓の鼓動が速くなる。

その様子を見ていたサタが、わずかに琥珀色の瞳を見開いた。

「……やっぱり、ある。心当たり。こっちのほう……ついてきて、シキ」

ひんやりとした少女の手が、シキの指を握りしめた。

サタはそのまま、薄暗い裏路地へと入ってゆく。

懸命に手を引く少女の横顔を見つめながら、シキはぼんやりとした違和感を覚える。

(……何だか、サタ……いつもと少し、雰囲気が違う)

それは奇妙な違和感だった。

何かが違う――確信はあるのに、その正体が見当たらない。

濡れた路地裏を駆けながら、シキは先行く少女を凝視する。グレーがかった茶髪はトレードマークのおさげに結われ、琥珀の瞳は、いつも通りに挙動不審で……そして。

(……ああ、そうか)

やがてシキは、唐突に違和感の正体に気付く。

(今日のサタ……化粧、してるんだ)

野暮(やぼ)ったい前髪に隠されて、一見しただけでは気付かなかった。

しかし、よくよく見てみると……蒼白(あおじろ)い肌には白粉(おしろい)がはたかれ、唇には赤いルージュが塗られている。少女はどこか妖艶で、大人びた印象になっていた。

(サタが化粧なんて珍しい。この雨の中で、誰かに会ってた？　でも……)

それなら、どうして……髪型や服装は、いつも通りのサタなんだ？

(……どこか不自然で、中途半端だ。なんだか、まるで——)

他人が、慌てて〝サタ〟を仕立てたような違和感が……そこにはあって。

不気味な胸騒ぎを感じながら、シキは雨中を進んでゆく。

しばらくの間早足で進み続けていたサタは、やがてまるで人気(ひとけ)が無く、不気味なほど静かな路地裏で、ぴたりと立ち止まる。

指差したのは、錆(さ)びついた金属の屋根が目立つ、倉庫のような建物だった。

「ここ。ここで、ロティカがよく……荷物整理の、仕事してるんだって」

「……それにしては、ずいぶん静かなんだな」

「うん、夜だから、仕方ない……ねえ、シキ。でもサタ、暗いの怖い。大嫌い。ほんと無理。だから、シキ……おねがい。さきに、入って！」

そう言いながらさっと背後へ回ったサタは、ぎゅっと背中にしがみつく。

少女の髪がふわりと揺れて——染みついた香りが、シキの鼻腔を刺激した。

——その瞬間。

（……この香り……！）

混ざりあった複雑な匂いが、頭の奥で眠っていた記憶を呼び覚ます。

シキはギョッとし、一瞬身体を強張らせると——。

「……サタ」

呼び掛けるなり、振り向きざま少女の腕を掴んで自身から離した。

突然のことに、サタは驚いたように目を見張る。バランスを失い、膝から崩れた少女の手から——よく磨かれた鋭いナイフが、カランと音を立てて地面に落ちた。

サタは素早くナイフを拾い上げ、怯えたようにこちらを見上げる。転んだ時にぶつけたらしく、震える唇からは一筋の血を流していた。

「……な、なに？　これ、護身用だもん。それなのに突然、乱暴に……シキ、嫌い。こんなひどいこと、サタはじめて——」

「いい加減、もう演技はおしまいにしないか」

「………………」

「……この首筋の《死予言》は、ひどく目立つはずなのに——」

進行した傷跡に手を当てながら、シキは少女を見下ろした。琥珀色の瞳の少女は、微動だにせずこちらを睨む。

「あえて深入りしなかったのは、わざとかな？　サタ――いや、アイリオ国の密偵……サファイナ＝カレンシア」

「……へえ……」

紅いルージュの妖艶な少女が、しっとりと濡れた前髪の奥で微かに嗤った。

そこにいるのは、すでにサタであってサタではない。

野暮ったいおさげを解き、地面にプッと口内の血を吐き捨てて、少女はゆらりと立ち上がる。

「……どこで分かったの？　うまく隠れてたつもりだったんだけど」

「君が纏ってる、その麝香……あのガールズバーで、焚かれてたのと同じ匂いだ。サファイナとかいう、死予言専門の占い師が……働いてるあの店で」

「へーえ。なるほど、なるほど。それは盲点だったよ……ってゆうかシキ、あんたガールズバーとか行くタイプだったんだね。ちょっと意外」

たっぷりと水の入った瓶を呷りながら、小馬鹿にした調子でサファイナは言う。

そんな少女の軽口を無視し、シキは言葉を続けてゆく。

「あとは、その水……君がいつも身に着けてる、その水瓶たちもヒントになった。聖水だろ、それ。城塞都市で生活し工作活動を続けるために……君にはそれが必要だった。城塞都市レジナリオは、ガリラド大聖堂やノルの教えとは正反対の空間だから――」

「ノル様、だよ。なに呼び捨てにしてんの、殺すよ」

不愉快そうに眉をひそめ、サファイナはこちらの目を睨む。

「てかさ。間違ってるのは、この街のやつらの方だから。穢れた街も、穢れた人間も……私たちが全部、まとめて壊してあげようって言ってるのに。むしろ感謝してほしいぐらいだよ、ほんとにさ」

「……正義を語る資格なんて、僕にはない。だけど――」

記憶の奥で、ロティカの笑顔が揺れている。

彼の選択は、結果的には間違っていた。だけれど他人を愛する気持ちそのものを、理性でコントロールできない感情を、どうして否定できようか。

「その卑怯なやり口は、徹底的に非難する。君たちは、悪の死源の――歪んだあの子の恋心を、計画のために利用したんだ」

「あの子……？」

ほんの一瞬――サファイナは怪訝な顔をした。

だけれどすぐに、さきほどの調子を取り戻し。

「……ふうん、すごいじゃん。そんなとこまで、調べがついてるなんて」

「やっぱり――」

「でも、これだけは言っておく。あの男は異常だよ。だいたい、あっちの方から声を掛けてきたんだ。あの男は、自分の利益のためなら城塞都市が滅びても構わない……どんなに人が死んでも構わない、本気でそう思ってる」

あの男は、異常だよ。

そんな言葉を繰り返しながら、サファイナはスッと目を細める。

「だから、あの男は……破壊と再生計画にとって、最高の協力者ってわけ。見てる方向は違うのに、奇跡的にゴールは一緒——ちょっと喋りすぎちゃったかな、まあいいや。あんた、ここで死ぬんだから」

突如殺意を剥き出しに、少女は再びナイフを構える。

身を屈め、そのままシキの懐へと一直線に飛び込んで。

（…………！　かなりの手練れだ）

しかしシキの速さが、サファイナの技術を上回る。

敵の動きを見極め、的確に手首を掴み捻じった。少女は怯み、動作を止め——その隙をついて、思い切り鳩尾を蹴り上げて。

「……くッ……」

地面に血を吐き少女は呻く。

すかさずシキはナイフを奪い、その首へと突き立てた。

「——鍵を出せ」

そのまま耳元で命令するが、サファイナは不敵に微笑んで。

「……脅しは無意味。どうせヘタレのあんたは、私にトドメを刺せやしない」

「不必要な殺しはしない。だけれど……必要な殺しを、躊躇するつもりは微塵もない。このまま抵抗するようなら、僕は、君を殺すことになる」

無表情でシキは呟き、少女の口にナイフを入れる。そのまま頬の半分ほどまで切り込むと、サファイナの顔から余裕が消えた。

裂けた口から、血と唾液の混ざった液体が垂れる。

「……なに。マジで言ってんの？」

「鍵を出せ。出さなければ、このまま舌を切り取るぞ」

迷いのないシキの言葉に、サファイナはしばらく押し黙る。

やがて葛藤のすえ、命が惜しくなったのだろう。震える手を動かして、少女は懐から小さな瓶を取り出した。

見れば中には、透明な液体が入っている。

シキがそれを受け取れば、ぽつりぽつりと少女は話す。

「これは特殊な、魔法鍵。これを飲んだ人間だけに……基地への侵入が許される」

「……なるほど」

小瓶の蓋を開けてみれば、薄荷に似た独特の香りが鼻腔をくすぐる。

経口摂取することで効果を発揮する魔法鍵――もちろんそういうタイプの魔法鍵も、この世界には存在する。

しかし……。

「これは貰っておく。ただ――嘘をつく時は、ちゃんと相手を考えるんだな」

厳しい口調で告げると同時、シキは液体をサファイナの口内に注ぎ込んだ。

「！　……くッ……」

ギョッとしたように目を剥いて、少女は薬を吐き出そうとむせ込んだ。

しかしシキは、決してそれを許さない。強引に口を塞いでやれば、少女はそのままパニックになり、薬の一部を飲み込んでしまう。

「……く、そッ……」

すると数秒も経たないうちに、少女は深い眠りに落ちた。

泥にまみれ、激しい雨に打たれても、少女は一切身じろぎをしない。

「……即効性の睡眠薬。君はこのまま、丸三日にわたって眠り続ける」

シキはそう呟きながら、動かなくなった少女の服を入念に探る。

本物の魔法鍵は、少女の靴底に隠されていた。

「……この睡眠薬の仕上げに添加する、独特な匂いのハーブ——実は、あれは効能には一切関係ないんだよ。完全な無味無臭だと、自分が盛られたときに困るから」

掌で魔法鍵をくるりと回し、シキはゆっくりと立ち上がる。サファイナ＝カレンシアは豪雨の中で、不気味なほどすやすやと眠り続けていた。

落ちた傘を拾い上げ、シキは路地裏を戻ってゆく。ガリラド大聖堂で暗殺者をしていた頃の経験が、こう生きてくるとは思わなかった。

世界は本当に、不思議な巡り合わせに満ちている。

「今回は相手が悪かったな。この薬の抽出法を――大聖堂に教えたのは、一体誰だと思ってるんだ？」

＊＊＊

――城塞都市第四十四層には、不気味な静寂が広がっている。

見渡す限りに立ち並ぶ、不揃い(ふぞろ)な墓石。多くの墓石はひび割れて、ゴロゴロと地面に横たわっている。そこに刻まれた名前は、どれも擦り切れ消えかけていた。

踏みしめた地面から、死の匂いが立ち込める。

枯れ果てて生前の面影すらなくなった花たちが、花瓶の中で嘆いている。

墓石のひとつをそっと退(ど)かし、第三空間の入口を露出させる。脇の窪(くぼ)みに魔法鍵を設置すれば、障壁(バリア)はあっけなく解除された。

奥に広がるのは洞窟だった。かなり暗く、ジメジメとしている。

視覚は頼りにならなかったから、岩肌に手を添わせ慎重に進んだ。

ゴツゴツとした岩が手に食い込むかと思ったのに、それは奇妙なほど滑らかな感触をしているのだった。

無意識に手が震えてくる。ツルツルと滑らかな洞窟の壁が――かつて弟が成り果てた、おぞましい純白の大樹に……とてもよく、似ていたから。

シキは拳を握りしめ、冷や汗を拭って前へと進む。

そのまま洞窟を進んで行くと、分かれ道へと行き当たった。シキはしばらく考えて、かすかに光の漏れる左側の道を選択する。

灯りの正体は、存外に早く……二回目の角を曲がった直後に判明した。

——ふわり。頬が風に撫でられる。想定外の感覚に、シキはギョッとして立ち竦む。

「………!?」

突然、足元に穴が出現したのだ。

それは、例えるならば天空の亀裂。城塞都市の吹き抜け部分に開口した、唐突な暗闇の出口だった。

覗き込めば、世界が見えた。

高く、高く積み重なった城塞都市。夜だというのに人々がせわしなく行き交って、街はキラキラと輝いて——。

……まさしく神の視点だった。

思わず見惚れてしまいそうになり、シキは慌てて首を振る。

「冷静に……冷静に」

うっかり足を滑らせたらおしまいだ。

シキは警戒心を強め、さらに洞窟を進んでゆく。

道はどんどん狭くなり、やがて這って進まなければならないほど狭い路へと突入し、かと思えば前触れもなくスペースがひらけて——そこでシキは、唐突に出会う。

「……これは……」

洞窟内部にずらりと並ぶ、それは天然の独房だった。

天井からは、純白の石柱。地面からは、純白の石筍。それらがまるで檻のように、幾重にも折り重なっている。

いくつかの独房には、死獣が閉じ込められていた。

ぬらぬらとした巨体。不揃いな牙。腐ったオイルの臭気……死体に似た濁った目が、静かにこちらの目を見つめている。

これはアイリオ国が、秘密裏に集めた死獣たち。

世界中から集めた厄死の子の……あまりに悲しい、成れの果てだ。

「……ヴゥ……ゥ……」

死獣は呻き、シキに向かって触手を伸ばす。

しかし触手は、なぜかこちらに届かない。

純白の檻が、彼らの行動を阻んでいるのだ。

不思議だった。死獣の肉体は流動的であるのだから、これほどの隙間があれば、難なく通過できるはずなのだ。それなのに死獣は、何かの力に阻まれて抜けられない。

シキはゆっくりと、石柱の隙間に手を伸ばした。

この死獣が、どれだけ挑戦しても抜けることの出来ない隙間——だから当然阻まれると思ったのに、予想外にすっと入れたものだから、シキは慌てて手を引いた。

「危なっ……」

これはきっと、非常に優秀な〝檻(おり)〟の魔法だ。

大監獄時代に、危険な凶悪犯の収容にでも使われていたものだろう。

シキはひとつ息を吐き、落ち着いて周囲を見渡した。

ダクティルは、まだ見当たらない。恐らく彼も、どこかの檻に閉じ込められているのだろうが……。

「……あっちの方、か……？」

洞窟のさらに奥を見てみれば、まだいくつかの檻が点在していた。悲しげな死獣(しじゅう)の鳴き声が、通路に響き渡っている。

やがて、その通路の向こう側から――。

（……ん……？）

ずるずると引きずるような足音が聞こえてきた。

シキは瞬時に警戒を強め、目を凝らし耳をそばだてる。それは間違いなく生きた人間の足音で、つまり敵である可能性が非常に高く……しかし。

「……あ……」

その姿を目にした瞬間、シキは思わず声を上げる。

洞窟の奥から現れたのは――予想に反して、探していたダクティル本人だったのだ。

壁にもたれ掛かりながら、フラフラと必死に歩いている。顔が青い。服はどこも血だらけで、ひどい怪我(けが)をしているようだった。

……でも、間違いない。彼はまだ、生きている。

ダクティルはシキの姿を見つけると、驚いたように立ち止まった。

「君は……」

かすれた声で呟(つぶや)きながら、その人は膝から崩れ落ちる。

慌てて駆け寄り、抱き起こした。ぬるりとした血液の感触が伝わってくる。かなり出血しているようだが……幸い、命に関わる怪我ではなさそうで。

「何があったんですか？　自力で逃げてきたんですか？　敵は――」

訊(き)けばダクティルは、困惑した様子で首を振る。

「……分からない。何も、覚えていないんだ。目が覚めたら、こんな状況で……音がしたから、様子を見に来た。ここはどこだ？　俺に……何が起きている？」

「それは……」

シキはダクティルの目を見据え、ここまでのことを手短に話す。

呪われた傷跡のこと、アイリオ国の思惑のこと、悪の死源(ペイシェント・ゼロ)の動きのこと。

ダクティルは驚いたように目を見張り、しかし冷静に相槌(あいづち)を打つ。

「……そういうこと、か……俺は、この力を利用されそうに……」

「でも、もう大丈夫です」

力強く告げながら、シキはダクティルに手を差し出す。

「一緒にここを出ましょう。あなたが逃げれば、それで彼らの計画をぶち壊せる」

「分かった。でも――」

ダクティルは少し躊躇（ちゅうちょ）するように、今通ってきた通路を振り返る。

「この奥に、まだ倒れている人がいるんだよ。小さな女の子と、その父親みたいだった……彼らのことを、置いて行くことなんて出来ないよ」

それはサファイナに連れて来られた、身寄りのない父娘（おやこ）に違いない。

シキは迷った。冷静に状況を分析すれば、戻るのは非常にリスクが高い。留（とど）まる時間が長くなれば、それだけ敵と鉢合わせるリスクも跳ね上がる。今は姿が見えずとも、ロティカやヴェクタは……きっと近くにいるだろう。

「……助けたいんだ、あの父娘を」

ダクティルは、そんな言葉を繰り返す。

見知らぬ父娘は諦めて、まずは地上に戻りましょう――。

そう言いたくなる気持ちも……正直、あった。

しかしシキは躊躇した。ダクティルの瞳が、あまりにまっすぐだったから。

この人は、決して楽観視などしていない。危険も無謀も承知の上で――その上で迷いなく「助けたい」と断言した。

それは六英雄の遺志を引き継ぐ者として、世界の全てを救いたいと願い続ける、英雄・

ダクティル＝ダルク＝ダマスカスだからこその発言であり。

「……僕は、あなたを尊敬します」

ならば、その想いを尊重したいとシキは思った。

「ただ、この先は非常に危険です。彼らのことは僕に任せて、あなたは先に——」

「そんなこと、出来るはずがないだろう？　大丈夫。これでも護身術ぐらいなら、教え込まれて来たんだから」

「……分かりました。ただ、危なくなったら……どうか、すぐ逃げて下さい」

シキはダクティルの前に立ち、ゆっくりと洞窟を進んでゆく。

幼い子供の泣き声が、洞窟の奥から聞こえてきたのは——それから、わずか数分後のことである。

地を裂くような号泣に、シキの鼓動は速くなる。

引き寄せられるように駆け出して、泣き声の方向へと進み続け——。

「…………ッ!!」

突如、目の前に広がった——想像を絶する惨状に、シキは言葉を失った。

可愛らしい五歳ぐらいの女の子がいて、その父親がそばにいる。

女の子は自由を奪われていた。洞窟から生えた白く滑らかな石柱が、まるで枷のように彼女の胴に巻きついている。

女の子は泣いていた。しかし、彼女は無事だった。

問題は、父親の方である。彼は囚われた少女のすぐ近く、薄暗い通路部分に存在していた。仰向けに倒れ——男はぴくりとも動かない。

駆け寄って助けようとも思えなかった。

もはや手遅れであることが、あまりに明らかだったから。

「……何だよ、これ……」

乾いた声が、喉に張り付きチリチリと痛む。

シキはただ立ち尽くし、その惨状を見下ろすことしか出来なかった。

血の海の中で、倒れる死体——顔だけが、綺麗なままである。

初めて会った男だったが、想像していたよりもずっと若く優しそうな父親だった。

「なんで、ここまで……」

彼の胴体は……喉元から一気に、股間のあたりまで一直線に切り裂かれていた。周りは鮮血の大海原で、彼は孤独な船のように、ぷかりと中央に浮かんでいた。

傷口から覗く内臓には、どす黒いゼリー状の血液が、ベットリとへばりついている。

消化管までもがメチャクチャに切り刻まれているものだから、その中に納まっていた胃液や腸液、それからドロドロに溶けかけたランチまでもが溢れ出て、血生臭さと混ざり合い、鼻腔に張り付く異様な臭気を放っている。

ポコポコとした脂肪の粒は、食べ散らかされたとうもろこしのように散らばっていた。

空気を引き裂くような泣き声が——おとーさん、おとーさんという叫び声が、混沌の洞窟に共鳴して、渦巻いて。

「…………っ！」

ふいに少女が顔を上げた。

悲しみに濡れた瞳が、こちらを捉えて見開かれる。

怯え切った表情を浮かべ、少女はガタガタ震え始めた。壊れたカラクリ人形のように、ぱくぱくと口を開け閉めするが……どうにも声が形にならない。

あまりに哀れで、気の毒で……どうにか助けてあげたくて。

シキは震える少女に向かい、反射的に手を差し出した――その瞬間。

「……にっ……にげて！　早く、にげてぇッ！」

「…………？」

絞り出されたその言葉は――思いもよらぬ警告の色。

「だめ!!　その人はッ……!!」

そこで気付いた。

怯え切った少女の視線は、シキではなく――その背後へと向けられている。

「その人は……悪魔だよッ!!」

「…………ッ!?」

とっさに振り返ったその瞬間――重い衝撃が、脇腹に響いた。

完全に隙をつかれ、抵抗すら出来ぬまま、シキは前のめりに倒れ込む。

近くにあった純白の牢屋が……すっと開いてシキを飲み込む。

ひどく頭を打ちつけて、目の奥の方で星が飛んだ。世界が暗転し、意識が遠のく。

それでも必死に、意識の尻尾を掴んで寄せた。気絶などしている場合かと、拳を握って正気を保つ。

やがて少しずつ焦点が合わさって——じわり滲んだ視界がクリアになって。

「……なんで……」

悪夢のような——信じがたい光景が、そこにはあった。

檻の向こうにはダクティルがいる。

美しい朝焼け色の長髪が、神秘的に煌めいている。

「なんで、そんな……」

「……嘘をついて、悪かった」

東雲色の綺麗な瞳が……こちらを憐れむように、静かに揺れた。

青年の服には、どす黒い血液がこびり付いている。

「……助けに来てくれて、ありがとう」

ここに来てようやくシキは、それが彼自身の怪我ではなく、おびただしい返り血によるものであると気付いたのだった。

ダクティルは滑らかな手つきで、コートを脱ぎ捨て、シャツのボタンを外してゆく。

青年の胸元には……禍々しい文字が刻まれていた。

――我が名はノル。
哀れな君に、類(たぐい)まれなる好機を与えよう。
我の定めし道標(シルベ)に従い、三つの物を【捨てる】のだ。
我が君に教えるは、奇跡を起こす薬のレシピ。その方法を――以下に記す。
一、約束された【未来】を捨て、立体城塞都市レジナリオへと向かえ。第一層沈没図書館にて日々を過ごせば、そのうち君は、イバラの刻印が刻まれた、見知らぬ少年と出会うことになるだろう。思い出の絵本とイバラの少年は、これから君が作る魔法薬の、決して欠かせぬ材料である。
二、守り抜いた【信条】を捨て、アイリオ国へと接触せよ。流星群の夜、気を失わせたイバラの少年を引き連れて、第四層へ向かえば彼らに会える。彼らは君を不審がるが、この呪いさえ提示すれば、たちまち強力な仲間となるから心配ない。案内された洞窟にて、君の持ちうる知識を駆使し〝硬化型死獣(しじゅう)〟を作り上げよ。
三、英雄としての【使命】を捨て、禁じられた魔法薬を抽出せよ。材料は、すでに君の手に揃(そろ)っている。「骨」から肉体、「絵本」から記憶、「イバラの少年」からは囚(とら)われた魂を抽出し、硬化型死獣へと投与すれば――すぐに奇跡的な変化が起こる。
……硬化型死獣の肉体に、失われた魂――骨の主(あるじ)が帰還する。

全能なる我が力を持ってしても、完全なる死者の復活は不可能である。それゆえ魂の帰還は、わずか数秒の出来事であるが、それで十分、君の願いは果たされる。

──さあ恐れずに、今すぐ我の言葉に従うのだ。

必要なのは、ただ一つの覚悟のみ。

全てを失い、ゼロへと至る覚悟さえあれば、君は奇跡を手に入れる。


あまりのことに言葉を失い、シキはただ、ダクティルの姿を凝視している。

おぞましいほど完璧な、邪神ノルからの贈り物。

かつてシキ＝カガリヤの身にも刻まれていた……恐ろしく強力な、死のレシピ。

「……君の探す──悪の死源（ペイシェント・ゼロ）は、俺なんだよ」

穏やかで、気品のある……いつも通りの、寂しげな微笑（ほほえ）み。

東雲（しののめ）色の美しい瞳が、仄暗（ほのぐら）い洞窟の中で宝石のように揺れている。

この期に及んで、ダクティルはどこまでもダクティルのままだった。だからシキは困惑して、ただ呆然（ぼうぜん）とすることしか出来なかった。

いっそ豹変（ひょうへん）してくれたなら、怒りを爆発させることも出来ただろう。だけれど彼はダクティルのままで──それゆえシキの脳内は、ぐるぐると無意味な空回りの連続で。

「なんで……」

ダクティルはゆっくりと、洞壁の窪（くぼ）みに手を伸ばす。

よく目を凝らせば、そこにはぼんやりと白く輝いた、球のような装置が嵌（はま）っており。

「悪いが……少し、黙っていてもらえるかい？」

囁きながら、ダクティルが球に手を添える。

白き輝きが、ほんの一瞬強度を増す。かと思えば檻の中、シキの背後の洞壁の一部が、枝状に伸びてシキを捉え——そのまま胴体をぐるりと囲む。

「何をッ……！」

逃れようと身をよじるが、純白の拘束装置はびくともしない。

続いてダクティルは、泣き喚く少女の前に膝をつく。女の子は怯えたように、ビクッと身体を固くした。

「……君にも、謝らないといけないね」

女の子の肉体には、はっきりと《死予言》が刻まれていた。世界のどこか、知らない誰かと繋がったその呪いは——今、内側から禍々しい輝きを放っている。

（そうか、あの子は……死予言の終わりが——《死結》が、間近に迫ってるんだ）

続いてダクティルは、枷の魔法から少女を解放する。支えを失い倒れた少女に手を伸ばし、そっと頬を撫でている。冷たくなった父親の血が、べっとりと女の子の顔についた。

「……どちらにせよ、君はもう手遅れだった。刻まれた死予言は終焉を迎え、君の肉体は死獣と化す——これはもう、逃れられない運命だから」

「いやぁ……そんなっ……」

「死獣には、いくつか種類があるんだ。そのうち、俺の願いを叶えるために必要なのは硬化型——強靭な皮膚で刃を通さず、それでいて薬品が著効するタイプの珍しい死獣」

そう言いながら、ダクティルは血濡れのナイフを取り出した。

「幼い君には、まだ少し難しい話だったかな？　とにかく、こういう研究結果がある。死獣が、希少な硬化型形質を獲得するための重大な要因――それは《死結》の瞬間に、強い精神的負荷が掛かっていること」

「え……？」

「……ごめんね、ありがとう」

次の瞬間ダクティルは、足元で倒れる男性の――唯一綺麗なままだった、その顔面に――力任せにナイフを突き刺し、乱暴に刃を捻じ込んだ。

「あ……いやッ……いやあああああぁぁぁッ!!」

響き渡った少女の悲鳴が、痛々しく洞窟内に反響する。

その瞬間――少女の身体に、亀裂が走った。

（…………ッ！）

目を覆いたくなるような、あまりに悲惨な光景だった。

バラバラに砕けた少女の皮膚が、破片となって地面に落ちる。ドロドロに溶けてしまった内臓が、どす黒い水溜まりとなり広がってゆく。

少女の死体は、やがて純白に変色し――表面が艶々と輝いた、金属質の化物へと成り果てる。

それがダクティルの求める《硬化型死獣》であることは、一瞬で分かった。

「何で……」

絞り出した声は掠れていて、見開いた目には無意識のうちに涙が浮かぶ。

この女の子は死んでしまった。死してなお、苦しみ続ける運命を背負わされた。

「……何でこんなことをっ……!?」

「……カミュエラを失ってからの毎日は――」

返り血だらけの青年は、硬化型死獣を見上げて呟いた。

「無味無臭で、味気のない日々だった。俺はそれでも英雄として、今日まで必死に生きてきた。研究に打ち込むことで……現実の辛さを忘れようと、していたのかもしれない」

その声音は穏やかで、どこか寂しげな響きがある。

青年はそっと目を伏せた。物憂げな表情は、ハッとするほど美しい。

「……状況が変わったのは数ヶ月前。俺に、病気が見つかった」

「病気……」

「頭のどこかに腫瘍がある。このまま放置すれば、いずれ記憶を蝕むだろうと医者に言われた。手術をすれば治るかもしれないが……成功率は、一割にも満たない」

血生臭い風が、ダクティルの頬を静かに撫でる。

「……その夜。俺はひとりきり、人生について考えた。己の心に、必死に抑え続けた激情に、そこで初めて向き合って――願いは、すぐに見つかった」

遺骨の入ったペンダントに、そっと手を触れ青年は呟く。

「俺はカミュエラを愛している。それなのに、くだらない意地を張ったまま死に別れた。本当はカミュエラを、破滅するほど愛しているのに！　……だから俺は邪神に願った。この骨の主と……もう一度でいい、どうにか言葉を交わしたいと」

その表情に、シキは言葉を見失う。

そっと伏せた瞳に揺らぐは、不完全なる惜別の後悔。どんなに気丈に振舞おうと、彼の心は、カミュエラ＝ケイを失った四年前に置き去りのままだ。

その痛みを、シキ＝カガリヤは知っている。

その経験がどれほどの、巨大な感情に繋（つな）がるかを知っている。

「……さあ、クライマックスだ」

ダクティルが何かを、通路の奥から背負って来た。

ロティカだった。どうにか生きてはいるらしい……が、薬で眠らされているのだろう。

首筋にイバラの刻印を宿す少年は、無抵抗のまま横たえられる。

（ダクティルに刻まれた《死道標（シノシルベ）》の、最終段階は……禁じられた魔法薬の抽出。この場で薬を抽出して、硬化型死獣に……投与するつもりだ）

眠り続けるロティカの隣に、ダクティルはふたつの物を置いた。一つ目は、カミュエラ＝ケイとの思い出の絵本。二つ目は、事故現場に残されていた僅かな骨。

「カミュエラ……」

熱く静かな興奮とともに、ダクティルは《錬金フラスコ》を取り出した。

金色に輝く鳥籠のようなフレームが、球状の硝子容器を囲っている。ダクティルがそっと瞼を閉じれば、すぐに美しい金色の砂が、硝子玉いっぱいに満たされた。

絵本、遺骨、それからロティカ。

集めた三つの〝材料たち〟に、ダクティルは金色の砂を振りかけた。フラスコに息を吹きかければ、それはくるくると回転をはじめ——。

「……やめろ……」

金砂に触れた材料たちが、徐々に崩壊を始めてゆく。

材料の崩壊に伴って、とろりとした金色の水薬がフラスコ内部を満たしてゆく。

首筋から、肩にかけて——ロティカの身体が透明感を増してゆく。きらきらと美しい輝きとともに、少年の存在が、積み重ねた人生が——消えてゆく。

「ダメだッ……！」

美しくも恐ろしいその光景は、かつて錬成者：ジョウが、自然の摂理に逆らうとして忌み嫌った……呪われた魔法調合の再演だ。

今すぐ砂を振り払わなくては、ロティカは完全に消えてしまう。

そうして造られた哀しき死獣が、城塞都市を滅亡させる。

この身は《死予言》に蝕まれ——シキ＝カガリヤは、死を迎える。

「僕には、まだッ……やり残したことが、あるんだよッ……！」

シキは身を捩り叫びながら、懸命に脱出を試みる。

しかし純白の拘束具は、決してシキを放しはしない。

「ちくしょう……」

無意識に唇を噛みしめる。口の中が、血の味で一杯に満たされる。

不甲斐なかった。弱い自分が許せなかった。

四年前も、こうだった。全てが終わり、取り返しのつかない段階になって……そこで初めて、自分がどれだけ愚かしかったかを理解した。

「……こんな所で、終われないのに……」

懐かしき日の光景が、記憶の向こうで輝いている。

大好きな弟と、尊敬するアオイ＝ユリヤに囲まれた一年間。それは温かく平穏で、無限の星空のように輝いていた。

二度と戻ることのない日々を想うと、どうしようもなく胸が痛んで。

「……あの子は、僕の宝だった。あの人は……僕の憧れだった」

四年前――全てを失い、一度は死のうと思ったのだ。

それでも今、自分がここに立っているのは――どんな苦痛を味わおうと、泥臭く命にしがみついているのは――決して、自分が可愛いからではない。

呪いによって変わり果て、弟は異形の怪物となった。死ぬことすらも許されず、今も永遠の苦しみを負い続けている。だから――。

「僕はッ……あの子を！　いつか、ひとりぼっちで苦しむあの子を……この手で、殺してあげないといけないんだッ!!」

それがあの日、絶望から生まれた――暗殺者シキ＝カガリヤの使命だから。

叫んだ瞬間、涙が溢れた。すっかり冷めてしまった自分の中に、まだこんな激情が眠っていたのかと驚いた。

しかし現実は残酷で、非情にも時が過ぎてゆく。純白の拘束具はびくともせず、シキの自由を奪い続ける。

ついに体力が限界に達し、シキはがっくりとうな垂れる。

純白の地面に、血と涙の雫がぽたりと零れた。

「……嫌だ……助けてよ……」

無意識に口をついて飛び出したのは、実に情けない弱音だった。

「アオイさん……」

今は亡き青年の名を呼び、シキは「助けて」と繰り返す。

暗殺者の道を志したその時に、一人で生きていこうと決めたのに。余計な感情など捨て去って、強く逞しく、生きていこうと決めたのに。

……ダメだった。本当の自分は、ちっぽけな少女だった頃と変わらない。こんなにも脆く、こんなにも弱い。

「会いたいよ……」

どんなに名前を呼んだって、彼らは決して帰って来ない。

懐かしむ権利すら、ありはしない。

どんなに求めても、自分は永遠に一人きりで――。


「……なに泣いてんだよ」


――幻聴だろうか。

朦朧(もうろう)とした意識のまま、シキはゆっくりと顔を上げる。

「……え……？」

目の前の光景に、シキは思わず息を呑(の)んだ。

洞窟の中に飛び込んできたのは、美しい純白の――英雄だった。

「うちのシキを――」

怒号とともに、少年は武器を振りかぶる。

彼の身長をゆうに超す、巨大な旗だ。

「勝手に泣かせてんじゃねえよッ!!」

ガツンという音がして、ダクティルは地面に投げ出された。ひどく頭を打ったようで、身動きも出来ずに呻(うめ)いている。

あの巨旗――《跳虫の一撃(バグショット)》の直撃を喰(く)らったのだ。

一連の衝撃で、ロティカを侵食していた金砂が散った。金砂は小さくスパークし、ゆるやかに宙に溶け入って……ロティカの消失は、そこで止まった。

　肩で息をしながら、少年がこちらを振り返る。

　ハッとするほど美しい瞳に、涙でぐちゃぐちゃになったシキ＝カガリヤの姿が映る。

「エヴィル……」

「涙拭けよ。目、つぶっといてやるから」

「……動けないんだよ、見れば分かるだろ」

　誤魔化すように軽口を叩いて、ほんの少しシキは笑う。

　自分で驚いてしまうほど、心が軽くなっていた。

（うちのシキ……か）

　とっさにエヴィルが放ったその言葉は、恥ずかしくなるほどまっすぐで。

（僕がいつ、君のものになったんだよ……ばか）

　むず痒いのに、なぜか嬉しい。

「……とりあえず、そっから出て来いよ」

　言うなりエヴィルは周囲を見渡し、壁の窪みに設置された魔力球に目を留める。

「なんだこりゃ。まあ……壊してみればわかるか」

　両手でぐっと球を握り、急速に魔力を注ぎ込む。

　――バキンッ。

　無機質な音を立て、拘束具と檻が弾け飛んだ。

へなへなと座り込んだシキに向け、エヴィルはぽつんと呟いた。

「……遅くなって悪かったな。あの金髪野郎と戦ってたんだ」

「金髪……ヴェクタのことか」

「あいつなら、ここの魔法鍵を持ってると思ったんだ。血眼で探し出して、後頭部をガツン！　結局逃げられちまったけど鍵だけは――おっと、動くなよ」

後ろ手に《跳虫の一撃》を操り、エヴィルは敵の動きを牽制する。

旗の先端から飛び出した槍が、ダクティルの喉元ギリギリに突きつけられた。

「……言っておくが、かなり厳しい状況だぜ。あんたの協力者は大怪我してるし、俺は強い。あんたはもう終わってるんだよ」

「……終わってる？　ああ、そうとも。そんなこと……ずっと前から、分かっているさ」

瞬間――東雲色の瞳が、覚悟の色に輝いた。

「でも……だからこそ、退けないんだよ！」

そう叫ぶなりダクティルは、身を屈めてエヴィルへと突進する。

しかし所詮、戦闘に関しては素人だ。

エヴィルは軽々と身を翻し、青年の脇腹に一撃を加える。その結果、かなりの体格差があるにもかかわらず、ダクティルは軽々と地面に叩きつけられた。

「くっ……」

しかしダクティルは諦めない。脇腹を押さえながら立ち上がり、再びエヴィルに立ち向かう。しかしその度、軽々と撃退されてしまう。

……そんなことが、五回ほど続いた。

その光景を、シキは奇妙な違和感とともに眺めている。

（……戦闘力が違いすぎる。何度繰り返したって、勝てるはずがない。ダクティルは自棄になったのか？　でも……）

その瞬間――シキの目に、ある物体が映り込んだ。

それは金色の水薬だった。

いつの間にか瓶に移した水薬を、ダクティルは掌に隠していた。青年はエヴィルに立ち向かいながら、少しずつ少しずつ、前の方へと進んでいて――。

「…………ッ！」

ゾッとする。

ダクティルの向かう先には――先程作り上げた、硬化型死獣が存在していた。

（途中で食い止めたから、量は少ない……でも間違いない。薬の一部は、完成してる！）

つまり、あの魔法薬を投与されてしまったら――――！

「エヴィル！　そいつの――」

……しかし一歩、遅かった。

すでにダクティルは、死獣の手前にまで移動していた。傷だらけの青年は最後の力を振り絞り、隠し持っていた薬瓶を、死獣の口内に投げ入れる。

鋭い牙が、薬瓶を砕く音がした――その瞬間。

「ぐあッ……!!」

焼けるような激痛が、シキの掌を貫いた。

皮膚を突き破り、身体に文字が刻まれてゆく。

死した邪神のメッセージが――ギラギラとおぞましい輝きを放っている。


今宵《悪の死源》は【使命】を捨て、禁じられた世界へと飛び込んだ。

人に似て人ならざる怪物は、その強靭な肉体に、現世への未練を宿して暴れ回る。

人魂を注ぎ込まれた哀しき亡者は、やがて都市のすべてを破壊し尽くすことだろう。

美しき流星群のふもとにて、世界の終わりを目撃し――君は死獣に成り果てる。


「……シキ!?　どうしたッ!?」

異常を察したエヴィルが、こちらに向かって走って来る。

「あの、人の……」

シキは息も絶え絶えに、ダクティルの方向を指差して。

「あの人の、目的は……死獣に、魔法薬を投与すること。死獣の体に……死者の魂を憑依させ、この世に、蘇らせること……!」

「なんだって!?」

ギョッとしたように目を剥いて、エヴィルはダクティルを振り返る。

「……投与完了」

青年は地面にぺたりと座り込み、目には涙を浮かべていた。

落ち着いた声音は、しかし興奮に震えていて。

「会いたかった……」

微笑むダクティルが手を差し伸べると——死獣は即座に、劇的な変化を開始した。

肉体の内側から、硬化した皮膚が溶けてゆく。

ブクブクと表面が泡立って、やがて変化は全身に及ぶ。

そのうち死獣の、ちょうど顔に当たる部分だけが、ボコッと瘤のように膨らんだ。

全身が激しく沸騰して、再構成され、不完全なヒトガタとなってゆく。頭部にはどうやら人間の顔らしきモノが、少しずつ少しずつ……作られてゆく。

「カミュエラ……」

一筋の涙を流しながら、ダクティルは死獣に語り掛ける。

「ずっと……ずっと、会いたかった。俺は……お前に……」

震える手をそっと伸ばし、死獣の顔に触れようとする。

全身に及ぶ沸騰は、徐々に激しさを失ってゆく。金属めいた純白の皮膚は明らかに怪物のそれなのに、その頭部に付いた顔だけは、不気味なほどに人間で。

……そして形作られたのは、髪の長い女だった。

ぼんやりと暗い目をして、ゆっくりと洞窟内部を見渡している。そこに人間らしい表情はない。突然現世に呼び戻され、困惑しているようにも感じられた。

……やがて焦点は、眼前のダクティルに結ばれる。

その瞬間――ヒトに似たその怪物の、暗い穴のような両目がほんのわずかに見開かれ。

「――ダクティ、ル」

人間の声と金属音が混ざったような奇妙な声が、洞窟内部に反響する。

ダクティルはぴたりと動きを止め、その顔をじっと見上げていた。東雲色の瞳は、今にも零れてしまいそうなほど見開かれ、唇は激しく震えている。

感動に震えているのだと……てっきりシキは、そう思った。

しかし直後――ダクティルから放たれたのは、あまりに意外な一言で。

「……違う……」

……え？

困惑し、シキはダクティルの顔を見る。

ダクティルは慄いていた。理解不能の出来事に、恐怖し、心の底から怯えていた。

彼は完全に、絶望していた。

「……違う、お前じゃない。カミュエラはどこだ、あいつは……」

「ダク、ティル」

「やめろ俺の名前を呼ぶんじゃないッ！　ああ、お前のことは……よく知っているよ。

ずっと、何年も、俺にしつこく付きまとい続けたストーカーだ」

「ダクティル……ダクティ……」

「黙れ黙れ黙れッ！　何だ、何が起こっている……？　俺は願った、ちゃんとノルに願ったじゃないか。カミュエラに……この骨の主に、もう一度会いたいって……」

空っぽになったペンダントをぎゅっと握りしめ、ダクティルはハッと目を見開く。

「違うのか……？　まさか、この骨……別人の……？」

絶望に濡れたダクティルの声が、現実世界に溶けてゆく。

「それじゃあ、あいつはどこにいった……？　骨にもならずに……全部、全部、全部燃えてしまった……？　嫌だ、そんな……俺は……」

「ダクティル、ダクティル、ダクティル」

「俺はもう、二度と……カミュエラに会うことができないと……？」

怪物の喉奥から、壊れたようにダクティルの名が奔流となって流れ出す。

「ダクティル、ダクティルダクティルダクティル――」

人間の形を保っていた頭部が、ブクブクと再沸騰を開始する。

「ダクティルダクティルダクティルダクティルダクティルダダダダダダダダダダ!!」

泡立ちの中で、女の顔が歪んでゆく。約束された魂の帰還が――終わってゆく。

「アア……アアアアァァッ!!」

死獣は唸り声を上げながら、ダクティル目がけて飛び掛かった。

刃物のように鋭い十本の爪が、ギラリと乱暴に輝いてダクティルを襲う。

しかしダクティルは茫然自失、逃げる気配すら見せなくて。

──ガキンッ！

金属同士が、激しくぶつかり合う音が響いた。

死獣はダクティルに触れることなく、そのまま後方に弾かれる。

とっさに間に入ったのは、いまだ困惑状態のエヴィルだった。

「……何が何だか、分かんねえけど……」

「テメェの相手は、この俺だぜッ！」

エヴィルが吠えれば、死獣は僅かにたじろぐような素振りを見せた。

（……死獣が、迷ってる？　なぜエヴィルに、攻撃しない……？）

エヴィルは武器を構え、真正面から戦いを挑む。しかし死獣は意外なことに、あっさりとエヴィルに背を向けた。

地面を蹴り上げ、目で追えないほどのスピードで洞窟内部を駆け抜ける。そのまま死獣は一直線に──天空の亀裂から、城塞都市上空へと飛び出して。

「はあ!?　なんで逃げて──」

着地の轟音。叫び声とともに、人々の流れが散り散りになる。

エヴィルは焦ったような顔をして、勢いよくこちらを振り返る。

「どういうことだよ、シキ!?　あいつ、なんで目の前の俺を襲わずに……」

「……判断したんだ。君と戦うのは、時間のロスになると考えた」

「判断？　ウソだろ、そんなこと死獣に出来るわけ――」

「魔法薬の効果だ。そのせいで……ヒトに近い頭脳が、あいつに宿った」

シキの言葉に、エヴィルは驚いたように目を剝いた。

「何だよ、それ。ヒトの頭脳……？」

「極僅かな時間だけ、死獣に死者の魂を憑依させる魔法薬――時間が過ぎれば、人間らしい感情や記憶は失われる……けど、人間並みに思考する力は残るんだろう」

「！……つまり、あいつは……！」

「強靭な肉体と、殺戮衝動……それに戦略という武器を手に入れた、前代未聞の怪物だ。硬化型をベースにしてるから、刃物では戦えない。エヴィル――君の武器でも、トドメを刺すことは出来ないだろう」

ゆっくりとひとつ息を吸い、シキは結論を口にした。

「城塞都市は破滅する」

洞窟内に静寂が満ちる。エヴィルは困惑を隠し切れず、ダクティルは完全に茫然自失。

ロティカは意識を失ったまま、洞窟の隅で倒れている。

その全てをシキだけが、妙に冴えわたった心持ちで見下ろしていた。

「……俺は、最低だな」

消え入りそうな声で、ダクティルが呟く。

顔は蒼く、服の裾からぽたぽたと血雫が垂れている。その姿は、まるで幽霊のように生気がない。

床に転がる男の死体を見下ろして、そのまま奥のロティカへと目を向ける。魔法薬の材料となった少年は、右腕から肩にかけてを失い、ボロ雑巾のように倒れていて。

「こんなひどいことを、出来る人間がいるなんてな……我ながら、正気を疑うよ」

自虐的な笑みを浮かべ、ダクティルは呟く。

その手に握るは、鈍色に輝く鋭いナイフ。

「責任を取ろう」

その切っ先を己に向け、ダクティルは迷わず首を掻き切り——。

「……ふざけるな」

制止したのはシキだった。

乱暴に手首を掴んで、ダクティルを睨む。苦しみに顔を歪めて「放せ」と言ったダクティルの頬を——シキは思い切り、平手打ちした。

ぱちん。目の覚めるような破裂音が、辺りに響き。

「勝手に死ぬのは許さない。どんなに謝っても、もう遅い。だからこそ……あなたは、その手で責任を取るべきなんですよ」

「そんなことを言ったって……」

ダクティルは、戸惑うように目を伏せる。

「……俺にはもう、何も出来ない。分からない、何も……」

「……人は、過去には戻れない。だけど未来なら——たとえば約束された悲劇でも、この手で覆すことが出来るんだ」

「え……？」

ダクティルはぽかんと固まって、訝しむようにシキを見上げる。東雲色の綺麗な瞳に、無限の困惑が渦巻いている。

そんな青年に、シキは手を差し伸べた。

「——僕があなたに教えます。本当の、責任の取り方を」

2

解き放たれた英知の死獣は、その圧倒的身体能力をもって城塞都市を破壊してゆく。

悲鳴が、怒号が、平和だった世界に反響する。

人々は裸足で逃げ惑い、混乱と恐怖で叫んでいる。

そんな城塞都市の中心で——エヴィル＝バグショットはひとりきり、壊れゆく世界を見上げている。

しかし、その顔に浮かぶのは……絶望とはほど遠い、好戦的な笑みであり。

「ヒトの性質が憑依した死獣、か……相手にとって不足はねえ！」

吠えるなり、人生をともに歩んだ相棒――《跳虫の一撃》を地面に突き刺し、軽々と宙に跳ね上がる。驚異的な跳躍力にて、エヴィルは死獣へと肉薄し。

「テメェの相手は、この俺だって言っただろうがッ！」

傷だらけの旗の柄で、死獣の胴体を殴りつける。鋭い金属音がガキンと響いて、死獣は城塞都市第三十六層の廃棄物処理場へと激突した。

積み重なったゴミの山が崩壊し、砂埃が舞い躍る。

破壊衝動を邪魔された死獣の――どんよりと濁った暗い目が、廃棄物の奥からエヴィルを睨んだ。

＊＊＊

「……時間を稼ぐ？」

それは今から、ほんの数分前のやりとりだ。

「そうだ。エヴィル、君はあいつと戦って……とにかく一秒でも多くの時間を稼ぐんだ」

「シキ、でもよ」

エヴィル＝バグショットは困惑しながら、シキの姿を見つめ返す。彼の全身を覆う《死予言》は極限まで進行し、禍々しい輝きを放っている。

この状況で「死獣と戦って時間を稼ぐ」――言葉の意味は理解できるが、その意図を理解することが出来なかった。

エヴィルはシキから目を逸らし、ぽつりぽつりと言葉を紡ぐ。

「……もうお前の《死予言》は……最終段階に、突入したんだろ？」

つまり彼は——もう間もなく、呪いに負けて《死獣》になる。この状況を覆すことは、不可能に近い。

言ってしまえば、それは「手遅れ」以外の何物でもなく。

「それに……あの死獣は斬撃が効かない。俺の《跳虫の一撃》じゃ——」

「考えがあるんだ」

「え……？」

力強いシキの言葉に、エヴィルは思わず息を呑む。

闇夜のような瞳の奥に、恒星の輝きが灯っている。

シキ＝カガリヤという人間は、この絶望的状況に置かれてなお——希望に向かって、進んでいるのだ。

死予言の輝きを見下ろしながら、シキは軽く肩をすくめる。

「まあ……成功確率は高くない。良くて十％……いや、せいぜい五％ってとこか。でも大丈夫——ゼロじゃない」

そんなことを言いながら、少年は懐から一冊のノートを取り出した。重厚な革張りの表紙には、金文字で『研究日誌』の箔押しがなされている。

シキはパラパラと日誌のページを捲ってゆく。

「……実際、硬化型死獣はかなり厄介だ。普通の武器が効かないから、可燃性燃料を掛けて燃やす方法が効果的だけど……その方法は、使えない。大爆発を引き起こすから、城塞都市全体があっと言う間に炎上する」

シキの動作は、あるページでぴたりと止まった。

「だから――これを使おうと思うんだ」

白紙のページに、びっしりと手書きのメモが書かれている。その一番上に書かれた単語を、エヴィルは読み取り口にする。

「ガリシャリン……？」

聞き覚えのない言葉だった。

メモの内容は専門用語だらけ。あまりの難しさに、エヴィルは思わず顔をしかめる。

「なんだよ、これ？」

「硬化型死獣に効く〝毒〟のレシピ。この毒があれば、やつらの装甲を溶かすことが出来るんだよ。アイリオ国時代に……研究してた代物だ」

「えっ、なんだよ。そんなの持ってたのかよ！」

思わぬ朗報に歓喜して、エヴィルはノートを覗き込む。

相変わらず意味は全く分からないが、なんだかキラキラ輝いて見える。

「じゃあ、あとはこれを作るだけだな？　よし、俺も手伝うぜ！」

「……単純だな、エヴィルは。そう簡単には、いかないんだよ」

溜息(ためいき)まじりにシキは言う。

ぽかんとするエヴィルに向かい、シキは静かに言葉を続けた。

「この毒には、素晴らしい力がある。それなのに、この画期的な薬が……世界中に広まらなかったのには、何か理由があると思わないか？」

「……りゅう？」

「反応時間が長すぎるんだよ。小型のサンプル装甲を溶かすのに必要な量……たった匙(さじ)一杯を作るのに、半年も掛かった。あのサイズの硬化型死獣(しじゅう)を殺すには――」

脳内で計算して、シキは絶望的な数字を弾(はじ)き出す。

「六年。どんなに短く見積もっても、それぐらいは掛かる」

「はあ⁉　いやいや掛かりすぎだろ、それじゃあ――」

「間に合わないよ。普通にやったらな」

そこでシキは、視線を研究日誌からゆっくりと逸(そ)らす。

視線の先には、血まみれの青年――この事態を引き起こした《悪の死源(ペイシエント・ゼロ)》、ダクティル＝ダルク＝ダマスカスが呆然(ぼうぜん)とシキを見上げていた。

その胸元には、金色のフラスコが輝いている。

かつての六英雄《錬成者：ジョウ》が愛用していた、第一種祝素体(オブジェクト)だ。

「……《錬金フラスコ》。これを使えば、反応時間が大幅に短縮出来る。ガリシャリンを完成させ、死獣を殺せる。この城塞都市を――破滅から救うことが出来るんだ」

　ダクティルは驚いたように目を見開き、シキに何かを告げようとした。

　しかしシキは首を振り、青年の口を手で塞ぐ。

「出来ないとは言わせない。これは、あなたにしか出来ない仕事だ」

　何百年もの間、一人として適合者のいなかった祝素体・錬金フラスコ。

　そしてダクティル＝ダルク＝ダマスカスとは――この世界に存在する、唯一の錬金フラスコ適合者。この計画は、ダクティルの協力なくして成立しない。

「……僕には《死予言(シヨゲン)》が刻まれて、あなたには《死道標(シノシルベ)》が刻まれている。僕はあなたを殺すつもりだったのに……不思議なものです。殺すタイミングを逃した今、あなたと協力する以外に道はない」

　――殺せなくて、残念です。

　シキはそう呟(つぶや)いたが、エヴィルは彼が残念がっているようには思えなかった。

　むしろその言葉には、ダクティルを殺さなくて済むことに、安心しているような響きすらあって。

「……そういうわけで、エヴィル」

　仕切り直すように言って、シキが振り向く。

　どこか吹っ切れたようなその顔は、思わずハッとするほど格好良くて。

「時間稼ぎは君に任せた。僕たちは、ここで毒を作る」

そんなシキの決意に応えたくて、エヴィルは全力で頷いた。握りしめた《跳虫の一撃》を高く掲げ、これ以上ない笑顔を向ける。

「おう、最高だ！　そういう展開を待ってたぜッ！」

＊＊＊

——ゴミの山を蹴散らして、死獣が高く跳びはねる。

「ヴアアアアアッ!!」

死獣の咆哮が、薄暗い廃棄物処理場にこだまする。

ゴミ山から拾ったのだろう。鋭い爪の生えた手には、何メートルもある金属製の柵を握っていた。その一部分を折って尖らせ、エヴィルに向かって投げつける。

矢のように飛んできた杭を、身をよじってエヴィルは躱す。

「……げ。武器まで使うのかよ、ナマイキだな」

杭は背後の石壁に、轟音を立てて突き刺さった。

砕けた小石がぱらぱらと、エヴィルの肩に降りかかる。

「すげぇ力だな……なんだか興奮してきたぜ」

その時——視界の端に、小さな子供の姿が見えた。

うさみみフードを被った五歳ぐらいの女の子が、ゴミ処理場にうずくまって声を殺して泣いている。恐らく、逃げ遅れてしまったのだろう。

「おい、そこのガキ！　なにやってんだ、ここは危険だぜ」

エヴィルが吠えれば、その子はビクッと身を固くする。

「しーっ！　こ、こっち来ないでください。あいつに気付かれちゃう！」

「もう遅い。あいつは俺が相手するから、お前はそこの階段から逃げろ」

「に、逃げられるわけないじゃんっ！　さてはバカの人ですか⁉」

「はあ⁉」

思わぬ暴言に、エヴィルは思わず声を上げた。

女の子は興奮した様子で、涙ながらにまくし立てる。

「だってわたし怖いんです！　足ガクガクだし、冷や汗ダラダラだし……しかもおなかがペコペコなんです！　そんなとこ走ったらお洋服が汚れちゃうし、それに……」

「何グダグダ言ってんだよ！　さっさと――」

「それに……おねえちゃんを、置いてけないです……」

消え入るように呟いて、女の子は俯いた。

ぽたぽたと涙が地面に落ちる。女の子の背後には、金属製の扉があった。衝撃で歪んでしまったらしく、ノブを引いてもびくともしない。

「……おねえちゃんと、ここに住んでるんです。わたしは隙間から出られたけど……おねえちゃんが、出られなくてっ……」

扉を庇うように、女の子は両手を広げて泣き崩れた。

死獣が牙を剥き、こちらに向かって突進してくる。

素早く旗を操って、エヴィルは死獣を扉に叩きつけた。

ガキンという音が響いて、死獣が大きく弾かれる。驚いたことに、扉には傷の一つも付かなかった。

「この扉、かなり頑丈だぜ。とりあえず中の姉ちゃんは大丈夫だ。それよりも、お前が逃げ――」

「信用できません！　おねえちゃんとお金以外の物は、信用しないと決めています！」

「はあ!?　めんどくせえガキだな！」

悪態をつきながら、エヴィルは扉の小窓を覗き込む。

幅十センチ程度の小さな窓だが、内部の様子を窺うことには成功する。

「……あ……」

扉の向こうに、綺麗な女の人がいた。

ゆるやかなカールのゴージャスな髪が、煤や泥で汚れている。切れ長の瞳で、彼女はじっとこちらを見つめている。

つい驚いて動きを止める。エヴィルは、この女性のことを知っていた。

「ミアちゃんセンパイ……？」

「……エヴィルじゃん」

聞き覚えのある声で呟いて、ミアは小さく肩をすくめた。

身に着けているのは、見慣れたウサギのコスチュームではない。何度も何度も繰り返し洗濯したような、擦り切れた布のシャツだった。

「あーあ。店ではゴージャスなキャラで通してたのにな。こんな姿を見られるなんて」

「……この子、ミアちゃんセンパイの妹ですか？」

「……妹……ってか娘、みたいな？　赤ちゃんの頃に、そのへんで拾って育てて……ミユってゆーの。クソ生意気でカワイイっしょ」

いつもの調子でそんなことを言いながら、ミアは隙間から少女に向かって呼び掛ける。

「……ねえ、ミユ？　今はこの人に従って。こいつ変態だけど、悪い奴じゃないからさ」

「……うん……おねえちゃんが言うなら、今はこのド変態クソクソ野郎に従います」

「おい待て。口悪すぎだろ」

我慢できずに突っ込むと同時、ミユはくるりとエヴィルに向き直る。

そのままペコリと一礼をすれば、フードに付いたうさみみがぴょこんと揺れた。

「そういうわけで、くれぐれもよろしくお願いします」

態度はどこまでも生意気だが、脚はガクガクと震えている。

「……しょうがねえな」

少女の頭をぽんと叩いて、エヴィルは死獣に向き直る。

そのとき扉の向こうから、再びミアの声が聞こえてきた。

「あのさ。ここの上層に、もう一つ拠点にしてる場所があんの。これ鍵だから……とりあえず、そこに避難させてくんないかな？」

「拠点？　そこって、この扉ぐらい頑丈なのか？」

急いで鍵を受け取り、エヴィルは問う。扉の向こうで、ミアが静かに頷いた。

「ここより広くて頑丈だよ。大監獄時代の、懲罰房の名残だから」

「なるほど……悪くないな」

旗で死獣を弾きながら、エヴィルはにやりと笑みを浮かべる。

「それじゃ、死獣をそこに閉じ込めようぜ！　おいガキ、先に行って鍵開けてろ」

「ええ!?　一緒に行ってくれないんですか!?」

「それじゃスムーズに誘導出来ないだろ。扉を開けとく奴が必要なんだよ！」

「うう……うう、分かりましたよ。行きますよ。ほんとに非情ですね。許しません一生恨んでやりますからっ！」

泣き叫びながら、ミユは鍵を受け取って走り出す。

うさみみのフードが、ひらひらと風に揺れている。間もなく少女の後姿は、階段の暗がりに消えていった。

「とりあえず……これで良しと」

安堵の息とともに独り言ち、エヴィルは死獣を睨み付ける。

「テメェの相手は、この俺だ。いずれ世界最強になる人間、エヴィル＝バグショットを憶えておけッ！」

跳虫（バグショット）の一撃で威嚇すれば、死獣は一歩後ろに退（ひ）いた。

一対一の戦いは、どうやら不利——いや、時間の無駄だと判断したらしい。死獣はあっさり身を翻し、階段に向かって進んでゆく。

エヴィルの思惑通りだった。

このまま独房への閉じ込めに成功すれば、時間を十分に稼ぐことが出来る。被害を最小限に食い止めることが出来るのだ。

——しかし。

「——愛（いと）しき主（あるじ）・ノル様よ。奇跡を与えし存在よ。愚かな我らに、どうか再びの祝福を与え給（たま）え。悪（あ）しき道を進む〝今〟を打ち壊し、正しき〝未来〟を与え給え——ノーラス」

「…………ッ！」

突然響き渡った旋律に、エヴィルはギョッとして立ち止まる。

それは重厚で、どこか神々しさすら感じる旋律で。

「……死獣はノル様の遣いだよ。乱暴な態度は……頂けないな」

唐突に足首を掴（つか）まれ、エヴィルはハッと足元を見る。

「お前っ……」

そこには男が倒れていた。

くすんだ金髪は泥で汚れ、絵のように整った顔面は、無残にも血だらけだったけど……

それでもエヴィルは一瞬で、それが誰だか理解した。

「ヴェクタ……」

ヴェクタの爪が、ギリギリと足首に食い込んだ。真っ白な肌に、血が滲む。

「邪魔すんじゃねぇよ！　てめぇは大人しくそこで寝てろ！」

「……妙なことを言うな。邪魔なのは、君の方だろう？　僕たちの計画は、この病んだ世界を回復させるためのものなんだ。ノル様の——」

「黙れ、不気味が移る」

吐き捨てて、エヴィルは階段に進もうとした。

しかしヴェクタが、決して足首を放さない。傷だらけの彼自身、もはや起き上がる体力すらないはずなのに……振り絞った握力だけは、恐ろしいほど強力で。

「放せってば!!」

焦りと共に、エヴィルは怒号を吐き出した。

異変を察した死獣が、グリンとこちらを振り返る。即座に状況を理解して、死獣は歓喜にも似た唸りを上げた。

「ウァ、ア……ウアァッ！」

疾風の如き突進を、エヴィルは避けることが出来なかった。

とっさに《跳虫の一撃(バグショット)》で受け止めるが、激しい衝撃がダイレクトな痺(しび)れとなって肘を襲う。飛び退(との)くことを封じられて、全身で衝撃を受け止める術(すべ)を奪われたのだ。

「……クソ、痛(いて)えッ」

この調子ではあと二回――下手をすると一回程度しか攻撃を耐えられない。

焦り始めたエヴィルの足元で、ヴェクタが楽しげに呟(つぶや)いた。

「アイリス・ノーラス！」

――ざくり。

何かとても鋭利なものが、エヴィルの足首を切り裂いた。

全身を支える見えない糸が切れたように、エヴィルはその場にへたり込む。見れば足首の筋(すじ)に、割れた硝子(ガラス)が刺さっていて。

「……やりやがったな、てめぇ」

「そんな怖い顔をしないでよ。特等席で一緒に見よう。この汚らわしい都市の終焉(しゅうえん)を！」

「お断りだぜ……クソ野郎」

余裕ぶって暴言を吐くが、脂汗が額を伝う。痛くて痛くて、堪(たま)らない。

「ふざけんなよ、ほんとに……」

畳みかけるように、死獣の攻撃。何とか直撃は免れるが、激しい衝撃はついに《跳虫の一撃》本体をも弾(はじ)き飛(と)ばす。

「クソッ!!」

　カランと虚しい音がして、それは数メートル先の地面に落ちた。故郷を飛び出したあの日から、いくつもの死線を共に乗り越えてきた相棒が――。

　どんなに手を伸ばしても、指の先すら届かない。

「クソッ……」

　死獣がゆっくりと、まるで精神的加虐を愉しむようにこちらを向いた。

　乾いた血色の鋭い爪が、傾き始めた月の光にぎらりと輝く。激痛と絶望が混ざりあい、エヴィルの気力を削いでゆく。

　その時だった。

　突然死獣が、何かに気を取られたように背後を向く。コロンと小さな石ころが、死獣の頭にぶつかって地面に落ちた。

「こ、こっちですー！　こっちに、来るんですーっ！」

　上層部から、フードを被った少女の顔がひょこっと覗く。

「あの……馬鹿……」

　恐怖に涙を浮かべながら、ミユは何度も死獣に石を投げた。

　はじめ彼女を無視していた死獣だったが、ついに怒りが頂点に達したのだろう。

　くるりとエヴィルに背を向けて、死獣は階段の暗がりへと消えていった。

「そんなことしたら……お前が狙われるだろうがッ……」

　あんな子供に助けられてしまうなんて。

それどころか、あの子を危険に晒(さら)すなんて。

「何やってんだよ、俺は……」

激痛と情けなさに涙が滲(にじ)む。

歪(ゆが)み始めた視界の奥で、世界がゆらゆらと揺れている。目の前がウネウネと揺れ動き、チカチカと激しい点滅を始めた。

ついに幻覚まで見え始めたらしい。

ここまで来たら意識が飛ぶのも、もはや時間の問題だろう。

朦朧(もうろう)とする意識の中で、エヴィルが覚悟を始めた――その瞬間。

(……いや……違う！)

閃(ひらめ)きに弾(はじ)かれ、エヴィルは反射的に身を引いた。

(これは幻覚なんかじゃない。ほんとに、あそこの空間が歪んでるんだ！)

突如として出現した「歪み」が、急速に拡大したのはその時だ。

辺り一面の空間をゆがめ、ゆらゆらと物質を飲み込んでゆく。

その異変に――足元のヴェクタは、気付くことが出来なかった。

「なんだ、なんだこれはッ……!!」

気付いた時には、もはや手遅れ。

空気を引き裂くような悲鳴が響き――一瞬のうちに、青年は消えた。

拡大していた空間の歪みは、あまりに容易に命を飲み込み、やがて嘘(うそ)のように消え去った。不気味なほどの静けさに、エヴィルはしばらく呆然として。

「……そうだ、こんなことしてる場合じゃねえッ……！　あいつはッ……」

必死に痛みをねじ伏せて、エヴィルは額の汗を拭う。

身を屈め、神経を研ぎ澄まし、周囲の状況変化に注目して――。

（……ん……？）

その時、上方からわずかに悲鳴のような声がした。

足を引きずり、身を乗り出して、吹き抜けから見上げれば――飛び込んできた光景は、うさみみフードを被った幼い人影が、上層階から転落した瞬間だった。

「……ミユッ!!」

エヴィルはとっさに《跳虫の一撃》を拾い上げ、人影に向かって跳ね上がる。

出現させた気流に乗り、重力に逆らって直進する。

迷っている時間など、一秒もなかった。落ち着くことなど、出来なかった。

エヴィルは必死に手を伸ばし、子供の身体を抱きとめる。

「……………は？」

フリーズ。思考が止まり、背筋が凍る。

抱きとめた子供は――硬かった。

硬くて、冷たい。生きた人間の感触とは……ほど遠く。

「…………ッ!!」

瞬間――全身の皮膚が粟立った。
フードを被った子供が、ゆっくりと腕の中で身じろぎし。

――忘れるなよ、エヴィル。あの死獣には、知性がある。

それは別行動直前――シキが、エヴィルに向けて残した言葉。
あの時は現実味の無かった忠告が……今、耳の奥で生々しく響いている。

――下手をすれば、あいつは……君を嵌めようとするかもしれないんだから。


「……ちくしょう……！」

純白の怪物が、ゆっくりとフードを捲って出現した。

金属質の両手を伸ばし、ガシッとエヴィルの肩を掴む。

身動きの取れないエヴィルに向かい、顔をゆっくり近づける。

「……ばかっ！　ばかばかクソ野郎っ！　ちがうよ、そいつ、わたしじゃない!!」

上層部から、本物のミユが泣き叫ぶ声がする。

ギザギザと尖った不揃いな牙が、すぐ眼前に迫っている。

濃厚な血の匂い、腐ったようなオイルの臭気。

感情を持たないはずの怪物が——嗤っているように、感じられた。

＊＊＊

「……僕の開発した《ガリシャリン》は、カビから作られる毒薬です」

立体城塞都市第四十四層——その墓地から繋がる《第三空間》の洞窟で、シキはダクテイルにそう告げた。

「レシピはここに記した通り。この通りに進めれば、必ず毒は完成する」

しかし肝心のダクティルは自信なげに俯いて、首を横に振っている。

「無理だ、絶対。そんな反応……見たこともないのに」

「僕がリードします」

「それに《ブラッド・エーテル》だって使い果たしてしまったし……」

ぐだぐだと続く言い訳は、シキの言葉によって掻き消される。

「そこにも、あそこにも……この洞窟には、ゴロゴロと死獣の死体が転がっています。ヒューカ、手伝って」

シキの呼びかけに、奥から一人の少女が顔を出す。

この城塞都市に来た初日に出会った、セントラルクローネの受付嬢だ。ヒューカはシキの呼び掛けに即座に答え、奥から一体の死獣死体を引き摺って来た。

クローネで居眠りをしていた彼女に協力を求めたのは、つい先ほどの出来事である。今回の計画を成功させるには、毒の材料を集めたり、雑用をしてくれる仲間がどうしても必要だったのだ。

　計画の概要を話したら、ヒューカはすぐに協力を申し出てくれた。この洞窟内に集められた材料たち——たとえばジャガイモ、酢、山羊（やぎ）の乳、それから最も重要であるアオカビは、すべてヒューカが必死に駆け回って集めたものだ。

「ねえ、シキ？　まさかとは思うんだけど……もしかしてこいつらの血を、あの人にそのまま飲ませるつもり？」

「その通り」

　答えるなり、シキは素早く死獣から心臓を切り取った。

　薄い皮膚の下に、ゲル状のオイル性体液。全身に張り巡らされる脈管には、ブラッド・エーテルの原料となる血液が流れている。

「うわあ、グロ……シキ、あんたすごいんねぇ……」

　握られた心臓を見下ろして、ヒューカがギョッとしたような声を上げる。

　本来なら、この血液を《ブラッド・エーテル》と呼ばれる状態にするまでには、あと何段階かの操作が要る。揮発性かつ不安定な血液を保存性に富むものにしたり、濃すぎる死素を調整して、肉体への負担を抑えた成分にするための操作だ。

　しかし今、そんな悠長な操作をしている時間はない。

シキは死獣(しじゅう)の心臓を、そのままダクティルに差し出して。

「飲むんだ」

ダクティルの顔が、青ざめると同時に引きつった。

揮発性の血液が、シュワァ……と音を立てながら、みるみるうちに死素の霧になって飛んで行く。

「早く。この状態では、長くはもたない」

「濃すぎる」

ダクティルが、怯(おび)えたような声を上げた。

「こんなの、飲めるわけがないだろう」

「濃厚な死素は毒だけど……あなたほどの適性があれば、悪酔いする位で済むでしょう」

ダクティルはしばらく躊躇(ちゅうちょ)したあと、震える手で死獣の心臓を受け取った。

「……出来ない、きっと」

「出来る出来ないは聞いてない。あなたは、やるんです」

「ああ、もう！　……分かった！」

吹っ切れたように声を上げ、ダクティルは一気に血液を飲み干した。

すぐに顔色が悪くなり、ダクティルは地面に座り込む。しかしそんな彼とは対照的に、握りしめた《錬金フラスコ》は、まばゆい光を放ち始め。

「わあ、キレー」

その光景を見つめ、ヒューカは感動したような声を出す。

……そのとき洞窟の端で、長らく意識を失っていたロティカがわずかに呻いた。

真っ先に気付いたヒューカが、少年のもとへと駆け寄ってゆく。

「あっ、ロティカ！　大丈夫？　目、覚めたん？」

「……ヒューカ、ちゃん？　えっと、えっと、ぼくは……？」

「私も、いまいち分からんのだけど……でも、大変なことが起きててね……」

ロティカはまだぼんやりとしていて、事態が飲み込めていないようだった。ヒューカは懸命に、ロティカへ状況を説明してくれている。

……あの子のことは、ひとまずヒューカに任せるとしよう。

シキはダクティルに向き直り。

「僕たちは、ガリシャリン作りに専念しましょう」

その両肩にそっと手を置きながら、ゆっくりと青年に語り掛けた。

この計画が成功するか否かは──他でもないシキ＝カガリヤが、いかに上手く、彼のイメージを誘導できるかに懸かっている。

錬金フラスコの力があっても、強固なイメージを作れなければ計画は失敗するだろう。

「ダクティルさん……僕の言葉通りに、想像を」

シキは青年の掌に、カビの詰まった瓶を置く。そして耳元でゆっくりと、ガリシャリン抽出手順の説明をはじめた。

「まずは、このカビの培養を想像していきます。液体培地を作って、そこにアオカビを移植して下さい。それから――」

「……何のことかな。俺にはさっぱり……分からないよ」

「……分からない？　一体、どこが？」

培養をする。培地を作る。増やした菌を移植する。

それらは研究者として、非常に基本的な技能であり。

「分からないわけがない。だって、あなたは腐っても……科学大国ガラの第一線で活躍してきた研究者、ダクティル＝ダルク＝ダマスカスなんだから」

「………………」

その言葉を聞いたダクティルは、突然、自嘲気味に笑い始めた。

濃厚な死獣血液の影響だろう。とろんとした目をして、あまり呂律も回っていない。ほとんど酔っぱらっている状態だった。

困惑するシキの前で、ダクティルは衝撃的な言葉を紡ぐ。

「分からないんだよ。なーんにも。培養？　……名前ぐらいは聞いたことあるけどね、やりかたなんて分からない。実験器具の名前すら、ほとんど俺は知らないんだ」

「そんな馬鹿な――」

「俺はさ、実は研究者としては底辺なんだ。あまりに出来が悪すぎて、高価な実験器具には触らせてもらえなかったレベルなんだよ。もちろん、こんなこと……英雄としてのブランドイメージを保つために、ひた隠しにされていたけどね」

　口調は楽しげだが、その瞳は悲しげだ。

「俺はね、ただ魔法適性が高かっただけ……ほんとに、それだけなんだ。年に一回、民衆の前で《錬金フラスコ》を光らせてやれば、あいつら馬鹿みたいに喜ぶんだよ。目をキラキラさせて喜んで、ダクティル様なんて呼ぶんだよ。滑稽だよね。可哀そうになってくる。本当の俺は上層部の言いなりで、空っぽの人形に過ぎないのに――」

「はあ!?　……じゃあ、実際に薬を作った経験は……」

「数える程度さ。とても……とっても初歩的な傷薬をね、どうにか作れるようになるまで二年も掛かった。みんな驚いて呆れてたな！　馬鹿にされて、陰口を言われて……そこで諦めてくれれば良かったのに、それでも俺は〝英雄〟であり続けないといけなかった」

　堰を切ったように流れ始めたダクティルの言葉は止まらない。

「……ひどい話だ。ダクティル＝ダルク＝ダマスカスと俺自身は……同一人物なのに、何もかもが違うんだよ。生い立ちも、名前も、性格も違う。本当に苦しかったんだ……似ても似つかない肖像画に囲まれて、身に覚えのない武勇伝を語る毎日は！」

「生い立ちも、名前も……？」

「……ああ。これを見てごらんよ」

　そう言いながらダクティルは、長髪をどけて首筋を晒す。

隠されていたのはイバラの印だ。シキは、その刻印の意味を知っている。

城塞生まれ。大監獄時代に収容されていた凶悪犯の、子孫であることを示す刻印。

「……俺は、英雄の血なんて引いてないんだよ。ずっと小さな頃に、この城塞都市で拾われたんだ。当時……英雄：ジョウの末裔に当たる子供が、病死してね。代わりに魔法適性の高い俺が、ダクティル＝ダルク＝ダマスカスとして育てられることになったんだ」

自嘲を続ける青年の瞳には、いつの間にかうっすらと涙が浮かんでいた。

「……カミュエラだけだった。カミュエラだけが……無能な俺を、そのまま受け入れてくれたのに……」

「泣くな！　……くそっ……」

言葉を吐き捨て、シキはクシャクシャと頭を掻いた。

心臓が、嫌な感じに鳴っている。余裕が無くなっていくのが自分で分かる。

ダクティルの告白は、それだけ衝撃的なものだった。

（……嘘だろ？　まさか、知識も経験も皆無だなんて……）

信じられない。信じたくない。

つまり彼は、全くのド素人。そんな人間を、一体どう誘導すれば良い？

（……あまりに、難易度が高すぎる……）

最悪の事態を想像し、背中を冷たい汗が伝った。

時間はもう、あまり残されてはいないだろう。

（ダメだ、落ち着け。冷静になれシキ＝カガリヤ。こんな時、あの人なら……アオイさん

なら、どうするだろう）

深呼吸して瞼を閉じ、亡き青年の幻影を追う。

故郷の風景がぼんやりと、シキの脳裏に蘇る。まだ子供だった自分と、幼い弟。田舎町で育った二人のために、アオイ＝ユリヤはたくさんのことを教えてくれた。

（そういえば昔……夜中に、ソラが突然泣き出したことがあったっけ）

ふと、シキはそんなことを思い出す。

それはソラが風邪をひいて、高熱を出した夜のこと。ひどい熱のせいで悪夢に襲われた弟が、飛び起きるなり錯乱状態で泣きはじめたのだ。

突然のことに、シキはただオロオロすることしか出来なかった。

だけれど、あの人は――アオイ＝ユリヤは違っていた。

うろたえるシキに、アオイは「任せて」と微笑んだ。彼は泣き喚くソラに近づいたかと思うと、その瞼にそっと手を置き――。

（……あの人の背中を、僕はどこまで追えるのかな）

過去の世界に想いを馳せ、そんなことをシキは思う。

やってみなければ分からない。でもやるなら――今しかない。

シキはゆっくりと瞼を開き、汗に濡れた後ろ髪を紐で縛る。視界が嘘みたいに冴えわたり、真っ暗な世界に一筋の光。

シキはひとつ息を吐いて、ダクティルの背後に回り込んだ。

その頭部に両腕を回し、青年の瞼(まぶた)を手で覆う。

「え!? 何を……?」

突然の暗闇に、ダクティルは困惑したような声を上げる。

そんな彼に、シキははっきりと言葉を告げた。

「――あなたの才能を証明します」

「え……?」

「だから一度、落ち着いて……大きな、大きな深呼吸を」

耳元で囁(ささや)き、ゆっくりとダクティルの身体(からだ)を揺らす。視界を遮ったまま、ダクティルの心そのものに語り掛ける。

そっと懐から、幻覚作用を持つ芳香(アロマ)を取り出し青年に嗅がせた。これだけで劇的な作用のある薬ではないが……これから彼にすることの、補助程度にはなるだろう。

「苦しいことをすべて忘れて、楽しい日々を思い出して。イメージして――あなたの魂は、少しずつ過去に戻ってゆく。一年、二年、三年――」

ダクティルの瞳が、徐々にとろんとした様子になってゆく。

「――そして四年。みっつ数えたら、あなたは過去に戻っている。あなたの隣には、カミユエラ＝ケイがいるだろう。絵本の指示に従って、あなたたちは行動する」

警戒して固まっていた体が、筋肉の緊張が、解けてゆくのが感覚で分かった。荒れていた呼吸がゆるやかになり、心臓の鼓動も落ち着いてゆく。

「今日の目的地は、キッチンなのだとカミュエラは言います。二人はこれから料理を作るのです。きっと楽しい一日になる。さあ目覚めましょう——いち、に、さん！」

三の合図と同時、シキはダクティルから手を放した。

アオイが得意としていた催眠術を、見よう見まねでやってみたのだ。

ダクティルの冷静さを取り戻すためには、どうしても現在から意識を逸(そ)らすことが必要だった。しかし彼の苦しみは、深く内面に根付いている。簡単に忘れたり、切り替えられるようなものでは決してない。

だからシキは、催眠術を試みた。一瞬でもダクティルの心を過去に戻せたなら、彼を落ち着かせることが出来ると考えたから。

（……ただ、催眠術は魔法じゃない。万能じゃないから……失敗もする）

催眠術のかかりやすさは、個人の資質に大きく関係することが知られている。

だから、これは賭けだった。成功確率はごく僅か、場合によっては無意味な時間浪費にもなりかねない。

（さあ、どうだ……!?）

緊張しながら、シキはダクティルの様子を見守った。

薄い瞼がゆっくりと開かれ、東雲(しののめ)色の瞳が少しずつ姿を現してゆく。

「…………」

青年はしばらく無表情で、周囲の様子を見渡していた。

そんな彼の視点が、シキの顔へと結ばれた——その瞬間。

「——見張りが来るぞ！」

小さく叫んで、突如ダクティルがシキの肩を抱き寄せた。

「…………ッ！」

「静かに。もっと息を潜めるんだ、カミュエラ」

シキと共にうずくまる青年は、明らかにここではない何かを——過去の光景を見ているようだった。そのまま数分の時間が経った頃、青年は一安心といった様子で立ち上がり、ふうと細い息を吐いた。

「……まったく迂闊だな。忍び込んだのがバレたら、どうするつもりだ？」

「あ、えーと……」

「……俺に料理を教える、と言ったか。悪いが、俺の無能ぶりを舐めるなよ？　食器を割り、材料をすべて間違えて、挙句の果てに原形も残さず焦がしてみせよう」

冗談めかして言ったあと、ダクティルは笑った。

子供のように屈託のない——シキの知らない笑顔だった。

（……とりあえず催眠は大成功、みたいだな）

彼はどうやら催眠により、シキ＝カガリヤがカミュエラ＝ケイに見えているらしい。騙しているようで、少し胸が痛んだが……このチャンス、利用しない手がないだろう。

（……カミュエラ＝ケイ。職人気質の宮廷画家、だったっけ……）

以前ダクティルが語っていた思い出から、カミュエラ＝ケイのイメージを膨らませる。

これから自分は、カミュエラを演じる。うまく演じなければ、あまりに大きな違和感を生じさせてしまったら、きっと途端に催眠は解けてしまうだろう。

「……それでは、はやく始めましょう。怪我はないですね？」

手探りでそんなことを口にすると、ダクティルはぽかんとした表情を浮かべ。

「……今日は、妙に優しいな……さては、なにか企んでいるのか？」

「ええ……？」

意に反して訝しみ始めたので、シキは内心焦りながら言葉を重ねる。

「……知っていますよ、あなたの無能ぶりは。でも……まあ、教師が有能なので大丈夫です。今日はスープの作り方を教えますが、とても簡単なので失敗したら恥じて下さいね」

するとダクティルは、とても楽しそうに笑いだし。

「カミュエラらしいな、本当に。さて、それじゃあ早速教えてもらおうか」

腕まくりをしながら、キッチンに向かう素振りを見せた。

（……なるほど。この方向で演じればいいんだな……）

シキ＝カガリヤは四年間、ガリラド大聖堂の暗殺者として生きてきた。

任務によって別人に扮し、敵地に忍び込むこともあった。その当時の経験が――今ここで、活きてくるかもしれないのだ。

「……まずは、このジャガイモをしっかり煮込むことから始めます」

シキは堂々と背筋を伸ばし、カミュエラ＝ケイの口調を想像する。

そのまま青年にジャガイモを渡せば、彼は少し困惑したような表情を浮かべ。

「……水に入れてから、火にかけるのか？　沸騰してから、ジャガイモを湯に放り込むのか？　……お前が教えてくれないと、俺に判断出来るわけないだろう？」

「水からで大丈夫ですよ。串でスッと突き刺せるぐらい、柔らかくして下さいね」

すると間もなくして、ダクティルの首に掛けられた《錬金フラスコ》がぼんやりと光輝いた。見れば空っぽだったフラスコ内部に、わずかに金砂が出現している。

（よし、この調子だ……！）

心の中で、シキは歓声を上げる。

（難しい専門用語なんて必要ないんだ。薬作りの手順を、料理の工程に例えて……過去の光景を利用して、イメージ作りに没頭させれば良い！）

これこそがシキの策だった。

実際、料理と科学はよく似ている。

培地がないなら、キッチンで作ってしまえばいい。芋の煮汁には、豊富な栄養分が含まれているから……うまく作れば、優良な培地代わりになるはずだ。

「……うん、よく煮込んだ。柔らかいし、いい匂いもする」

満足げに呟く（つぶや）ダクティルの手からジャガイモを取り、代わりに薬瓶を握らせた。

この薬瓶の中には、採取したばかりのアオカビが入っている。

「それじゃあ、次はその煮汁を少し冷まして――」

「だから、その少しっていうのが困るんだ。少々とか、一つまみとか……まったく料理というものは、本当に初心者に厳しいな」

「だいたい人肌ぐらいです。人肌……そう、これぐらい」

迷いながら、シキはダクティルの手をぎゅっと握る。

すると青年はハッとしたような表情を浮かべたのち、心なしか嬉(うれ)しそうに。

「人肌……なるほど、分かった」

そう呟いて、意識の中で鍋を冷ました。

「いい感じです。それじゃあ、次は鍋にカビを投入して――」

「カビ？　スープに？　何を言う、そんなことをしたら大変なことになるだろう！」

驚いたように顔を上げるダクティルに、きっぱりと告げた。

「隠し味ですよ。ブルーチーズだって、カビがあるから美味(おい)しいんです」

「……ああ、なるほど。それもそうか」

納得したような声を出し、ダクティルはスープ作りに戻ってゆく。

芋の煮汁、そこにカビを投入して培養の準備は整った。

だけれど、まだ先は長い。有効成分を、うまく抽出する手順が残っている。

「……このキッチンに、樽(たる)はありますか？」

「樽？　古いやつなら奥の方で見たような……」

「さっきのスープを濾過(ろか)――いや、綿で濾(こ)して、樽(たる)の中に入れましょう」

「何故(なぜ)だ？　面倒くさいじゃないか」

「……舌触りを良くするためです。雑にしてはいけません。手間を掛ければ掛けるほど、スープは美味(おい)しくなっていくんですから」

イメージの増幅にともなって、フラスコの金砂が増えてゆく。

……つまりイメージさえ明確ならば、それで良いのだ。

これは、科学によく似た魔法――完全な科学ではないからこそ、あらゆる薬を生み出せる。応用次第で何にでもなれる、無限の可能性を秘めている。

「次に、樽に油を注いでかき混ぜましょう」

「……トウモロコシの油と、菜種の油があるようだ」

「菜種油を入れましょう。しばらく混ぜると、スープが層になるはずです」

ダクティルは指をくるくる回し、宙に円を描いてゆく。

意識の中で、スープの大鍋をかき混ぜている。

「……本当だ。綺麗(きれい)な層に、なるものだな」

この操作により、水溶性物質と脂溶性物質が分離される。

今回必要とされる薬は水溶性――樽の、下の方に溜(た)まっている。

「下の層だけを取り出したいんです。キッチンに、何かいい道具はありませんか？」

するとダクティルはしばらく考え、名案を思いついたように顔を上げる。

「樽の底に、小さな穴を空けるのはどうだろう。俺が綺麗な皿に移してみせよう」

ダクティルが集中してイメージを固めてゆくと、また金の砂が輝きを増した。

（……才能、全然あるじゃないか）

シキは内心、驚いていた。

いくら催眠術がかかっているとはいえ、ここまで明確なイメージを膨らませられる人間も珍しい。想像が追い付かず、挫折したっておかしくないのに。

もしかしたら《錬金フラスコ》は、そんな彼の才能を見抜いていたのかもしれない。フラスコの初代所有者であったジョウも、相当の空想癖だったと伝わっている。

「……できたぞ、カミュエラ。見てみろ、綺麗に下の層だけを取り出せた」

抽出は終わった。あとは、不純物を取り除いてゆく作業になる。

「……その調子です。ところで、ガリシャを見たことがありますか？」

「ガリシャ？」

それはルーラント大陸各地に転がっている火山岩の一種だ。細かな多孔質で、薬効成分を吸着するという、特異な性質を持っている。

「黒くて、穴のたくさん開いた石ですが。よく道端に転がっていますよね」

「ああ。あの石ころを、ガリシャというのか」

「あれを拾い集めて、砕いて、硝子（ガラス）の容器に入れましょう。そこにさっきのスープを注いだら——すぐに反応が始まります」

これは嘘（うそ）だ。真っ赤な嘘だ。

ガリシャを利用した吸着には、あまりに長い時間が掛かる。それこそ年単位の時間をかけて、ようやく吸着作業が完了する。

……だけれど、それは現実世界でのお話だ。

今、ダクティルはイメージの世界に生きている。ダクティルのイメージは、反応速度を大幅に減らす。それが《錬金フラスコ》に秘められた力。

（反応速度倍化――信じられないような力だよ、まったく）

とてつもないスピードで、錬金フラスコが回転する。きらきらと光を振りまいて、素晴らしい奇跡が進んでゆく。

「……ガリシャにスープが染み込んだら、あとは綺麗（きれい）な酢水で、ガリシャを何度か洗っていきます」

いよいよ作業も大詰めだ。

酢水で洗えば、塩基性（アルカリ）の不純物が除去される。そして――。

「最後に、瓶に山羊（やぎ）の乳を注ぐんです。そのまましばらく置けば……秘密のスープの完成ですよ」

ガリシャには、山羊乳の成分と反応して、吸着した物質を手放すという性質がある。

この性質を利用することで、見事に高純度の《ガリシャリン》が抽出される。

……はずだった。

「――ヴァアアアアアアッ!!」

大誤算。最悪のタイミングで――天空の亀裂から、死獣の咆哮が響き渡った。

今まさに城塞都市で暴れ回る、英知の死獣の声だった。

「……あ……」

絶望に染まった――ダクティルの声。

すっかり蒼ざめたその表情に、もはや過去の日々の無邪気さはない。

ぱんと夢の風船が弾け、ダクティルは現実世界に引き戻された。

「俺は……」

フラスコに溜まった金砂の輝きが――みるみるうちに失せてゆく。

「俺は……何を、しているんだ……」

掠れた声で呟いて、ダクティルはぐったりと俯いた。

幸せな幻想の反動で、彼はひどく憔悴していた。

「こんなことしたって、虚しいだけだ……どんなに頑張ったって、二度と過去には……戻れないのに……」

「ダクティル――」

「カミュエラがいない。こんな世界に、一体何の意味がある？　……もういい、全部全部消えてしまえ！　あいつのいない、この世界なんて……！」

　シキの制止を振り切って、ダクティルは錬金フラスコを放り投げる。

　フラスコは地面に叩きつけられ、カランと虚しい音が響いた。

　錬金フラスコの回転は止まり、金砂は輝きを失い灰になる。指の隙間からほろほろと、燃え尽きた希望が零れてゆく。

「カミュエラのところに……俺は行く！」

　ダクティルはそう叫ぶなり、亀裂に向けて走り出す。

　そこから身を投げるつもりだと、瞬時に分かった。

「やめろ――」

　慌てて引き留めようとした、右手が宙を掴んで終わる。

　ダクティルはシキを突き飛ばし、一目散に駆けてゆく。

　時の流れが、ひどくゆっくりに感じられた。このままダクティルは転落死して、世界の未来も失われる……そう、思われた。

　しかし、その瞬間――一人の少年が、シキの隣をすり抜けた。

　目にも留まらぬスピードで、少年はダクティルを追いかけた。腕を掴んで引き倒し、もうやめろ放せと、錯乱状態の青年の上に馬乗りになり。

「なにを……してるんですかッ!!」

　思い切り叫んで、ダクティルの頬をぱちんと叩いた。

血に塗れたショートヘアが揺れ、傷だらけの素顔が露わになる。

その少年は――ロティカだった。

「……教えてくださいよ。こんな世界は……もう、いりませんか？」

少し掠れたロティカの声が、洞窟内に響き渡る。

少年は、ひどく怒っているようだった。

「もういらないから、全部壊したい……ですか？」

無言のまま、ダクティルが小さく頷いた。

その反応を受け、ロティカがさらに言葉を重ねる。

「……ふざけないでください」

「…………」

「……そんな、子供みたいなことを言わないでください。だいたい――」

そこでロティカが息継ぎをする。震える喉から、ひゅうと掠れた音がした。

「だいたい……そのカミュエラとかいう人は、どうせロクでもない人間でしょう」

「……ッ！　何を――」

「だって、そうでしょう？　生まれも育ちも最悪の、城塞生まれの野良絵描き。そんな人間の、どこがそんなに良いんです？　いくらでも代わりなんているでしょう？」

カミュエラ＝ケイの罵倒を続ける、ロティカの顔は鬼気迫って怖かった。

「そんな人間に、いつまでも囚われ続けないでくださいよ。あなたには才能も名誉もある……くだらない過去なんて忘れて、とっとと幸せになればいいじゃないですか!!」

「黙れ!!」

洞窟内に、ダクティルの叫びがこだまする。

ダクティルはすっかり激怒していた。

「カミュエラの侮辱は許さない！　お前にとっては小汚いガキかもしれないが……俺にとっては、この世の全てだったんだ!!」

しかしロティカは一歩も退(ひ)かない。

それどころか少年は、ダクティル以上に感情を爆発させていた。

「この世の全て？　何を言っているんですか？　あなたには研究があるでしょう！　全てを注ぎ、命を懸けた研究がッ!!」

「研究なんてどうでも――」

「どうでも良いわけがないでしょう!!　そう思えるなら、それが言えるなら……あなたはこんなに悩まなかった。全てを放棄して、恋人と駆け落ちすることだって出来たはず。でも、それをしなかったのは――」

「それは俺が、とんでもない臆病者だから」

「違う！　あなたには、英雄の血が通っているからです!!」

ロティカの叫びに撃ち抜かれ、ダクティルはたじろぐように目を伏せた。

「……嘘(うそ)なんだよ。全部」

そう呟(つぶや)いて、青年は首筋に刻まれたイバラの刺青(タトゥ)をロティカに見せる。その瞳には、深い苦しみの色が浮かんでいた。

「……紛(まが)い物(もの)なんだ。俺は、英雄の子孫なんかじゃない。病死したダクティルの代わりに連れて来られた、城塞生まれの孤児なんだよ。俺には、英雄の血なんて――」

「いいえ、違います!!」

しかしロティカの熱量が、ダクティルのすべてを圧倒する。

「あなたは英雄です。英雄なんです！　英雄の血は、きちんとここに通っています。身体(からだ)じゃない、血筋じゃない！　英雄の血は……あなたの、心に!!」

青年の胸を叩(たた)いて、ロティカが叫んだ。

ロティカは怒っていた。だけれど……それ以上に、ひどく苦しんでいるようだった。見開かれた両目から、大粒の涙が零(こぼ)れ落ちたのはその時だ。

「あなたが、どれだけ努力したか！　どれだけ悩み、苦しんで、それでも逃げずに英雄をやり遂げようとしていたのか！　……忘れたわけじゃないでしょう？　心に、記憶に、問いかけろ！　思い出せ、ステファン!!」

「…………ッ!?」

その叫びに、ダクティルがハッと目を見開いた。

「……いま、何と？」

青年は、ひどく困惑しているようだった。

馬乗りになった少年の姿をじっと見上げ、ぽつりぽつりと、口にする。

「……それと同じ言葉を……かつて、俺に与えた人間がいた。それは俺が……ずっと昔に捨てた本名を——ただ一人、教えた人間と……同じだった」

声は震え、目には涙が浮かんでいる。

「……でも……その人間は、死んだはずだ。俺の最愛の人は……四年前に、この世を去ったはずなんだ」

呟きながら、ダクティルはロティカの頬に触れた。その瞳を、じっと覗き込み。

「……たしかに、目は……目の色は、すごく似ているんだ。天然の宝石みたいな……秋の夕焼けに似た、爽やかな色。でも、何だ……？　これは一体……全然、意味が——」

すっかり混乱し、呆然とするダクティルの身体を——ロティカが力強く抱きしめる。

温かな少年の腕に抱かれ、ダクティル＝ダルク＝ダマスカスは震える声で呟いた。

「カミュエラ……？」

そんな青年の呟きを、ロティカは否定もせずに受け止めている。

……奇跡のような光景だった。

四年前に停止して、二度と動くはずのなかった歯車が——再び、回転を開始する。

「カミュエラなのか……？」

「——四年前」

独特の掠れた少年の声が、洞窟の静寂に響きわたる。

「あの日、ぼくはカミュエラ＝ケイをやめました」

そして彼は語り出す。

遠く失われ、決して蘇る(よみがえ)はずのなかった運命の〝あの日〟の出来事を――。

＊＊＊

「――公表しようと思っている」

美しい朝焼け色の髪を揺らし、ダクティル＝ダルク＝ダマスカスはそう言った。ガラ共和国立研究機関――そこに併設された、彼のための宮殿の一室。

「動かないで！」

絵筆を止め、カミュエラ＝ケイはぴしゃりと青年を制止する。

「あなたの髪色は、少し光の当たり方が変わるだけで、全然違う色になっちゃうんだから……あーもう、言わんこっちゃない」

「……悪かった」

ダクティルはしゅんと肩を落として、心底しょぼくれたような顔になる。

「……でも、毎回思うのだが。結局、全然違う顔に描き直すわけだし、わざわざ実物を見ながら描く必要もないのでは？」

「これだから素人は困ります。モデルがいるのといないのでは、リアリティが全然違ってくるんですよ……で、何を公表するって言いました？」

「俺たちの関係を」

「…………」

せっせと絵筆を動かしたまま、カミュエラは無言で眉をひそめた。頭の中で何度も言葉の意味を反芻し、そしてダクティルに問いかける。

「……それは、どういう意味でしょう。カミュエラ＝ケイと名乗るちんちくりんに、専属肖像画家を任せてるとか……そういう意味の公表ですか？」

「そんなわけないだろう。俺たちが、恋愛関係にあるという事実の公表だよ」

やはり思い上がりなどではなく、ダクティルは本気で「そのこと」の公表を目指すつもりであるらしい。

肖像画の青年に色を乗せながら、カミュエラは淡々とした調子でダクティルに訊いた。

「……何のために？」

「隠すのはもう、疲れたんだ。上層部は恋人のいない俺を心配し、次々に縁談を持ち掛けてくる。興味がないから断るけど、そのたびに嫌な顔をされてね……窮屈なんだ。国民に認めてもらえれば、上もきっと理解して――」

「反対ですよ、ぼくは」

きっぱりと言い切れば、ダクティルは意外そうな表情で首を傾げた。

「……何故だ？」

「ガラ共和国では、同性同士の結婚が認められていませんから」

肖像画と向き合ったまま、カミュエラは極めて冷静に言葉を続ける。

「子孫を残すことが出来ないから、生物学的な利益がないから、婚姻は異性同士に限定する――それが科学国ガラの法律です。あなたが……誰よりも知っていることでしょう」

そのことが、常識として根付いているこの国で――ダクティル＝ダルク＝ダマスカスが同性同士の恋愛関係を公表することは、きっと地獄のような拷問だ。

だからカミュエラは、決して公表を認めなかった。どれだけダクティルが懇願し切望しようとも、首を縦に振らなかった。

予想外に冷ややかな反応に、彼は気分を害したらしい。突然立ち上がって近づいてきたかと思うと、絵を描き続けるカミュエラの腕を、ぐっと掴んだ。

「……もう絵なんて、描かなくていい。絵描きではなく、正式な恋人として……俺の隣にいてほしいと言っているんだ」

「無理だと言っているでしょう。どうして分からないんですか？」

行き場をなくした絵筆から、赤色の絵具がぽたりと垂れて床を汚した。

「嫌なんですよ！　ぼくは、あなたが傷つくのを見たくない！」

「違う！　お前は、ただ勇気がないだけだ！」

「勇気？　無謀の間違いでしょう！　綺麗な言葉で誤魔化すのはやめてください！」

そんなやりとりが三十分以上続き――気付けば、二人ともすっかり熱くなっていた。

「……分かったよ、ステファン」

乱れた息を吐きながら、カミュエラは青年に向き合った。

ステファン――それは二人きりの時だけ使う、失われたダクティルの本名だ。

「……それなら、いっそ駆け落ちをしよう。全部捨てて、あなたのことを誰も知らない世界に行けば……ずっと二人で、生きていける」

「駆け落ちだって？」

挑発的なカミュエラの物言いに、ダクティルは怒りで目を剥いた。

「馬鹿を言うな。そんなこと、出来るはずがない！」

「ほら、やっぱり無理でしょう。結局、その程度の覚悟なんです」

「ふざけるな。お前には責任がないから、そんなことが言えるんだ――」

感情に任せてまくし立て、青年はハッと口を噤む。

カミュエラ＝ケイはとても静かな瞳をして、ダクティルの姿を見上げていた。

「……そうですよ。あなたと違って……ぼくは、いくらでも代わりのいる人間ですから」

「…………ッ！」

もう、どう言い返せば良いか分からなかった。

言いすぎてしまったと反省しても、謝ることなど出来なかった。

「……もういい！　今日は帰れッ！」

結局、ダクティルはそう言い捨てて部屋を出た。かつて貰った絵本を投げつけて、ばたんとドアを閉めていなくなる。

すべてが一瞬にして過ぎ去って、虚しい静寂が訪れた。

カミュエラは溜息を吐きながら、描きかけの肖像画を重い足取りで片付け始める。


宮殿の離れ——従者用に設けられた自室にて、カミュエラの溜息は止まらない。

その手元には、かつてダクティルにプレゼントした絵本がある。

カミュエラは絵本を捲りながら、ダクティルと過ごした日々を反芻する。満月直前の月明かりと、かすかなランタンの灯りだけが頼りだった。

「……あなたと会うのは……いつも、夜ばかりでしたね」

囁くような呟きが、薄暗い空気に溶けてゆく。

厳しいことを言ったけれど、本当は、彼の気持ちは痛いほど分かった。

隠し続けている限り、二人の関係は影のままだ。認められない、幸せになれない。お前たちは不完全だと言われているようで……とても悲しい。

いつか二人で、明るい世界を歩きたいと——そう夢想してしまうのは、とても自然なことだった。

「……でも、あなたは英雄だから……ぼくとは、一緒にいられない」

駆け落ちを断られた、あの瞬間。

残念な気持ちと、安心した気持ちと——どこか誇らしい気持ちが、ぐちゃぐちゃに混ざって一瞬にしてカミュエラを満たした。

「……あなたは、たくさんの人を救いたいんでしょう?」

それは昔、他でもないダクティル本人が話してくれたことだった。

——俺の母親は、死予言に殺された。それから間もなくして、ガラ共和国の使者がやってきたんだ。俺ほどの才能があれば、きっと母みたいな人たちを救えるって言われてね……だから俺は、ダクティル＝ダルク＝ダマスカスになる道を選んだんだよ。

「……自分に、思うような才能がないと気付いたあとも……あなたは決して、諦めませんでしたね。がむしゃらに努力して、英雄であろうとしましたね。ぼくは、そんなあなたの姿を、ずっとそばで見ていたから——」

必死に堪え続けてきた、一筋の涙が、頬を伝う。

「あなたを尊敬し、好きになったんですよ——ステファン」

——その時だった。

トントンと、扉を叩く音がした。

こんな夜更けに誰だろう。零れ落ちた涙を拭い、カミュエラは音のした方へと向かってゆく。そのままゆっくりとドアを開ければ。

「……こんばんは」

「…………?」

見知らぬ女が、立っていた。

用件が分からずぽかんとしていると、女は乱暴にドアの隙間に足を入れ。

「…………ッ⁉」

そのまま強引に、カミュエラの部屋へと押し入った。

困惑するカミュエラを、女は思い切り押し倒し。

「……ダクティル＝ダルク＝ダマスカスの居場所を教えなさい」

口を塞いだまま、耳元で囁く。その手には、錆びたナイフが握られていた。

「宮殿の入り方と、ダクティル様の部屋の位置。叫んだら殺すわ」

（……何……？）

恐怖と混乱で、声を出すことなど出来なかった。

カミュエラはただ、必死に首を横に振る。何が何だか分からないが、ダクティルの部屋への行き方だけは、絶対に教えるなと本能が叫んだ。

「……使えない子ね」

舌打ちをして、女はカミュエラの服をまさぐった。ちょうど左側のポケットに、宮殿の廊下へと繋がる鍵が入っていたので、カミュエラは必死に抵抗する。

質の悪いストーカー――その存在は、知っていた。

ダクティルに向けて何度も何度も、気味の悪いプレゼントを送ってきた人。愛しているからどうか一緒に死んでくれないかと、ゾッとするような手紙を送りつけてきた人。

「なにをッ……」

——そんな中で、女が突然動きを止め、カミュエラの顔をじっと見つめた。

その瞬間——醜悪な顔面に、気味の悪い笑顔が浮かび。

「……よく見たら、結構可愛い顔してるじゃない。ふふっ……ふふふっ」

壊れたように笑いながら、顔にハンカチを押し当ててくる。刺激臭が鼻を抜けて、とたんに全身の力が抜けた。

ぐったりとするカミュエラの服を引きちぎり、女は耳元で囁いた。

「おめでとう——あなたは、私の前菜に選ばれました♪」

「………………ッ!!」

全身の血の気がサッと引いた。

骨ばった女の指がねっとりと髪に絡んでいって、残った服を剥いでゆく。

机上のランタンが床に落ちて、ちりちりとカーペットへと燃え移ったのが……視界の端でちらりと見えた。

——それから自分が何をされたか、はっきりとは覚えていない。

思い出せるのは、ぐったりと床に倒れ込み、混乱と屈辱の中で見た光景だ。勢いを増しはじめた炎の奥で、宮殿へ繋がる鍵を持ち、去ろうとする背中が見えた。

——ああ、ステファンが危ない。

そのことを思うと、堪らなかった。

気付けばナイフを手にしていて、背中目がけて突進していた。不意を突かれた女は、そのままカミュエラの襲撃を受けて――。

＊＊＊

「……気が付いたら、血の海に立っていたんです」

力強くダクティルを抱きしめて、少年は静かに呟いた。

「しばらく経って、騒ぎに気付いたメイドたちが駆け付けました。勢いを増した炎はもう消せる範囲を遥かに超えていて……殺人を犯したぼくは、地下牢に連行されました」

「そんな――」

「どんな理由があろうとも、殺人は重罪と決まっています。ぼくには、その夜のうちに……国外追放の決定が下されました」

「俺は知らない、そんなこと。そんなこと、知ってたら――」

「あなたは、きっとぼくを追いかけて来たでしょう」

ロティカが言えば、ダクティルは小さく頷いた。

「……それだけは阻止したかった。ぼくには、あなたを幸せにする力がない」

ガラ共和国にいれば、ダクティルはきっと幸せになれる。

その才能を潰し、英雄としての未来を邪魔する権利など――自分にはない。

そう思ったからこそ、少年は流刑の間際に懇願した。どうかカミュエラ＝ケイは、事故で死んだことにして下さいと。きっとダクティルは悲しむが、それでもいつかは自分の足で、新しい人生を歩めるはずだからと。

従者たちは快諾し、ダクティルに偽の真実を話した。カミュエラ＝ケイは城塞都市へと舞い戻り、名前を変え、顔を変え、声を変えた。

ガラの情報なんてほとんど入ってこないけれど、それでも必死に金を貯めて、たまに新聞を入手した。そこに載るダクティル＝ダルク＝ダマスカスの活躍は、少年の生きる糧だった。ああ、あの人は辛い過去を乗り越えて、きっと幸せな毎日を歩んでいるんだ――そう信じることが、出来たから。

「……とんだ見込み違い……でしたけどね」

涙を拭いながら、ロティカが続ける。

「本当に、あなたはとんでもない人ですね。まさか邪神に願って……死んだぼくを、蘇らせようとするなんて」

「……失望、しただろう。俺が……堕ちる所まで、堕ちていたから」

「いいえ。あなたは、堕ちてなんかいませんよ」

ロティカの言葉に、ダクティルは困惑したような表情をする。

「何を言う？　なぜ、こんな俺を、まだ――」

「……ノルに魂を売ったあとも、あなたは世界を見捨てられなかった。一人きりで、悩み続けていたんですよね。あのとき……沈没図書館で、シキさんに研究日誌を託したのは……きっと、そういうことだったのでしょう」

「………」

「あなたは間違いを犯したけれど、人間として堕ちたわけじゃない。むしろあなたが人間だから、惑わされてしまったんです。もちろん人を殺したことは、決して許されることではないですけれど……」

そこでロティカは言葉を止め、じっとダクティルの瞳を見つめる。

「……なんて。ずいぶんと冷静なことを言ってみましたが」

「………？」

すると調子を変えて、ロティカは言った。

その顔には、清々しいほどの晴れやかな笑みが浮かんでいた。

「……ほんとは、単純に嬉しかったのです。世界を敵に回してまで、ぼくを求めてくれたことが。同罪ですね。だから罪は一緒に償いましょう」

「カミュエラ……」

ロティカは地面に落ちたフラスコを拾い、ダクティルにそれを渡した。

消えかけていたフラスコの光が、まるで息を吹き返したような輝きを帯びる。

「さあ、もうひと頑張りです。あなたの存在する、この世界を……ぼくはまだ、失いたくないんです。さあ頑張りましょう！　……大丈夫、あなたはもう一人じゃない。ぼくがそばに居ますから！」

黄金の光が、強く、強く——想いに共鳴するように、激しい回転が進んでゆく。

くるくる、くるくる。零れてしまった金色の砂が、瞬く間に満ちてゆく。

「その調子ですよ——ステファン」

力強い少年の言葉が、青年の心を満たしてゆく。

（ああ、そうか……きっと）

その光景を前に、シキは思う。

（この人にとって、ダクティル＝ダルク＝ダマスカスとしての人生は——すごく窮屈で、先の見えない牢獄で……それでも、逃れられない場所だったんだ）

重ねていたのは、かつての自分の面影だ。

海沿いの小さな田舎町で、ただ時が過ぎるのを待つしかなかった己の姿。

未来を想像すればするほどに、その薄暗さに愕然とした。

（カミユエラ＝ケイは、あなたを絶望から救ってくれた。そんな存在の喪失は……どれほどの苦しみだったんだろう）

だから青年は願ってしまった。それが汚れた道だと知っていても、無視することなど出来なかった。

ノルは憎い。悲劇を引き起こすと分かっていて、それでも邪神に頼ってしまう悪の死源は愚かだと思う。それでもシキが彼らに対し、一種の同情や共感すら覚えてしまうのは——過ぎ去った日々の感情が、今でも胸に焼き付いているからだ。

生まれ育った田舎町の慣れ親しんだ砂浜を、踏みしめ眺めた海の向こう。まだ見ぬ世界への憧憬は、あまりに鮮明で抗いがたい誘惑だった。

(でも、もう……この人には、ノルの力なんて必要ない。カミュエラ＝ケイが帰って来たから。二人が揃えば——きっとどこまでも、どこまでも進んで行ける)

二人は手を重ね、出来上がった金砂を材料へと振りかけた。

金砂によって侵食された材料たちはすうっと宙に溶けてゆき、代わりにフラスコ内部には、黄金色の美しい液体が出現する。

求め続けた奇跡の薬——《ガリシャリン》の完成だ。

(……そういえば、僕にも——)

ガリシャリンを受け取り、走りながら、ふとシキはこんなことを考えた。

(僕にも、いたような気がするな。なかなか動き出せない自分のことを……暗闇から、無理矢理連れ出してくれるような存在が)

それはきっと破天荒で、びっくりするほど衝動的な人間だ。

子供っぽくてわがままで、でもどこか憎めない。勢いで全てを突破してしまうような、とんでもないパワーを持った人間だ。

「……エヴィル」

その名を口に、シキは城塞都市を覗き込む。

悲鳴を上げる人の波、場違いなほど呑気にはためく洗濯物——神の視点から望む城塞都市は、まるでひとつの生命体のようだった。

「死獣は……あそこか。人間の変装……小賢しい」

標的の居場所は、すぐに分かった。

死獣の変装に、エヴィルはすっかり騙されたらしい。まんまとおびき寄せられて、死獣に自由を奪われてしまった。

「気を付けろって言っただろ……バカだな」

お人好しめ――そう悪態をつきながら、シキは亀裂に身を乗り出した。

「……でも、それでも僕には……きっと君が必要なんだ」

自覚するとむず痒いような心地がして、こんな状況なのに笑ってしまった。

エヴィル＝バグショット。性格は正反対で、いまいち理解しきれない。うんざりするほど明るくて、呆れるほどに向こう見ずで……それでもシキ＝カガリヤは彼のことを、絶対に失いたくないと願っている。

「……さっきの借りだ。君の命は、僕が助ける」

完成したガリシャリンは、投与しなければ意味がない。そして直接投与するためには――ここから飛び降り、あいつのもとへ行くしかない。

風がシキの頬を撫でる。緊張感が高まって、異様な興奮状態へと昇華してゆく。

「僕の命は……君に任せた！」

叫ぶなり、シキは宙へと飛び降りた。

街灯、蝋燭。きらきらと都市に輝く明るさが、溶けて光の線になる。

内臓だけがふわりと浮いて、そのまま取り残されるような感覚がして。

「エヴィル!!」

真下にいる少年に向かい、シキは力の限り呼び掛けた。

「一瞬でいい！　速度を落として！」

「……シキ!?」

状況を飲み込めていないのだろう。困惑したような声を上げた少年は、しかし力を振り
絞って《跳虫の一撃》で気流を生んだ。

死獣との距離が、一気に縮まる。

シキは両腕を限界まで伸ばし——その首筋に、力いっぱい抱き着いた。

「ウ……ウアッ!?」

死獣は動揺したように、エヴィルの身体から手を放す。

エヴィルは危機から解放されて、シキと死獣だけが——一塊になって、堕ちてゆく。

「……ノル」

恨んで止まない神の名を呼び、シキは死獣の口元に手を伸ばす。

「僕たちの勝ちだ！」

宣言と同時——その純白の口腔内に、一気にガリシャリンを注ぎ込んだ。

「ウア……ウアアアァァァァッ……!!」

死獣の変化は急速だった。

ガリシャリンに触れた口元から、凄まじい速度で肉体の崩壊がスタートする。

硬質な皮膚は融解し、軽い音を立ててぱんと弾けた。飛散した体液は細やかな粒子となって蒸発し、空高く、神の下へと還ってゆく。

きらきら、きらきら。死獣の粒子が、まばゆい光を放っている。

流星群の夜は明け、上空には朝焼けが一面に広がっていた。

「……綺麗だな」

支えを失ったシキの身体は、真っ逆さまに落ちてゆく。

極めて危険な状況にもかかわらず、不思議と心は穏やかだった。

「世界には……こんなに綺麗な場所があったんだよ」

この美しい光景を——本当は、あの子に贈りたかった。可愛い笑顔が見たかった。

好奇心旺盛な君の、驚いたような「すごいねえ」が聞きたかった。

「……ソラ」

それは悲劇に心を囚われて——四年もの間、呼びかけてあげることすら出来なかった、かけがえのない弟の名前。呼びかけながら、覚悟を決めて、目を閉じる。

「……シィちゃんさ、まだ生きてても……良いのかな？」

……そのまま地面に激突する——ほんの手前。

突然ふわりと、身体が浮くような感覚がして——。

「飛べもしないくせに……バカかよ、お前……」

エヴィルだった。冷や汗を掻(か)いて、シキの身体(からだ)を抱きとめている。

「でも、まあ……そうだな……うん。控えめに言って、最高だったぜ！」

「……そっか。そっか、ふふっ……」

「うわ、びっくりした！　なんだよシキ、突然笑い出すんじゃねえよ！」

ギョッとしたようにエヴィルは言うが、湧き出す感情は止まらない。

固く心を縫い付けていた、見えない糸が解けてゆく。

「知らなかったよ。世界が……こんなに広いなんて」

朝の陽射(ひざ)しと微細な粒子が混ざりあい、城塞都市には虹が掛かる。その姿はどこまでも清々(すがすが)しく、果てしなく晴れやかで。

それはまるで、幾度となく困難を乗り越えて来た人間たちの――新たな始まりを、祝福しているようだった。

＊＊＊

城塞都市の復旧は、想像以上に早かった。

人的被害は最小限。それゆえ生き残った住民たちは、寄り添い、協力し合って、傷ついた都市を癒(いや)してゆく。

やはりこの都市は、どこか生き物に似ている。生きているから、希望がある。生きてさえいれば、何度だってやり直せるのだ。

ふかふかの牧草に座りながら、シキは静かに空を仰ぐ。

ここは城塞都市第十八層に見つけた、とっておきのスポットだ。

牧場として機能しているこの階層は、半屋内であるという事実を忘れてしまうほど開放的で、長閑（のどか）な時の流れる空間だった。

太陽に手を伸ばせば、すっかり綺麗（きれい）になった腕が見える。痛々しい呪いの跡なんて、どこを探しても見つからない。

シキ＝カガリヤは、《死予言（ショゲン）》に打ち勝ったのだ。

「おい、シキ」

どこからかエヴィルがやってきて、芝生にどさっと腰を下ろす。

少年は死獣（しじゅう）との戦闘で傷だらけだったが、幸いなことに致命傷はひとつもない。それどころか「この傷、英雄っぽいよな?」なんて、誇らしげなのがエヴィルらしい。

「これ」

そう言って、エヴィルはシキに紙束を投げつける。

ガラ共和国で発行されている、様々な新聞の束だった。

「大騒ぎになってるみたいだぜ」

「……だろうな」

新聞のひとつを手に取って、シキはざっと目を通す。

ガラ共和国に帰還したダクティルは、全ての罪を告白したそうだ。

彼は過去の出来事まで遡り、全てを赤裸々に語っていた。ダクティル＝ダルク＝ダマスカスとカミュエラ＝ケイの関係は、すべて国民の知る所となった。

「……ダクティル＝ダルク＝ダマスカスの処分は、今後国立研究機関（ノーブル・ラボ）にて会議を重ね、厳格に決定する……か」

国の英雄によって引き起こされた、前代未聞の大惨事。

混乱が収まるまでには、まだしばらくの時間が掛かるだろう。

「なあ、シキ。あいつ、死刑になると思う？」

「……結局《錬金フラスコ》を起動できるのは、あの人しかいないんだ。殺しはせず、地下牢（ちかろう）で……永遠に、罪を償い続けるんじゃないかと思う」

「死ぬまで？」

「うん。彼は、それぐらいのことをしたんだよ」

重要参考人であるロティカ＝マレ――改めカミュエラ＝ケイは、事情聴取のためガラ共和国に拘束されていると言う。

どんな処分が下ろうと、彼はきっと永遠にダクティルを待ち続けることだろう。

「……でもさ」

芝生にごろんと横になり、瞳に空を映してエヴィルは言った。

「すっきりしてるんじゃないか？　あいつらも」

「……まあ、そうかもね」

そのまま目を瞑った少年の姿を、シキは横目で見下ろした。

肌は粉雪のような質感で、睫毛までが純白で。さながら氷の妖精は、こんなに陽光を浴びたなら、うっかり溶けてしまうのではと心配になる。

そのままエヴィルが、ゆっくりと瞼を開けゆく。

透き通った藍白の瞳と、ばっちり目が合って数秒間。

「……なあ、シキ？」

「何？」

「……お前さ、あんまりクールぶらない方がカッコいいと思う」

「は？　な、なんだよ急に、気持ち悪いな」

予想外の発言に、シキは動揺して早口になる。

まさか、褒められた？　いや、でも……混乱する心のうちは複雑だ。

沸き起こる照れを隠すように、シキは努めて冷たい言葉をエヴィルに投げる。

「黙っとけよ。そんなこと、男に言われても嬉しくないし」

「んー？　……いやー、俺、ほんとはさ……」

「………………？」

しかし何かを言いかけた少年は、ぶんぶんと首を横に振り。

見慣れた満面の笑みになって、底抜けに明るく言うのだった。

「いやっ、やっぱ何でもねえや!!　非常食、くう?」

そして純白のワンピースの内側から、慣れた手つきでパンを取り出した。

人肌に温まったふわふわのパンが、ぽんと掌に載せられる。いらねえよ、そう言って即座に投げ返そうと思ったのに、なんとエヴィルはすやすやと寝息を立てていて。

「……ほんと、自由なやつ」

すっかり呆れながら呟けば、妙に爽やかな心地が胸に広がる。

あたりは素敵なぽかぽか陽気。太陽で温められた芝生たちからは、瑞々しい香りが漂ってきて心地が良い。小鳥の軽やかな鳴き声が、そよ風とともに聞こえてくる。

いびきを立てながら爆睡する少年の姿を見下ろして、シキはぽつりと呟いた。

「……これからも頼むよ、相棒」

結んだ髪の紐を解けば、爽やかな朝の風が吹く。

どこか軽やかな空気に包まれて、シキはそっとパンを齧った。

あとがき

はじめまして！　お久しぶりです！

斜守モルです。この物語を手に取って頂き、ありがとうございます。

はじめましての読者様、お会いできて嬉しいです。

たまたま書店で見つけてくれた人、お友達から借りた人、はたまた直接私から「買ってほしいな～」なんて言われた人、いろんな人がいると思いますが……とにかく今、何かのきっかけでこのあとがきを読んでくれていること、とても嬉しく思います。

前作『人狼×討伐のメソッド』からの読者様、お久しぶりです。だいぶ時間が空いてしまいましたが、それでも再会できたこと、とっても最高だなって思います！

人狼？　なにそれ？　読んでないよ？　という方は、ぜひこちらも手に取ってみて下さい。デビュー作ということもあり荒削りな面もありますが、今でも大好きな作品です。

この『死呪の大陸』は、私にとってはじめてのファンタジー作品でした。

さあファンタジーを書こうと思って、意気揚々とパソコンに向かって、そこで私は困ってしまいました。だって私は現実生まれ、現実育ち。異世界どころか、海外にだってほとんど行ったことありません。怪物と戦ったことも、魔法を使ったこともありません。

それなのに、どうやってファンタジー世界を描きましょう。